AF155025

Lisa-Marie Bruder

Mein Leiden –

Seine Schuld

novum pro

Dieses Buch ist auch als e-book erhältlich.

Bibliografische Information
der Deutschen Nationalbibliothek:

Die Deutsche Nationalbibliothek
verzeichnet diese Publikation in
der Deutschen Nationalbibliografie.
Detaillierte bibliografische Daten
sind im Internet über
http://www.d-nb.de abrufbar.

© 2024 novum Verlag

ISBN 978-3-99146-941-4
Lektorat: Mag. Angelika Mählich
Umschlagfoto:
Milenie I Dreamstime.com
Umschlaggestaltung, Layout & Satz:
novum Verlag

www.novumverlag.com

Druckprodukt mit finanziellem
Klimabeitrag
ClimatePartner.com/16547-2311-1001

„An diejenigen, die von Dingen heilen müssen, die nicht ihre Schuld waren. IHR werdet es schaffen und IHR werdet wieder glücklich sein!"

Kapitel 1

Die Sonne scheint mir ins Gesicht und ich werde langsam wach. Ich schaue auf mein Handy und sehe, dass wir erst sieben Uhr haben. Also habe ich noch eine halbe Stunde, bevor ich aufstehen sollte, denn ich muss erst um neun Uhr im Restaurant sein. Ich arbeite dort nun seit drei Jahren. Jack, der Besitzer hat mich, als ich vor drei Jahren neu in der Stadt war, direkt eingestellt, nachdem er meinen Lebenslauf gesehen hatte. Er wunderte sich, dass ich von einem Fünfsternerestaurant nun in sein altes Lokal wechseln wollte. Ich aber fand sein Lokal Namens „Die Hütte" von der ersten Sekunde an toll. Eigentlich heißt es „Malca", aber übersetzt auf Deutsch könnte man „Die Hütte" sagen. Sein Restaurant lag direkt an der Küste und hatte ein altes Flair, das ich so liebte. Außerdem konnte ich von dort aus immer den schönsten Sonnenuntergang sehen, wenn ich Spätdienst hatte. Wir boten an Speisen eigentlich alles an, was man sich vorstellen konnte: Pizza, Burger, Suppen, aber auch Steaks.

Anfangs habe ich in einer runtergekommenen Pension gehaust, aber nachdem ich John kennengelernt habe, hat sich alles geändert. Wir kannten uns noch gar nicht so lange, aber er wollte so gerne, dass ich bei ihm einziehe. Um ehrlich zu sein, war ich anfangs sehr unsicher, weil wir uns eben noch nicht so gut kannten, ich würde behaupten, dass ich mich Tag für Tag mehr in John verliebt hatte, weshalb ich mich nach nicht einmal zwei Wochen nach dem Einzug richtig heimisch gefühlt hatte. John weiß alles über meine Vergangenheit, denn ich wollte offen und ehrlich zu ihm sein, wenn er mich bei sich leben lässt. Er wollte keine Miete von mir, denn er wusste, dass ich bei Jack nicht sehr viel verdiente. Außerdem hatte John genügend Geld und musste sowieso keine Miete bezahlen, denn das Haus gehört ihm. Als sein Vater vor sechs Jahren bei einem Autounfall starb, wurde das Haus ihm überschrieben, da er Einzelkind ist und somit alles geerbt hatte. Seine Mutter ist, als er drei Jahre alt war abgehauen, und somit zog sein Vater ihn alleine groß. Sein Vater hatte ein bekanntes Fischergeschäft, wo alle Restaurants in der Gegend ihre Fische bezogen. Als sein Vater dann starb, übernahm er auch das Geschäft.

Deshalb lag er jetzt nicht neben mir, weil er schon seit vier Uhr auf den Beinen war, damit er pünktlich um fünf Uhr losfahren konnte, um den frischen Fisch an die umliegenden Hotels und Restaurants zu liefern. Er verdiente dabei keine Millionen, aber genügend, dass er und ich glücklich waren. John fragte mich anfangs immer, warum ich bei Jack arbeite und mich nicht in dem Sterne Restaurant in der anderen Stadt beworben hatte. Natürlich hätte ich dies machen können und ich hätte sicherlich einen Job bekommen. Nachdem ich aber mehrere Jahre in der gehobenen Gastronomie tätig war, hatte ich es satt, reiche alte Säcke zu bedienen und immer nett zu sein, egal wie unhöflich sie zu mir waren. Das ist in der Hütte nicht so. Alle sind sehr nett und freuen sich immer, wenn ich sie am Tisch bediene. Viele Einheimische kommen regelmäßig zum Essen zu uns und unterstützen somit Jack. Er hatte es nicht immer leicht im Leben. Seine Frau verstarb vor zehn Jahren an Brustkrebs, was ihn ziemlich mitgenommen hatte. Er erzählte viel von ihr und sagte mir immer, dass sie der einzige Grund wäre, weshalb er das Restaurant noch offen hat. Es war ihre Leidenschaft. Sie hat es geliebt, in der Hütte zu kochen und alle Gäste mit ihrem Essen glücklich zu machen. Jack ist mittlerweile schon 63 Jahre alt und könnte eigentlich in den Ruhestand gehen, aber das will er nicht. Ich denke, er braucht eine Aufgabe im Leben, denn er hat leider keine Kinder und viele aus seiner Familie sind bereits verstorben oder wohnen nicht hier auf Maui in Hawaii.

Als ich vor drei Jahren hierher kam, war er eigentlich der Erste, den ich getroffen hatte und mich wie gesagt sofort eingestellt hatte, durch ihn lernte ich John kennen. John belieferte auch die Hütte mit Fischen. Er fragte mich direkt bei unserem zweiten Aufeinandertreffen, ob ich mit ihm einen Kaffee trinken gehen würde. Anfangs sagte ich ihm zunächst, ich hätte keine Zeit, aber das akzeptierte er nicht. Er probierte es immer und immer wieder, bis ich einer Verabredung zustimmte. Heute bin ich sehr froh, dass ich es gemacht habe, denn ich könnte mir ein Leben ohne John nicht mehr vorstellen. Er ist schließlich der Grund, warum ich mein Lächeln wiedergefunden hatte. Anfangs hatte ich große Angst, mich auf John einzulassen, denn eigentlich hatte ich in meiner Heimat Deutschland einen Freund. Ich hasse mich bis heute dafür, dass ich Chase auf diese Art zurückgelassen hatte und nicht persönlich Schluss gemacht hatte. Aber ich konnte nicht mehr in Deutschland bleiben und ich wollte umso weniger, dass Chase mit mir abhaut. Auch jetzt erst, nachdem ich John habe, weiß ich, dass ich Chase nie richtig geliebt habe. Ich habe wohl eher den Gedanken geliebt, jemanden zu haben, der auf mich aufpasst und mich liebt. Eines Nachts bin ich schließlich abgehauen. Natürlich habe ich im Voraus genaustens alles geplant mit dem Flug und wohin ich verschwinden möchte. Ich habe Chase einen Brief geschrieben und ihn neben ihn gelegt, als ich mich nachts davongemacht habe. Seit dieser Nacht habe ich ihn nicht mehr gesehen und auch nichts mehr von ihm gehört, denn ich habe ihm in den Brief nicht geschrieben, wohin ich gehen möchte. Ich habe alles hinter mir gelassen: ihn, meine besten Freunde, meinen Job und selbst meine Familie. Wobei meine Familie der Grund war, weshalb ich gegangen bin. Es ist noch immer sehr schmerzlich für mich, an meine Vergangenheit zu denken, ich hatte sehr oft schlimme Gedanken und hatte selbst davor Angst, dass ich sie irgendwann in meiner Verzweiflung umsetzen könnte. Deshalb blieb mir nichts anderes übrig, als alles hinter mir zu lassen, ansonsten würde ich jetzt vermutlich nicht mehr leben.

Nun war es aber an der Zeit aufzustehen. Ich zog mir Johns Shirt über und schlüpfte in meine Kuschelsocken. Erstmal einen Kaffee und dann ab unter die Dusche. Um acht Uhr war ich fertig und ging raus zu meinem Fahrrad. John wollte mir ein Auto besorgen, aber das wollte ich nicht, denn die Hütte war nur fünf Minuten mit dem Fahrrad entfernt und zum Einkaufen konnten wir mit seinem Auto fahren. Ich genieße es jeden Morgen, mit meinem Fahrrad auf die Arbeit zu fahren und die frische Luft einzuatmen. Als ich bei der Hütte ankam, sah ich bereits unsere Küchenchefin und John, wie sie den frischen Fisch, welchen John uns geliefert hat, einräumten.

„Guten Morgen, mein Liebling!", sagte John zu mir und gab mir einen Kuss.

„Guten Morgen John", sagte ich und erwiderte den Kuss.

„Na, haben deine Fischer heute Nacht viel gefangen?"

„Ja, durch den Sturm vor ein paar Tagen sind die Fische alle in Richtung Küste geschwommen, wodurch wir gute Fänge haben. Im Übrigen, JJ und Mary kommen heute Abend vorbei. Ich habe sie zum Grillen eingeladen. Sie bringen das Fleisch mit und einen Salat. Wir sind zuständig für die Getränke. Ich werde nach Feierabend noch einkaufen gehen."

„Das hört sich super an, dann können wir gemütlich ins Wochenende starten. Ich muss jetzt rein, bis später, Liebling." Ich küsste ihn noch einmal zum Abschied und ging in die Hütte.

Es war ziemlich viel los und ich musste ein bisschen länger bleiben als gedacht, aber das mache ich gern, weil ich auch oft früher heim gehen durfte, wenn nicht viel los war. Ich stieg auf mein Fahrrad und fuhr nach Hause. Als ich auf das olivgrüne Haus zufuhr, kam mir ein Lächeln über die Lippen. Johns Haus war nicht das modernste, aber es hatte seinen eigenen Charme. Wir hatten eine große Veranda und einen riesigen Garten hinter dem Haus, wo wir auch einen Steg direkt ins Wasser hatten. Ich habe vor ein paar Monaten einen Gemüsegarten angelegt, weshalb wir nun viel ernten und nicht mehr alles im Supermarkt kaufen mussten.

John und JJ waren bereits dabei den Grill anzuwerfen. Sie kennen sich schon seit sie zusammen im Kindergarten waren. Seitdem sind sie beste Freunde. JJ heißt in Wirklichkeit auch John und früher haben alle immer zu ihnen das doppelte J gesagt, deshalb hat sich John den Spitznamen JJ zugelegt, damit man sie unterscheiden konnte. Ich mag JJ sehr, denn er hat mich sofort freundlich aufgenommen und war immer nett zu mir. Er hat blonde Haare und freche blaue Augen. Er ist allerdings nicht sehr groß. Doch seine Freundin Mary stört das überhaupt nicht. John kennt die beiden seit Kindheitstagen. Sie waren alle drei im Kindergarten zusammen in einer Gruppe und danach in derselben Schulklasse. Mary und JJ sind bereits ein Paar, seit sie fünfzehn sind. In zwei Jahren sind sie schon seit zehn Jahren zusammen. Mit der Zeit habe ich in Mary ebenfalls auch eine gute Freundin gefunden. Als wir uns kennenlernten, war sie mir sofort sympathisch, denn sie redet genauso viel wie ich. Mit ihren dunkelbraunen Haaren und ihren glitzernden grünen Augen kann man sie nur mögen.

Wir haben den ganzen Abend lang gelacht und die verbrannten Würstchen von JJ gegessen. Er behauptete zwar, sie wären so perfekt, aber da waren wir alle anderer Meinung. Wir haben wieder den ganzen Abend über JJs blöde Sprüche gelacht und köpften eine Weinflasche nach der anderen, weshalb ich ganz schön angeheitert war. Als Mary und JJ am Abend gingen, beschloss ich, alles am nächsten Morgen aufzuräumen, und mich ins Bett zu legen. John ging noch duschen und als er sich zu mir ins Bett gelegen hat, war ich bereits eingeschlafen.

Kapitel 2

Als ich am nächsten Morgen meine Augen öffnete, spürte ich einen stechenden Schmerz in meinem Kopf. John lag neben mir und schlief noch seelenruhig. Es gibt für mich nichts Schöneres, als am Wochenende mit ihm einzuschlafen und zusammen aufzuwachen. Samstag und Sonntag waren die einzigen Tage, an denen wir den Tag zusammen beginnen konnten, weil John sonst immer wegen seiner Arbeit so früh aufstehen musste. Heute musste ich aber darauf verzichten zu warten, bis John aufsteht, um nochmal eine Runde mit ihm zu kuscheln, denn ich brauchte dringend eine Aspirin und eine kalte Dusche. Als ich aus der Dusche kam, war John bereits wach und bereitete das Frühstück für uns vor.

„Guten Morgen Mia, hast du gut geschlafen?", fragte er und nahm mich in den Arm.

„Ich werde nie wieder Alkohol trinken. Ich weiß, ich habe das schon öfters gesagt, aber dieses Mal meine ich es ernst."

John lachte und gab mir einen Kuss auf meine Stirn.

„Komm, setz dich hin und iss etwas, dann wird es dir schnell wieder besser gehen."

Nach dem Frühstück setzten wir uns raus auf die Veranda mit einer Tasse Kaffee. Wir überlegten, was wir unternehmen konnten, denn ich hatte nicht jedes Wochenende frei und deshalb mussten wir dies ausnutzen. Meinem Kopf ging es zum Glück wieder besser.

„Was hältst du davon, wenn wir später ein bisschen Surfen gehen und heute Abend lade ich dich ins Kino ein? Wir waren schon so lange nicht mehr im Kino und es soll ein neuer Actionfilm rausgekommen sein."

Ich fand die Idee toll und stimmte zu. John versucht, seit wir uns kennen, mir das Surfen beizubringen, aber ich bin einfach zu untalentiert. Ich habe kein Gleichgewichtssinn und falle deswegen immer vom Board. Aber das machte mir nichts, denn so lange ich Zeit mit John verbringen konnte, war das für mich okay. Ich genoss die Zeit zu zweit mit John, denn das lenkte mich immer von meinen negativen Gedanken ab. Seit ich so schlimme Dinge in der Vergangenheit erlebt habe, grüble ich viel vor mich hin. Meistens merke ich es nicht einmal, erst wenn mich John aus meinen Tagträumen reist. Er sagt immer, ich soll aufhören der Vergangenheit nachzutrauern und anfangen im Jetzt zu leben. Ich weiß, das hört sich hart an, aber im Endeffekt hat er recht. Es ist nur ziemlich schwer für mich, denn ich vermisse meine Eltern sehr. Ich habe seit drei Jahren nicht mehr mit ihnen gesprochen oder sie gesehen. Nicht einmal sie wissen, dass ich hier bin, denn wenn sie es gewusst hätten, hätten sie mich zurückgeholt oder es meinen Freunden gesagt. Oder noch schlimmer, sie hätten es Chase gesagt. Ich wüsste nicht, was ich tun würde, wenn ich Chase hier treffen würde. Er war ein netter Freund und ich liebte ihn sehr, zumindest dachte ich das zu dieser Zeit. Wir hatten eine schöne Zeit zusammen aber seit ich John kenne, habe ich gemerkt, dass Chase mich eigentlich gar nicht wirklich kannte. John weiß, was er tun muss, damit ich lache, wenn ich traurig bin. Er weiß, wie er mich aufmuntern kann, wenn ich wegen etwas sauer bin und was aber das Wichtigste ist, er liebt mich von ganzem Herzen. Ich merke es daran, wie er mich ansieht, wie er mit mir umgeht und vor allem sagt er es mir so oft, wie sehr er mich liebt. Das hat Chase nie getan.

Als wir mit dem Surfen fertig waren und ich mal wieder in ganzer Linie versagt habe, hat sich John endlich dazu bereit erklärt, nach Hause zu gehen. John ging an seinen Computer, weil er irgendetwas googeln wollte, und ich ging in die Küche, um mir ein Sandwich zu machen. Ich saß auf dem Sofa und sah mir eine Kochsendung an. Von dem Surfen war ich ganz schön müde und beschloss für ein wenig die Augen zu schließen.

John weckte mich früh genug, damit ich noch Zeit hatte zu duschen und mich in Ruhe für unseren Kinobesuch fertig zu machen. Wir fuhren mit Johns Auto zum Kino, wobei es zu Fuß nur fünfundzwanzig Minuten sind, aber John wollte fahren, weil er sonst verschwitzt im Kino ankommen würde. Verständlich bei fünfunddreißig Grad Außentemperatur und das, obwohl wir schon 19 Uhr hatten. Der Film war super und sogar ziemlich witzig, wobei es ja eigentlich ein Actionfilm war. Wir beschlossen, nach dem Kino noch in die örtliche Eisdiele zu fahren und uns einen Milchshake zum Mitnehmen zu holen. Wir ließen den Abend noch gemütlich auf der Veranda ausklingen und sind dann auch schon ziemlich zeitig ins Bett gegangen. John konnte immer sofort einschlafen, ich leider überhaupt nicht. Ich grübelte immer ziemlich viel, wenn ich im Bett lag. Als ich dann endlich einschlief, fingen auch meine Träume wieder an.

Ich hörte ihn schreien, es war ein so fürchterliches Schreien. Mein Vater schrie ebenfalls und meine Mutter weinte nur und rief die ganze Zeit: „Mike, hör bitte auf!" Er saß auf meinem jüngeren Bruder Paul, der auf dem Boden lag und schlug ihm ins Gesicht. Immer und immer wieder. Mein Vater versuchte Mike von Paul runterzuziehen, aber er war einfach zu schwach. Nach ein paar Schlägen lief auch schon das Blut von Paul seinem Gesicht auf den Boden. Ich rannte zum Telefon und verständigte die Polizei. Das war nun bereits der dritte Einsatz dieses Jahr. Immer wenn Mike im Spielkasino verlor, kam er wütend nach Hause und ließ alles an meinem jüngeren Bruder aus. Meine Eltern unternahmen nie viel, außer sich gegenseitig die Schuld in die Schuhe zu schieben. Mike war damals bereits einundzwanzig, weshalb das Jugendamt nichts unternehmen konnte, und die Polizei konnte uns nur dann helfen, wenn meine Eltern oder Paul eine Anzeige gegen Mike erstatten würden. Das machten sie aber nie. Paul war einmal kurz davor ihn anzuzeigen, aber dann redete mein Vater ihm ins Gewissen, dass er das der Familie doch nicht antun konnte. Ich sah immer wieder meine Mutter, wie sie mit den Tränen zu kämpfen hatte, aber ich verstand nie, warum sie nur danebenstand und nichts unternahm, um Paul zu helfen.

„Mia, wach doch auf. Es ist alles gut!", sagte John zu mir und rüttelte leicht an meinen Schultern. Ich hatte wieder einmal im Traum geschrien, was ich in letzter Zeit ziemlich oft tat. Schweißgebadet sah ich John an und stammelte nur:

„Entschuldige, dass ich dich aufgeweckt habe."

John nahm mich in den Arm.

„Hattest du wieder einen Albtraum?"

Ich nickte, denn ich konnte ihm schlecht sagen, dass ich keinen Albtraum, sondern von meiner Vergangenheit in Deutschland geträumt hatte. Wenn ich es ihm sagen würde, wäre er nur wieder sehr besorgt und das wollte ich nicht. Es war schon schwer genug für mich, ihm alles zu erzählen, aber ich wollte es nicht immer und immer wieder thematisieren, weil es im Endeffekt meine Vergangenheit war und sie in der jetzigen Zeit nicht wichtig für mich war. Ich hatte oft solche Flashbacks im Traum, was ziemlich nervig war. Es zeigte mir, dass ich nicht nur an meine Vergangenheit erinnert wurde, sondern auch wie sehr ich meine Eltern vermisse. Meine Eltern sind in meinen Augen immer noch die besten Eltern der Welt, obwohl sie zugelassen haben, dass ich so viele Jahre mit Gewalt und Angst aufwachsen musste. Sie haben versucht, alles für mich und meine Brüder zu ermöglichen. Doch als Mike der Spielsucht verfiel und noch ein Alkoholproblem hinzukam, hatten sie keine Kontrolle mehr über ihn und seine Taten. Mir war bewusst, dass sie in einem Zwiespalt stecken, denn wir sind alle ihre Kinder. Dennoch hätte sie etwas unternehmen müssen, vor allem für Paul. Er hat mittlerweile so viele Narben auf seinem Körper wegen Mike, dass ich gar nicht sagen könnte wie viele es sind. Es war nicht nur die körperliche Gewalt, die wir seinetwegen ertragen mussten. Nein, das Schlimmste war diese psychische Gewalt, in der Mike ziemlich gut war. Er konnte es schaffen, mich mit einem Satz mehr zu verletzen als mit einem Schlag ins Gesicht. Wenn ich an ihn denke, kommt eigentlich nur Hass in mir auf. Hass und Wut. Die Wut auf mich selbst, dass ich Paul und meine Eltern im Stich gelassen habe, aber ich konnte es einfach nicht mehr ertragen. Als ich abhaute, war ich in einer ziemlich schlechten psychischen Verfassung, weshalb ich ziemlich düstere Gedanken hatte, die ich zum Glück nie umsetzte. Aber ich wusste einfach das ich dort weggehen musste, um einen Neuanfang zu beginnen. Anfangs, als ich hier nach Hawaii kam, habe ich sehr oft darüber nachgedacht, wieder zurückzugehen, weil ich meine Eltern und Paul so vermisste. Dennoch wusste ich, dass es das Richtige war, denn ich konnte das einfach nicht mehr ertragen. Oft denke ich an Paul und bete, dass es ihm gutgeht. Vielleicht ist er ja ebenfalls abgehauen und führt jetzt ein glückliches Leben. Das hoffe ich zumindest sehr. Meine Hoffnung, dass Mike irgendwann zur Vernunft kommen würde, ist zerplatzt, nachdem er drei Versuche gestartet hatte, um sein Alkoholproblem und seine Spielsucht in den Griff zu bekommen. Ich hoffe so sehr, dass es meinen Eltern gut geht und dass sie ihn rausgeworfen haben. Sie haben ein glückliches Leben verdient, denn es sind herzensgute Menschen. Keiner von meinen Freunden wusste, was ich zu Hause erlebt hatte. Meine damalige beste Freundin wusste ein wenig davon. Aber nur so viel, dass es sich nicht angsteinflößend anhört, denn ich wusste genau, sie würde mir helfen wollen. Einerseits wollte ich Hilfe, aber andererseits war es mir auch sehr unangenehm, darüber zu sprechen. Chase wusste eigentlich alles, denn er hat so gut wie alles mitbekommen. Vor ihm war es mir eigentlich nie peinlich, denn ich wollte, dass er mich wirklich kennt und dazu gehörte eben auch meine verrückte Familie, was noch nett ausgedrückt ist. An dem Tag, als Chase zugesehen hatte, wie Mike mir eine Backpfeife gab und er nichts unternommen hatte, wusste ich, dass auch er mich im Stich lässt, genau wie meine Eltern. Also beschloss ich zu gehen. Ich wusste, dass er mir gerne geholfen hätte, aber ich wusste auch, dass Chase große Angst vor Mike hatte und deshalb nichts eingegriffen ist. Natürlich hat er sich furchtbare Sorgen gemacht und ist sofort mit mir zu ihm nach Hause gefahren und hat sich dafür entschuldigt, dass er nicht eingegriffen hat. Fünf Tage nachdem das passiert ist, saß ich bereits im Flugzeug nach Hawaii. Als ich dort ankam, hatte ich furchtbare Angstzustände und war drauf und dran wieder nach

Hause zu gehen, und dann traf ich John. Ich mochte ihn von der ersten Minute an, aber eigentlich habe ich nicht geplant mich mit Männern schon so früh zu treffen, da ich ja Chase erst verlassen hatte. Aber John hat einfach alles geändert. Auch meine Selbstliebe hat sich verändert. Ich fühle mich jetzt so wohl in meiner Haut und das liegt hauptsächlich an John. Er nimmt mich so, wie ich bin, und will mich auch nicht verändern. Meine Kurven habe ich früher immer gehasst und versucht wegzubekommen, aber durch den ganzen Stress zu Hause habe ich immer Fressattacken bekommen. Mittlerweile mache ich regelmäßig Sport und ernähre mich überwiegend gesund. Meine Kurven sind noch immer da, aber definierter. Durch John hat sich einfach alles ins Positive verändert und darüber bin ich verdammt froh!

Ich hatte heute Spätdienst das hieß, ich musste erst um 12 Uhr anfangen zu arbeiten. Wenn ich samstags oder sonntags arbeiten musste, kam John immer mit in die Hütte und aß bei uns zu Mittag. Und so war es heute wieder. John war ein beliebter Mann in der Stadt, so gut wie jeder kannte ihn und er kannte auch alle anderen. Die anderen Frauen waren ganz eifersüchtig, als sie hörten, dass John nun eine Freundin hat. Mary erzählte mir, dass John der totale Mädchenschwarm in der Schule war, aber er hat sich nie etwas daraus gemacht. John bemerkt oft gar nicht, wie die Frauen ihn anschauen oder mit ihm umgehen. Innerlich koche ich immer vor Eifersucht, aber er versteht nie, weshalb. Es war heute ziemlich warm, weshalb ich auf der Arbeit ganz schön ins Schwitzen kam. Um zweiundzwanzig Uhr hatte ich Feierabend und bin gemütlich mit meinem Fahrrad nach Hause gefahren. Das Licht brennt noch, was vermutlich hieß, dass John noch wach ist. Ich wunderte mich ständig, dass er so lange wach bleibt und bereits um 4 Uhr wieder aufstehen muss und trotzdem topfit ist.

„Hey, Liebling!", sagte ich und gab ihm einen Kuss.
    „Ich gehe duschen, bin total verschwitzt."

Als ich unter der Dusche stand, merkte ich wie langsam die Badezimmertür aufging. John kam vorsichtig in die Dusche gestiegen und schaute mich mit seinen kastanienbraunen Augen an.

„Ich habe dich heute ganz schön vermisst."

Er strich mir über die Wange und fing an, meinen Hals zu Küssen. Ganz langsam liebkoste er ihn von oben nach unten. Nun kamen seine Hände ins Spiel. Er wusste genau, was er tat, und steckte langsam seinen Mittel- und Zeigefinger in mich hinein. Ich musste mich an der Duschwand anlehnen, denn meine Knie waren bereits wie Pudding.

„Gefällt dir das?", fragte er mit einer rauen Stimme.

Er ließ sanft seine Finger in mir kurven und strich mit der anderen Hand in Richtung meiner Brust. Ich liebte es, dass er solch einen explosiven Einfluss auf mich und meinen Körper hatte. Das hatte ich bis jetzt bei niemandem so wie bei ihm. Der Sex mit Chase war nicht schlecht und ich dachte besser kann es nicht werden. Da kannte ich John noch nicht. Nun ließ er ab von meiner Brust und nahm fest entschlossen mit seiner Hand mein Gesicht und küsste mich wild. Ich legte erregt meine Hände auf seine Schultern und kurvte mit meiner Hüfte im Tempo seiner Finger. Und da war er schon. Er stieg langsam in mir auf und explodierte wie ein Feuerwerkskörper an Silvester. Bisher hat es niemand geschafft, mich so schnell zu einem Orgasmus zu bringen wie er. Nicht einmal mein Satisfyer. Ich merke, wie er hart wurde und gegen meinen Oberschenkel drückte. Er packte mich an beiden Schenkeln, hob mich hoch und drückte ihn fest in mich. Ich schrie auf vor Schreck und gleichzeitig davor, weil es sich so gut anfühlt. Er ging langsam wieder raus und führte ihn dann umso härter wieder in mich hinein. Ich riss an seinen Haaren und stöhnte ihm ins Ohr

„Oh mein Gott, John, das ist so gut."

Auch ihm merkte ich an, dass er kurz vorm Orgasmus stand. Noch fünf weitere Mal drang er hart in mich ein und vergoss sich dann in mir. Er küsste meinen Mund ein letztes Mal und ließ mich dann wieder zu Boden. Er nahm das Duschgel und schäumte uns beide liebevoll ein. Nach der Dusche setzten wir uns noch ein wenig vor den Fernseher, aber John schlief schon bald auf dem Sofa ein. Ich weckte ihn vorsichtig und wir legten uns langsam ins Bett.

Kapitel 3

Heute treffe ich mich mit Mary zum Frühstück in unserem Lieblingscafé. Es heißt „Stübchen" und ist ganz in der Nähe von Marys Haus, weshalb ich immer zu ihr mit dem Fahrrad fahre und wir von ihr aus dann zum Café laufen. Die Kellnerin Josy begrüßt uns mit einem herzlichen Lächeln. Wir sind dort sehr oft, weshalb sie uns schon kennt. Ich bestelle wie immer einen Vanille-Cappuccino und ein Käsecroissant. Wir haben mittlerweile schon einen Stammplatz, an dem wir jedes Mal sitzen, soweit er frei ist. Heute sitzen wir auch wieder dort, gleich im Eck bei der Eingangstür, wo man aus dem Fenster direkt auf die Küste schauen kann. Ich hätte nie gedacht, dass eine schöne Aussicht mich so beruhigen kann. Wir gingen den neuesten Klatsch und Tratsch durch und Mary erzählte mir, dass Ihre Chefin wieder einmal superunhöflich zu ihr war. Mary arbeitet in einer Gärtnerei, weshalb ich von ihr immer die allerschönsten Blumen zu allen Geburtstagen und Feiertagen bekomme. Sie haben einen eigenen Garten hinter der Gärtnerei, wo sie Gemüse anpflanzen, welches sie im Laden mitverkaufen. Ihre Chefin ist immer ziemlich gemein, aber warum sie das ist, wissen wir bis heute nicht. Mary sagt immer, es liegt daran, dass sie schon lange nicht mehr flachgelegt wurde. Ihre Chefin ist eigentlich ziemlich hübsch, aber leider nur äußerlich. Nach unserem Frühstück lagen wir noch bei Mary im Garten und tranken ihre selbstgemachte Limonade. Mein Handy klingelte, und als ich das Handy in die Hand nahm, sah ich, dass wir bereits 16 Uhr hatten. John rief mich an.

„Hey John, du hast ja schon Feierabend. Ich bin noch bei Mary und hab die Zeit ganz vergessen."

„Hey Mia, kein Problem. Ich rufe eigentlich nur an, weil ich dir etwas Wichtiges zeigen muss, und es wäre gut, wenn du gleich heimkommst."

Plötzlich kam ein komisches Gefühl in mir auf.

„Ähm, okay, John, dann mach ich mich gleich auf den Weg."

Ich trank meine Limonade noch leer und erzählte Mary von dem komischen Gespräch mit John. Als ich leer getrunken habe, musste ich ihr noch versprechen, dass ich sie gleich anrufe und ihr erzählen würde, was John mir zeigen wollte. Mary war schon immer superneugierig, aber damit hatte ich kein Problem, denn mittlerweile war sie meine beste Freundin und ich hatte keine Geheimnisse vor ihr.

Als ich mit meinem Fahrrad nach Hause fuhr, ging mir die ganze Zeit durch den Kopf, was er mir wohl so Dringendes zeigen möchte. Als ich ankam, stand er schon draußen auf der Veranda. Ich gab ihm einen Begrüßungskuss, aber John schaute mich mit einem komischen Blick an.

„Ich muss dir etwas erzählen oder besser gesagt ich muss dir etwas zeigen."

Er ging mit mir ins Büro und setze mich vor den Computer.

„Flipp bitte nicht aus, aber ich war so neugierig wegen deiner Familie. Ich bin auf etwas gestoßen, was dich vielleicht interessieren wird."

Er zögerte keine Sekunde und öffnete seine Facebookseite und da war er.

Der Mensch, weswegen ich mein Leben zurückgelassen hatte, der Mensch, weshalb es mir viele Jahre schlecht ging. Mein Bruder Mike. Ich war völlig geschockt, denn auf seinem Profilbild war nicht nur er zu sehen, sondern eine ziemlich hübsche Frau, die offensichtlich hochschwanger war.

„Dein Bruder wird Vater", sagte John in einem ziemlich ernsten Ton zu mir.

Ich sehe sein Bild und dann kam eine Wut in mir auf, wie ich sie schon lange nicht mehr gespürt habe.

„Sag mal, spinnst du, meine Familie auf Facebook zu suchen? Und dann auch noch ihn? Ich will nicht wissen, ob er Vater wird oder was sonst mit ihm ist. Er hat mir mein ganzes Leben zerstört und nur wegen ihm musste ich verschwinden aus Deutschland", die Tränen liefen mir bereits die Wangen hinunter und ich sprang vom Stuhl auf.

„Mia, dass weiß ich doch, aber ich will dir doch nur helfen!"

„Das nennst du helfen? Du solltest mich beschützen und auf mich aufpassen!"

„Aber das tue ich doch, Mia! Es wird dir nie besser gehen, wenn du nicht endlich im Reinen mit deiner Vergangenheit bist!"

Ich bewegte mich auf John zu und hob meinen Zeigefinger an seine Brust.

„Du solltest Mike hassen! Du solltest ihm eine reinhauen wollen und ihn nicht in Schutz nehmen. Er hat mein Leben zerstört und mich gequält!", schrie ich ihn an.

John packte meine Arme und versuchte mich festzuhalten.

„Mia, ich weiß doch, dass er dein Leben zerstört hat. Und natürlich würde ich ihm am liebsten eine reinhauen. Ich würde ihm am liebsten so leiden lassen, wie du leiden musstest. Aber dann bin ich kein Stück besser als er!"

„Ich will das alles nicht hören!", schrie ich und Riess mich aus seinen Armen.

Ich rannte los und flüchtete in den Garten. Am Gartenzaun stand mein Fahrrad, ich schnappte es mir und fing an zu treten. Ich hörte John noch hinter mir, dass ich doch stehen bleiben soll, aber seine Stimme wurde immer leiser und leiser.

Meine Gedanken drehten sich im Kreis und ich konnte das Gedankenkarussell in meinem Kopf nicht mehr zum Stehen bekommen. Ich wusste nicht, was ich noch denken oder fühlen sollte. Ich sah nur noch dieses Bild vor mir und konnte nicht mehr klar denken. Mike wird Vater. Das ist zu viel, einfach zu viel. Wie kann so ein Monster Vater werden? Wird er seinem Kind auch so etwas antun?

Was sagt meine Mutter dazu? Haben sie noch Kontakt? Und wer ist diese Frau, die neben ihm stand?

Plötzlich kam ich ins Rutschen und viel mit dem Fahrrad hin. Mein ganzes Bein war voller Dreck und mein Knie war komplett aufgeschürft, weswegen mir Blut am Schienbein hinunterlief. Und in diesem Moment konnte ich meinen Tränen nicht mehr zurückhalten. Ich konnte es nicht glauben, dass er jetzt eine eigene Familie gründet, obwohl er unsere doch zerstört hatte. Mein Leben wäre ganz anders verlaufen. Ich meine, ich liebe mein jetziges Leben und ich bin froh, dass ich John kennengelernt habe, aber musste ich dafür jahrelang diese Qualen auf mich nehmen?

Es donnerte laut und ich entschied wieder nach Hause zu fahren, denn etwas anderes blieb mir nicht übrig. Erst überlegte ich zu Mary zu fahren, aber dann müsste ich ihr alles erzählen und das konnte ich jetzt einfach nicht. Sie wusste ein paar Einzelheiten über mein früheres Leben, aber die schlimmen Ereignisse habe ich ihr nie erzählt. Als ich am Haus ankam, regnete es in Strömen und ich war bis auf die Unterhose komplett nass. Und dann sah ich auch schon John, wie er aus der Haustür rannte.

„Ich habe mir solche Sorgen um dich gemacht! Wieso rennst du denn einfach weg. Das war doch nicht böse gemeint. Ich hätte das doch nicht für mich behalten können."

Obwohl ich ziemlich sauer auf John war, rannte ich in seine Arme und schluchzte so laut, dass man es trotz dem Donner hören konnte. Erst jetzt bemerkte John meine Wunde am Knie.

„Oh nein, Mia, dein Knie blutet. Bist du hingefallen? Komm, wir gehen rein, und ich verarzte dich."

Ich ging erst einmal unter die Dusche und John wich nicht mehr von meiner Seite. Er wartete, bis ich fertig mit Duschen war, und kümmerte sich danach fürsorglich um meine Verletzung. Wir sprachen in dieser Zeit kein Wort miteinander, was mir aber auch ganz recht war, denn ich wollte jetzt nicht darüber reden. Ich wollte einfach schlafen und bestenfalls am nächsten Morgen aufwachen und merken, dass es nur ein Albtraum war. Ich nahm mein Handy in die Hand und schrieb Mary, dass alles in Ordnung wäre, und dass ich mich bald bei ihr melden würde.

Kapitel 4

Als ich morgens aufwachte, hörte ich ein Geräusch aus der Küche. Ich sprang auf und sah vorsichtig durch die Tür. Es war John, nach kurzem Zögern entschied ich mich, zu ihm zu gehen.

„Was machst du denn noch hier? Du müsstest schon seit Stunden auf der Arbeit sein!"

„Dir auch einen guten Morgen, Mia. Ich habe mir heute frei genommen und außerdem habe ich Jack angerufen und dich krankgemeldet. Ich habe ihm gesagt, dass du einen Unfall hattest und deshalb heute noch zu Hause bleibst."

In diesem Moment wurde ich erneut so wütend auf John.

„Du kannst doch nicht bei meinem Chef anrufen und mich krankmelden! Spinnst du eigentlich, Was fällt dir ein? Erst stalkst du meine Familie auf Facebook und jetzt entscheidest du noch, wann ich arbeiten gehe und wann nicht?", schrie ich ihn an. Jetzt wurde er offensichtlich auch sauer und maulte mich auch an.

„Du kannst momentan nicht klar denken, weshalb ich das jetzt für dich übernehmen muss! Außerdem habe ich deine Familie nicht gestalkt. Aber denkst du denn, dass deine Albträume aufhören, wenn du alles immer nur verdrängst? Du musst dich dem jetzt endlich deiner Vergangenheit stellen und deinen Eltern Bescheid geben, wo du bist und dass es dir gut geht. Deine Mutter ist völlig krank vor Sorge! Sie postet jeden Tag, dass du dich melden sollst. Sie fordert sogar andere auf die Augen aufzuhalten und auch nach dir zu suchen!"

Jetzt musste ich erstmal schlucken.

„Du warst auf der Seite meiner Mutter?", wieder kamen mir die Tränen.

John kam zu mir und nahm mich in den Arm.

„Mia, ich weiß, es ist schwierig für dich, und ich würde mich auch niemals einmischen, aber ich merke doch, wie es dich bedrückt. Und du vermisst doch deine Eltern und Paul."

„Natürlich vermisse ich sie. So sehr, dass ich kaum noch atmen kann. Anfangs war ich so sauer auf sie, weil sie das alles nicht gestoppt haben, und mittlerweile habe ich einfach Angst davor, dass wenn ich mit ihnen den Kontakt suche, Mike mich finden wird und mir wieder etwas antut."

John hob mein Kinn nach oben und schaute mir tief in die Augen.

„Er wird dir nie wieder etwas antun. Dafür werde ich sorgen. Das verspreche ich dir! Aber du musst dich bei deiner Mutter melden. Bitte, Mia. Es sind jetzt schon drei Jahre vergangen und sie vermisst dich sicherlich genauso wie du sie."

Ich weiß, dass er recht hat, aber bin ich wirklich schon so weit, meine Mutter anzurufen?

„Du musst deiner Mutter nicht verraten, wo du bist. Wir rufen mit unterdrückter Nummer an und dann kann sie auch nicht zurückverfolgen, wo du wohnst."

Diese Idee war eigentlich gar nicht so schlecht, aber was solle ich den am Telefon zu ihr sagen?

Ich bin mit dieser Situation komplett überfordert.

„Ich mach dir einen Vorschlag. Wir frühstücken jetzt und dann schauen wir zusammen die Facebook-Seite deiner Mutter an. Vielleicht fällt es dir dann einfach ihr anzurufen, wenn du siehst, wie traurig sie ist."

Ich stimmte widerwillig zu. Ich versuchte ein wenig zu essen, aber ich bekam einfach nichts runter. John im Gegenteil aß für zwei. Er konnte immer essen, egal in welcher Situation er sich befindet. Nachdem John fertig gefrühstückt hatte, setzten wir uns zusammen vor den Computer und schauten die Facebook-Seite meiner Mutter an, dann die meines Vaters und zuletzt die von Paul an. Überall waren Bilder von mir mit Hilferufen zu sehen, und dass sie mich vermissen und ich doch zurückkommen soll. Bei vielen Beiträgen hatte auch Chase etwas dazu geschrieben, aber je weiter ich nach unten scrollte, desto weniger Beiträge von ihm wurden es. Vermutlich hat er nach einer gewissen Zeit die Hoffnung einfach aufgegeben.

„John, ich glaube ich will die Seite von Mike nochmal anschauen."
Er nickte und gab in das Suchfeld seinen Namen ein. Ich ging die Beiträge von Mike durch und auch er hat vieles von mir gepostet. Ich war verwirrt. Er hat mir immer gesagt, wie sehr er mich hasst und jetzt postet er Bilder, unter die er schreibt, dass er mich vermisst. Es waren viele Bilder von ihm und der schwangeren Frau zu sehen. Sie hieß Lauren. Sie machte einen netten Eindruck. Mir kam der Gedanke, dass sich Mike vielleicht verändert hat. Aber hat er sich erst verändert, als ich weg war? Als wenn ich das Problem gewesen wäre? Wieder musste ich weinen. John nahm meine Hand und küsste meine Stirn.

„Es ist alles gut, Liebling! Du hast den ersten Schritt gemacht und jetzt solltest du deine Mutter anrufen!"
Er nahm das Telefon und drückte es mir in die Hand.

„Ich habe unsere Nummer gesperrt, also sieht sie diese nicht."
Ich wählte die Telefonnummer meiner Mutter und es fing an zu klingeln. Ich kannte die Nummer meiner Eltern noch immer auswendig und hoffte, dass es noch dieselbe war. Mein Herz klopfte so schnell, dass ich Angst bekam, es könnte aus meiner Brust springen. Nach längerem Wählen meldete sich eine müde Stimme am Hörer.

„Hallo, hier spricht Melanie Müller." Ihre Stimme war mir so vertraut und ich konnte es kaum glauben, dass sie es wirklich ist.

„Hallo, wer ist denn da? Ist das ein Telefonstreich?"
John tippte mich an, um mir zu vermitteln, dass ich etwas sagen sollte.

„Hallo Mama." Auf einmal wurde es still.

„Mia, bist du es? Nein, das kann nicht sein. Mia?"

„Hallo Mama. Ja ich bin es. Mia."
Ich hörte, wie sie anfing zu schluchzen.

„Oh, Mia, mein Liebling. Ich kann es nicht glauben. Ich habe so lange darauf gewartet, dass du dich meldest. Was ist nur passiert? Und wo bist du denn nur, Mia. Du fehlst uns allen so sehr. Wieso bist du nur verschwunden?"

Jetzt fängt meine Mutter fürchterlich an zu weinen und ich höre, wie mein Vater im Hintergrund meine Mutter fragt, was denn los wäre und wer am Telefon ist.

„Es ist Mia. Es ist wirklich Mia. Meine Mia."

Nun nahm mein Vater den Hörer in die Hand und sprach.

„Mia, bist du es wirklich? Mia?"

„Hallo Papa. Ja ich bin es wirklich. Es tut mir leid, dass ich so spät noch bei euch anrufe. Wie geht es euch?"

„Oh, Mia", sagte meine Mutter ganz traurig.

„Seit du weggegangen bist, vergeht kein Tag, an dem ich nicht traurig bin, weil ich nicht wusste, ob es dir gut geht oder wo du bist. Warum bist du nur abgehauen und hast uns nichts gesagt. Du hast uns keine Nachricht hinterlassen. Wir mussten von Chase erfahren, dass du weggegangen bist und wirklich viel hast du in dem Brief für ihn nicht geschrieben."

Auf einmal wurde mir richtig bewusst, wie schrecklich es für meine Eltern gewesen sein musste, als sie erfahren haben, dass ich abgehauen bin. Ich habe das mein Verhalten aus Selbstschutz verdrängt und mir eingeredet, dass sie damit schon klarkommen werden.

„Mama, ich konnte einfach nicht mehr in Deutschland leben. Vor allem konnte mein Leben so nicht weitergehen mit all dem, was mit Mike passiert war. Ich wollte euch nicht im Stich lassen, aber mir ging es so schlecht, dass ich wusste, wenn ich nicht gehen würde, würde ich mir etwas antun."

Jetzt war es raus. Meine Eltern wussten nie, dass es mir psychisch so schlecht ging und von meinen angsteinflößenden Gedanken.

Jetzt sprach mein Vater wieder.

„Aber Mia, du hättest doch mit uns reden können. Ich weiß, du musstest viel mit Mike aushalten, aber wir hätten dir doch geholfen, wenn wir das gewusst hätten. Und wo bist du nur?

Alle vermissen dich so sehr! Auch deine Freunde. Sie rufen uns regelmäßig an und fragen, ob wir was von dir gehört haben. Und Chase hat sich auch solche Sorgen gemacht."

„Ich weiß, Papa. Und es war nicht einfach für mich, euch alle zurückzulassen, aber ich konnte einfach nicht anders. Du kannst dir nicht vorstellen, wie oft ich das Telefon in der Hand hatte, um euch anzurufen und euch zu sagen, wo ich bin. Aber ich wusste, dass ich nie glücklich werde kann, wenn dieser Terror nicht aufhört."

Meine Mutter atmete schwer. Ich spürte, dass es ihr nicht gut geht.

„Ach Liebling", sagt meine Mutter wehmütig.

„Mach dir keine Sorgen! Wir können deine Beweggründe nachvollziehen und wenn du sagst, dass es in dem Moment so sein sollte, dann ist das okay. Hauptsache, dir geht es jetzt gut. Das geht es dir doch, oder? Wo bist du denn nur?"

Meine Mutter hatte so viele Fragen an mich und ich weiß, ich bin ihr mehr als eine Antwort schuldig.

„Ja mir geht es gut! Ich habe einen wundervollen Freund, mit dem ich zusammenwohne und er kümmert sich wirklich wunderbar um mich."

Ich nahm Johns Hand und lächelte ihn dabei an.

„Ich arbeite als Servicekraft in einem kleinen Restaurant. Es ist wirklich sehr schön dort und meine Kollegen sind auch alle nett zu mir. Ich habe hier auch großartige Freunde kennengelernt und erlebe hier sehr viel. Ich bin wirklich glücklich an diesem Ort."

Meine Mutter weinte erneut.

„Mama, du musst doch nicht weinen. Mir geht es wirklich gut!"

Meine Mutter schluchzte noch mehr.

„Das ist es ja, Mia. Du bist so glücklich, obwohl wir keinen Platz mehr in deinem Leben haben."

Ihre Worte brachen mir das Herz in Stücke und auch ich musste anfangen zu weinen.

„Oh Mama, es ist nicht, wie es scheint, glaub mir. Ihr fehlt mir! Sehr sogar!"

„Mia, mein Schatz. Sag mir, wann wir uns sehen können. Wir haben uns jetzt seit drei Jahren nicht gesehen und wir haben noch unendlich viele Fragen und auch umso mehr Dinge, über die wir sprechen müssen, und die wir dir erzählen wollen."

Ich wusste, dass sie damit die Situation mit Mike und seiner schwangeren Freundin meinte.

„Ich würde euch gerne sehen, allerdings wohne ich sehr weit von euch entfernt. Ich wohne mittlerweile in Hawaii. Und der Flug nach Deutschland dauert sehr lange. Außerdem muss ich auch arbeiten."

Eigentlich wollte ich ihnen nicht sagen, wo ich wohne, aber es sprudelte ungezügelt aus mir heraus.

„Was? Hawaii?", sagte mein Vater überrascht.

„Was hat dich denn dahin verschlagen? Egal, mein Liebling, dann kommen wir zu dir nach Hawaii. Ich kann gleich morgen früh die Flüge buchen."

Ich schluckte. War ich schon bereit sie wieder zu sehen?

„Papa sei mir jetzt bitte nicht böse, aber ich weiß nicht, ob es so eine gute Idee ist, wenn ihr mich jetzt schon besuchen kommt."

Auf einmal setzte die Stille ein. Ich weiß, dass es meinen Eltern wehtat, dass ich noch nicht bereit war sie zu sehen.

„Okay Mia, das können wir verstehen. Wir akzeptieren deine Entscheidung", sagte meine Mutter mit ihrer ruhigen Stimme, welche ich immer so mochte. Ihre Stimme war einfach so friedlich.

„Aber bitte gib uns wenigstens deine Telefonnummer, damit wir dich erreichen können. Ich möchte dich nicht noch einmal verlieren. Wir müssen uns nicht sofort sehen, aber ich möchte mit dir in Kontakt bleiben. Wir können auch mal facetimen? Ich würde dich so gerne sehen."

Das war eine gute Idee. Ich gab ihr meinen Kontakt von Skype. Wir sprachen noch ein wenig darüber, wie es meinen Eltern den letzten drei Jahren ergangen war, und dass mein Vater mittlerweile befördert worden war, und nun der Geschäftsführer der Bank ist, in welcher er auch schon damals gearbeitet hat. Sie erzählten mir viel über Paul und versicherten mir, dass es ihm gut ginge.

„Mia, ich bin so froh, dass du dich gemeldet hast. Ich hoffe, wir können bald wieder miteinander sprechen."

Ich versprach ihr, dass ich mich in den nächsten Tagen bei ihr über Skype melden würde und verabschiedete mich.

„Mama, Papa, ich bin wirklich froh, dass ich euch angerufen habe. Ich habe euch sehr lieb. Bis bald."

Dann legte ich auf und John nahm mich erstmal in den Arm. Es fiel mir wirklich ein Stein vom Herzen. Anfangs hatte ich solch eine Angst davor, mich bei ihnen zu melden, weil ich auch große Angst hatte, dass sie vielleicht auf mich böse sind. Und seien wir mal ehrlich, sie hätten jegliches Recht dazu gehabt. John und ich sprachen noch sehr lange über das Telefonat mit meinen Eltern, bis mir schließlich meine Augen zufielen und ich mich nochmal ins Bett legte, um mich auszuruhen.

Kapitel 5

Ich kam von der Arbeit nach Hause und war völlig erschöpft. Ich hatte mal wieder eine Zwölf-Stunden-Schicht hinter mir. Als ich in den Hof reingefahren kam, hörte ich schon laute Schreie. Ich schloss die Haustür auf und sah nur, wie meine Mutter schrie und weinte. Mike saß auf Paul und schlug auf ihn ein. Pauls Nase blutet schon und er sieht aus, als würde er gleich in Ummacht fallen. Ich schrie ganz laut:

„Tut doch was! Mike geh sofort runter von Paul!"

Meine Mutter und mein Vater stehen nur daneben und meine Mutter schrie weiter. Mein Vater redet wie immer mit sich selbst.

„Hätte ich ihn damals nur mit sechzehn schon weggebracht, dann hätte ich diesen ganzen Ärger nicht."

Ich versuchte Mike von Paul runterzuziehen, aber ich war einfach zu schwach.

„Mike, bitte, du bringst ihn noch um!", ich flehte ihn an damit aufzuhören, aber ich konnte einfach nicht zu ihm durchdringen.

Im nächsten Moment schubste mich Mike zur Seite und ich lag am Boden. Ich musste mir den Kopf angeschlagen haben, denn als ich zu mir kam, hatte ich das Gefühl, als ob ich neben mir stehen würde. Gleichzeitig war mir schwindelig, doch als ich wieder richtig klar im Kopf war, sah ich nur Paul Blut überströmt. Ohne zu zögern, nahm ich mein Handy aus meiner Hosentasche heraus und wählte den Notruf. Doch auf einmal nahm mir mein Vater das Telefon weg.

„Denk doch an die Nachbarn! Die müssen das nicht schon wieder mitbekommen", sagt er ganz schroff zu mir. Ich schaue ihn völlig fassungslos an.

„Halt deinen Mund oder willst du etwa, dass er Paul umbringt?"

Ich wählte den Notruf und die verständigten auch die Polizei.

Ich versuchte mit aller Kraft, Mike von Paul runterzuziehen, obwohl mir noch immer etwas schwindelig war. Paul bewegte sich gar nicht mehr, er wehrte sich nicht mehr. Nichts. Er war schon längst bewusstlos, doch Mike schlug immer wieder auf sein Gesicht ein. Überraschenderweise half mir auf einmal meine Mutter, aber selbst zu zweit waren wir einfach nicht stark genug. Ich hörte die Sirenen und sagte meiner Mutter, dass sie vor die Tür gehen und die Polizisten rein lassen soll. Von jetzt auf gleich kamen fünf Polizisten reingerannt und stürzten sich auf Mike. Ich schätze, die Nachbarn hatten bereits die Polizei alarmiert, denn sie wären viel zu schnell gewesen, da ich erst vor fünf Minuten den Notruf gewählt hatte. Mike wehrte sich, doch glücklicherweise hatten die Polizisten ihn mit ein paar Handgriffen gepackt und ihn zu Boden geworfen. Einer der Polizisten holte Handschellen raus und legt sie Mike an. Ich ging zu Paul, denn die Sanitäter waren noch nicht da. Eine Polizistin kam zu mir. Ich kannte sie. Sie war schon bei vielen Einsätzen wegen Mike mit dabei gewesen. Meine Eltern standen nur in der Ecke und schauten, was passiert. Papa sieht man ins Gesicht geschrieben, dass er sprachlos war. Mama schaut ganz benommen aus und stand völlig unter Schock.

Wieder einmal wachte ich schweißgebadet von meinen Albträumen auf. John war bereits auf der Arbeit, denn er lag nicht mehr neben mir. Ich sah auf mein Handy. Ich hatte eine neue Nachricht auf Skype habe. Sie ist von Mama:

Meine liebe Mia, ich kann gar nicht schlafen vor laute Freude, weil ich endlich deine Stimme wieder hören konnte. Es tut mir alles so unendlich leid. Ich kann gar nicht in Worte fassen, wie leid es mir tut. Ich hoffe wir können bald miteinander facetimen, denn ich würde dich so gerne sehen. In Liebe, deine Mama.

Dies Nachricht löste in mir Freude aus, aber sie machte mir gleichzeitig auch große Angst. Ich bin noch nicht bereit, ihnen zu verzeihen. Der Kontakt zu ihnen fehlt mir aber mehr denn je.

Hallo Mama. Ich bin auch froh, dass wir endlich telefoniert haben. Allerdings muss ich jetzt arbeiten gehen. Vielleicht können wir in ein paar Tagen facetimen. Ich werde mich bei dir melden, sobald ich Zeit habe. Deine Mia.

Natürlich war das Schwachsinn, ich könnte direkt nach Feierabend mit ihr facetimen, aber ich war noch nicht bereit dazu. Vor allem aber wollte ich zu Mary und ihr alles erzählen. Ich brauchte einfach ihren Rat, ob ich es vielleicht überstürzte oder ob ich es ihnen sogar zu leicht machen würde? Aber eigentlich weiß ich schon, was Mary zu mir sagen wird. „Familie ist das Wichtigste", das sagte sie immer. Sie wuchs aber auch in einer Bilderbuchfamilie auf, in der es nie Probleme gab. Trotz allem hatte sie recht. Familie sollte das Wichtigste im Leben sein. Nur war meine Familie leider nicht so gut darin. Ich machte mich für die Arbeit fertig und radelte mit meinem Fahrrad in die Hütte. Die Schicht verging schneller denn je, weil wir hatten viel zu tun. Als ich Feierabend hatte, lief ich zu meinem Fahrrad und rief John an.

„Hallo Liebling, ich habe jetzt Feierabend, aber ich gehe jetzt noch zu Mary. Vermutlich wird es etwas später bei mir."

„Okay, aber wenn was ist, rufst du mir an. Geht es dir denn gut? Konntest du das gestern denn schon etwas verarbeiten?", fragte er mich mit seiner sanften Stimme.

„Na ja, um das zu verarbeiten musst du mir schon noch ein bisschen mehr Zeit geben, aber mir geht es so weit gut. Du musst dir keine Sorgen machen. Ich brauche jetzt einfach ein wenig Zeit mit meiner besten Freundin."

„Natürlich, Mia. Du hast alle Zeit der Welt, um das zu verarbeiten. Ich liebe dich, mein Liebling. Sag Mary liebe Grüße von mir."

„Ich liebe dich auch, John. Danke, dass du für mich da bist."

„Das ist doch selbstverständlich. Also bis später."

Ich setzte mich auf mein Fahrrad und fuhr los. Als ich ankam, war Mary schon bereit und hatte unseren liebsten Rósewein kaltgestellt. Sie war bereits vorbereitet, denn ich schrieb ihr in der Mittagspause eine kurze SMS.

Mary nahm mich in den Arm und drückte mich fest.

„Ist alles in Ordnung, Mia?"

„Ja, so weit ist alles in Ordnung."

Wir gingen durch das Haus und setzten uns raus auf ihre Veranda. JJ ließ sich auch kurz blicken und begrüßte mich. Ich schätze, Mary hatte ihm bereits gesagt, dass wir zu zweit sein wollen, weshalb er auch wieder direkt reinging.

„Also, erzähl mir alles, Mia! Was genau ist gestern Abend passiert?"

Ich vertraute ihr die ganze Story an und auch meine Bedenken, dass ich ihnen zu schnell verzeihen könnte. Sie hörte sich alles ganz in Ruhe an und als ich fertig war, sah sie mich traurig an.

„Mia, ich denke nicht, dass du Angst haben musst, ihnen zu schnell zu verzeihen. Denn nur weil du wieder mit ihnen Kontakt hast, heißt es nicht, dass du ihnen verzeihst. Ich kann dich absolut verstehen, aber ich denke auch, dass deine Eltern damals absolut überfordert waren. Das ist natürlich keine Ausrede dafür. Dennoch finde ich, es wäre besser, wenn du mit ihnen wieder eine Beziehung aufbaust und dich auch bald mit ihnen triffst."

Ich sah sie ganz irritiert an.

„Mary, das ist nicht so einfach. Ich weiß nicht, ob ich sie schon sehen möchte, und vor allem, ob ich das kann."

Ich nahm einen kräftigen Schluck Wein aus meinem Glas und einen zweiten direkt hinterher. So langsam war ich ganz schön angetrunken, aber das brauchte ich einfach, denn ich hatte das Gefühl, meine Gedanken überrollten mich. Dank des Alkohols konnte ich das ganz gut regulieren.

„Mia, jetzt sei doch mal ehrlich zu dir selbst. Es zerfrisst dich innerlich, dass du kein gutes Verhältnis zu deinen Eltern hast. Du hast mir immer erzählt, wie schön deine Kindheit war, bis du zwölf Jahre alt warst. Deine Eltern haben trotzdem alles für euch getan und euch so viel Liebe geschenkt. Und diese Liebe brauchst du. Diese Art von Liebe braucht jeder. Außerdem ist es an der Zeit, dass du die Vergangenheit hinter dir lässt und endlich damit abschließt. Das kannst du nur, wenn du dich mit deinen Eltern aussprichst. Und vielleicht solltest du dich sogar mit Mike aussprechen."

Nun musste ich ganz schön schlucken. In meinen Augen bahnte sich schon ein Tränenausbruch an.

„Ich weiß doch, dass du recht hast, Mary. Aber ich habe einfach solche Angst davor. Ich habe Angst davor, meine Eltern zu treffen und ich habe eine noch viel größere Angst davor, Mike wieder zu treffen", nun brachen die Tränen aus mir heraus. Mary nahm mich in den Arm und flüsterte mir ins Ohr:

„Alles wird wieder gut, Mia. Das verspreche ich dir!"

Kapitel 6

Ich war ganz schön betrunken, weshalb mich JJ nach Hause fuhr. Mein Fahrrad legte er auf die Ladefläche seines Pick-ups. Als ich aufwachte, merkte ich nur, wie mich John ins Haus trug. JJ musste ihn angerufen haben und hat ihn schon mal darauf vorbereitet, dass seine Freundin betrunken nach Hause kommt. John legte mich ins Bett und zog mir meine Schuhe aus. Er gab mir einen Kuss auf die Stirn und legte sich neben mich ins Bett. Und da war ich dann auch schon wieder eingeschlafen. Am nächsten Tag habe ich fast den ganzen Tag in der Hütte gearbeitet. Kurz bevor ich Feierabend hatte, kam Jack zu mir und sagte, dass er mich für 2 Wochen in den Urlaub schickt. Er meinte, dass ich zu viele Überstunden hatte und diese nun endlich abarbeiten muss. Das war eine Ausrede, das wusste ich. Er sah, wie schlecht es mir momentan ging, und ich fand, es war eine ziemlich schöne Geste von ihm.

„Wenn du aber Hilfe brauchst, dann melde dich bitte bei mir. Es macht mir nichts aus, ein paar Tage zu arbeiten", sagte ich zu ihm, als er mich wortwörtlich aus der Hütte Schub.

„Mia, wir bekommen das auch ohne dich hin, keine Angst. Du entspannst dich jetzt erstmal und genießt deinen Urlaub."

Also machte ich mich auf den Heimweg und ging noch am Supermarkt vorbei, damit ich noch ein paar Lebensmittel einkaufen konnte.

Als John nach Hause kam, hatte ich bereits meine hausgemachte Bolognese gekocht. John liebt dieses Gericht, aber leider kommen wir nicht allzu oft dazu, es zu kochen. Ich erzählte ihm von meinem Tag und er erzählte mir, wie viel Müll er wieder aus dem

Meer entfernen musste. John regt sich immer sehr darüber auf, dass das Meer so verschmutzt ist. Er hat natürlich recht, aber ich habe es nicht gerne, wenn er sich Sorgen macht. Er dreht nämlich meistens dann dabei durch und interpretiert daraus dann gleich, dass er arbeitslos sein wird, weil es bald keine Fische mehr gibt. Abends haben wir uns dann noch unsere Lieblingsserie angeschaut.

Als ich mitten in der Nacht aufgewacht bin, musste an meine Mutter denken. Seit ich mit ihr telefoniert habe, vermisse ich sie mehr denn je. Oft denke ich, dass ich ihr nicht verzeihen sollte, dass sie das alles zugelassen hat, aber sie ist immer noch meine Mutter. Ich weiß nicht, was ich davon halten soll, dass wir nun wieder Kontakt aufbauen. Ich freue mich, aber habe gleichzeitig Angst, dass sie mich wieder enttäuschen wird.

Als ich mich auf die Seite drehte, sah ich, dass John wach war.

„Kannst du auch nicht schlafen, John?"

„Nein, leider nicht. Und was ist mit dir? Warum schläfst du nicht?"

„Ich denke wieder zu viel nach und meine Gedanken lassen mich wie immer nicht schlafen."

John legte seinen Arm um mich, sodass ich mich mit meinem Kopf auf seine Brust legen konnte.

„Denkst du über deine Familie nach?", fragte mich John und gab mir einen Kuss auf meinen Hinterkopf.

„Ich denke über meine Mutter nach. Seit ich mit ihr telefoniert habe, bekomme ich sie nicht mehr aus meinem Kopf."

„Vielleicht solltest du ihr anrufen und sie einladen. Immerhin hast du jetzt zwei Wochen Urlaub und da könnte sie dich doch besuchen kommen, oder?"

Ich setzte mich aufrecht hin und sah zu John.

„Spinnst du? Ich kann sie doch nicht einfach einladen! Außerdem weiß ich gar nicht, ob ich schon bereit bin sie zu sehen und ob sie überhaupt Zeit hat. Immerhin sind wir tausende von Kilometern voneinander entfernt."

„Mia, du wirst niemals dafür richtig bereit sein. Und ich denke, deine Mutter würde sofort alles stehen und liegen lassen, um dich zu sehen. Das weißt du genauso gut, wie ich es weiß. Und ich denke, das würde dir guttun. Du musst endlich mit deiner Vergangenheit abschließen und das kannst du nur, wenn du den Menschen verzeihst, die dafür verantwortlich sind. Ich weiß, es fällt dir schwer, aber die Vergangenheit wird dich irgendwann auffressen, wenn du nicht damit abschließt."

„Vielleicht hast du recht."

Kapitel 7

Mary hatte heute frei, weshalb wir uns am Strand verabredet hatten. Bevor ich mit dem Fahrrad zum Strand fuhr, bin ich noch in der Hütte vorbeigefahren, um zwei Clubsandwiches abzuholen. Sie machen einfach das beste Clubsandwich der ganzen Stadt. Außerdem konnte ich dann direkt schauen, ob sie ohne mich klarkommen. Melisa, unsere Aushilfe, war da und gab in der Küche Bescheid, dass ich die Sandwiches abholen wollte. Jack war auch da. Er kam lachend auf mich zu.

„Du schaffst es auch keinen Tag, ohne uns auszukommen, oder?"

„Na ja, ich muss ja schauen, ob alles im Lot ist", sagte ich grinsend.

Melisa brachte mir meine Bestellung und ich verabschiedete mich von ihr. Ich lief zum Ausgang und hörte nur, wie Jack mir hinterherrief, dass ich jetzt gefälligst meinen Urlaub genießen soll. Als ich am Strand ankam, war Mary bereits da. Sie breitete ihr riesiges Badetuch an unserem Stammplatz aus. Von Weitem winkte sie mir bereits zu. Ich liebte diese Tage, an denen wir einfach nur zu zweit am Strand lagen und nichts machten außer essen, lachen, tratschen und sich zu sonnen. Wir aßen unsere Sandwiches und tranken Prosecco aus der Dose. Zugegeben war dieser Prosecco ziemlich eklig, aber knallte wenigstens so richtig. Deshalb trank ihn Mary so gerne, weil Mary die Meinung vertritt, dass mit Alkohol alles erträglicher ist. Natürlich war mir bewusst, warum sie ihn mitbrachte. Sie wollte mich auf meine Familie ansprechen und mich mit Alkohol zum Reden bringen.

„Hast du dir nun überlegt, was du bezüglich deiner Eltern machen willst?", fragte sie zögernd.

Sie weiß, dass dieses Thema nicht auf Platz eins meiner Gesprächsthemen steht, weshalb sie sich behutsam herantastete.

„Mary, ich weiß nicht, was ich tun soll. Meine Eltern sind dafür verantwortlich, dass ich eine so schlimme Kindheit hatte. Natürlich ist Mike derjenige der am meisten Schuld hat, aber meine Eltern haben immer zugesehen und nie etwas getan. Wie soll ich bitte so etwas verzeihen oder vergessen?"

Ich musste mit den Tränen kämpfen und Mary merkte es sofort. Sie nahm mich in den Arm und drückte mich ganz fest.

„Mia, niemand verlangt von dir, dass du ihnen das verzeihst, und so etwas Schreckliches wird man sicherlich auch nie vergessen, aber du musst endlich damit abschließen und nach vorne schauen!"

Ich löste mich aus ihrer Umarmung und wusch mir die Tränen aus dem Gesicht.

„Genug mit dem Geheule. Ich möchte heute einfach nur Spaß haben und meinen Kopf ausschalten. Deshalb gehen wir jetzt ins Wasser!"

Während ich aufstand, packte ich Marys Arm und zog sie nach oben. Ich rannte in Richtung Wasser und riss Mary mit mir. Sie schrie und lachte gleichzeitig, als wir ins kalte Wasser sprangen.

Als ich am frühen Abend nach Hause kam, saß John bereits auf der Veranda und trank einen Kaffee.

„So spät trinkst du nie einen Kaffee. Bist du etwa müde?", sagte ich spielerisch zu ihm.

„Heute war kein guter Fang. Und das eigentlich schon die ganzen letzten Tage. Ich kann kaum noch schlafen, deshalb der Kaffee."

Jetzt mache ich mir Sorgen. John bringt eigentlich nie etwas um seinen Schlaf.

„Aber warum hast du mir nicht früher davon erzählt?"

„Ich wollte dich nicht beunruhigen und du hattest sowieso den Kopf wegen deiner Familie voll."

„John, du musst mir doch sagen, wenn so etwas ist. Egal, wie viel ich um die Ohren habe, für dich habe ich immer Zeit und ein offenes Ohr. Das solltest du aber wissen! Und jetzt erzähl mir bitte, was genau los ist!" Ich setzte mich zu ihm und nahm seine Hand.

„Ach, diese verdammt großen Fischkutter vermiesen mir mein ganzes Geschäft. Ich komm gegen die einfach nicht an. Die haben größere Boote und mehr Personal als ich. Und zu alledem hat heute auch noch das Hotel am Berg, das wir beliefern, bei uns gekündigt. Dreimal darfst du raten, wieso. Weil die jetzt auch lieber zu diesem Riesenkonzern gehen und dort alles bestellen." John war total deprimiert.

„Ach John, das bekommst du schon wieder hin. Du hast bis jetzt doch alles geschafft."

„Nein, das schaffe ich eben nicht. Es ist jetzt schon das vierte Hotel, das mir kündigt. Es ist aussichtslos. Wenn es so weitergeht, dann werde ich bald bankrott sein."

„Wieso hast du mir nicht gesagt, dass die drei anderen gekündigt haben?"

Jetzt sah John mich ganz komisch an.

„Ja, warum wohl? Weil es dich ja sowieso nicht interessiert. Es dreht sich seit Tagen alles nur um dich und deine Probleme, aber meine fallen dir nicht einmal auf", John wirft seine Tasse quer über die Veranda und stürmt ins Haus.

Ich saß da wie gelähmt. So habe ich John noch nie erlebt. Er ist normalerweise die Ruhe selbst. Ich beschloss, John erstmal nicht nachzugehen. Er muss sich erst einmal beruhigen und das muss ich auch. Wie angewurzelt sitze ich eine gefühlte Ewigkeit auf der Veranda, bis John sich leise neben mich schlich. Ich sehe an seinem Blick, dass es ihm leidtut.

„Mia, bitte entschuldige meinen Ausraster. Und das, was ich gesagt habe, ist völliger Blödsinn. Ich bin einfach so deprimiert. Ich habe solche Angst, alles zu verlieren." John rollt eine Träne über sein so makelloses Gesicht. Ich stand auf und nahm ihn in den Arm und plötzlich fing er richtig an zu weinen. Ich spürte, wie seine Tränen mein Shirt durchnässt. Ich flüstere ihm immer wieder in sein Ohr, dass alles gut sein wird. Als er sich beruhigte, löst er sich von meiner Umarmung, aber hielt meine Hände fest.

„Deshalb liebe ich dich so unendlich." Er küsste mich auf die Wange und dann zärtlich auf meinen Mund. Seine Hände glitten an meiner Schulter und dann an meinen Armen hinunter zu meiner Hüfte. Er fing er an, meinen Hals mit Küssen zu bedecken. Sanft legte er seine Hand auf meine Wange und küsst mich leidenschaftlich. Seine Zunge drang in meinen Mund und suchte wild nach meiner. Seine Hände packten meinen Hintern und er hob mich hoch. Ich schlang meine Beine um seine Hüfte und griff mit meinen Händen um seinen Nacken. Langsam ging John Richtung Haustür und öffnet sie mit seinem Fuß, lässt aber keine Minute von meinem Mund ab. Er ging Richtung Küche, setzte mich aber dann davor auf dem Esstisch ab. Der Tisch hatte die perfekte Höhe, sodass Johns Hüfte direkt an meine stieß. Er zog mir hastig das Shirt aus und dann direkt auch sein eigenes. Er zog mich an der Hüfte zu ihm, beugt sich vor und küsst mich schnell und wild. Mir entfuhr ein leichtes Stöhnen, worauf er anfängt, mit seiner rechten Hand meine Brust zu kneten. Mit der anderen Hand öffnet er meinen BH und riss ihn mir vom Körper. Ich machte seinen Gürtel auf und während er mir meine Hose herunterzog, öffne ich seine Hose, sodass sie nach unten rutschte. Mein Herz schlug wahnsinnig schnell vor Erregung. John entscheidet, mich noch weiter zu quälen, indem er mir meine Brüste knetet und meinen Nippel zwischen seinen Daumen und Zeigefinger nimmt und zudrückt. Ich drückte meine Hüfte gegen seine, sodass etwas Hartes gegen mich drückte. Während ich nach Luft schnappte, bearbeitete er weiterhin meine Brüste. Dann fing er wieder an meinen Mund zu küssen und endlich lässt er von meinen Brüsten ab, nahm ihn in die Hand und drang in mich ein. Er fing mit schnellen Stößen an und ich merke direkt, wie ein Orgasmus sich in mir aufbaute. Jedes Mal, wenn John so wild und hemmungslos zu mir ist, baut sich direkt eine Explosion in mir auf. Es törnte mich so sehr an, wenn er mich so hart rannahm.

„Härter, stoß härter zu", bettle ich ihn immer wieder an, und nach jedem Stoß stößt er ihn härter in mich. Auch er ist kurz davor zu kommen. Ich muss mich förmlich an ihm festhalten, weil ich sonst vom Tisch fallen würde.

„Ja John!", stöhne ich laut und dann war es auch schon geschehen. John ergoss sich in mir und ich spürte seine warme Flüssigkeit in mir. Genau das liebe ich an John. Auf der einen Seite ist er ein liebevoller und zuvorkommender Gentleman, aber genauso kann er mich hart rannehmen. Er hat verschiedene Seiten an sich und jede einzelne kenne und liebe ich.

Nachdem wir geduscht hatten, entschieden wir uns dazu, eine Pizza in den Ofen zu schieben. John schenkte uns Rotwein ein und wir setzten uns auf die Veranda, bis die Pizza fertig war.

„John, du musst keine Angst haben. Wir schaffen das! Du hast schon so viel in deinem Leben bewältigt."

„Das hoffe ich sehr, Mia. Ich werde versuchen, eine Lösung zu finden. Und entschuldige bitte nochmal meinen Ausraster von vorhin."

„Liebling, du musst dich nicht entschuldigen. Außerdem hast du es schon längst wieder gut gemacht", grinste ich.

Er grinste zurück und da war es wieder. Ich konnte die Hoffnung und die Leidenschaft in seinen Augen sehen. Ich weiß, dass er das schaffen wird. Dass wir es schaffen werden. Gerade, als wir unsere Pizza fertig gegessen hatten, fing es an zu regnen. Wir gingen ins Bett und liebten uns noch ein weiteres Mal.

Als ich aufwachte, war John bereits bei der Arbeit und ich beschloss, den ganzen Tag nichts zu tun.

Die restlichen Tage meines Urlaubs hatte ich damit verbracht mich zu sonnen, mit Mary Cocktails zu trinken oder John zu lieben. Ich schrieb auch mit Mama, allerdings nicht wirklich viel, und wenn, dann nur über das Wetter oder belanglose Dinge. Es wunderte mich, dass Mama nicht nachbohrte und wissen wollte, wo genau ich bin oder es wenigstens versuchte es herauszufinden. Ich denke, sie versteht, dass ich vorerst nicht gefunden werden will, und ich bin sehr erleichtert darüber, dass sie das akzeptiert. Zumindest schien es so.

Der erste Tag nach meinem Urlaub in der Hütte war wundervoll. Ich war zwar nur zwei Wochen weg, aber ich merkte, wie sehr sie mir alle gefehlt hatten. Unsere Stammkunden waren auch glücklich darüber, dass ich wieder auf der Arbeit war. Das erfüllte mich mit Glück, denn ich hatte das Gefühl wichtig zu sein. Ich war nicht unsichtbar, für sie, wie ich es sonst gewöhnt war. In meiner Vergangenheit war ich immer für alle unsichtbar und das war das schlimmste Gefühl für mich. Als ich nach Hause kam, saßen JJ, Mary und John bereits auf der Veranda und tranken Cocktails.

„Na euch muss es ja gut gehen. Arbeitet ihr eigentlich auch?", scherzte ich.

Ich begrüßte alle und John gab mir ebenfalls einen Cocktail.

„Wir wollen den Grill anschmeißen", sagte JJ.

In diesem Moment verspürte ich Glück. Leider fällt es mir viel zu selten auf, was für tolle Freunde ich doch habe. Ich denke noch zu viel über meine Vergangenheit nach. Denn da hatte ich auch Freunde, die ich alle zurückließ. Ich denke so oft über sie nach und male mir aus, was sie jetzt wohl machen. Zu oft stelle ich mir die Frage: War es richtig, dass ich gegangen bin? Hätte ich bleiben sollen und versuchen sollen, etwas zu ändern? Aber was hätte ich tun können?

Ich weiß, dass es mir hier sehr gut geht, aber ich frage mich immer, ob es mir zu Hause irgendwann auch so gegangen wäre.

Kapitel 8

Als ich am nächsten Morgen aufwachte, brummte mir der Kopf. JJ hatte beim Grillen seinen Spezial-Cocktail gemacht, der eigentlich nur aus purem Alkohol bestand. Ich nahm ein Aspirin und richtete mich für die Arbeit her. Zum Glück ist heute Montag und meistens ist es montags relativ ruhig, was mir grade recht kam. Ich arbeitete mit Melisa zusammen, was immer Spaß macht. Sie ist noch so jung und unwissend, was für schlimme Dinge auf der Welt passieren. Immer wenn ich sie ansehe, muss ich lächeln. Sie erinnerte mich an mich selbst. An mein jüngeres „Ich", als noch alles gut war. Als Mike noch nicht durchdrehte und meine Eltern mich und Paul im Stich ließen. Es war so schön, als in unserer Familie noch alles gut war und Frieden herrschte. Es fing erst an, als Mike auf die Realschule ging. Meine Mutter sagte immer, dass Mike nichts für seine Ausraster könnte, weil er ja so schrecklich gemobbt wurde. Das kann schon sein, dass ihm das passiert ist und das ist sicherlich nicht schön, aber das gab ihm nicht das Recht, uns so zu behandeln. Als er dann auch noch achtzehn Jahre alt wurde und in die Spielcasinos durfte, war alles zu spät. Er kam eigentlich täglich komplett betrunken nach Hause und ging mental auf uns alle los. Er schrie mich oft an und schubste mich. Oft gab er mir auch Backpfeifen, aber die richtigen Prügel musste immer Paul einstecken. Jedes Mal, wenn Paul wieder ein blaues Auge hatte, musste meine Mutter sich eine neue Ausrede für die Schule einfallen lassen, wieso und warum Paul nicht in die Schule kommen konnte. Sie hat ihn erst dann wieder in die Schule gelassen, als das blaue Auge oder die anderen Verletzungen nicht mehr zu sehen waren.

Er schlug auch meine Mutter, aber immer nur dann, wenn mein Vater nicht zu Hause war. Sie verbot uns dann immer, unserem Vater etwas zu sagen, und so verängstigt wie wir waren, schwiegen wir jedes Mal. Aber je älter ich wurde, desto mehr wurde mir bewusst, dass das alles falsch war, und dass wir Mike aufhalten mussten. Jedes Mal, wenn Mike richtig ausflippte und die Polizei kam, wurde natürlich auch das Jugendamt verständigt, aber auch nur, weil Paul noch minderjährig war, sonst hätten die auch nichts gemacht. Es gab so viele Menschen in unserem Leben, die etwas ändern hätten können, aber alle haben immer nur weggeschaut und ab dem Moment, wo auch Paul achtzehn wurde, hat die Polizei kein Jugendamt mehr verständigt.

Ich fragte mich, ob Mike noch immer diese Ausraster hat und ob es Paul gut geht. Als ich abgehauen bin, wollte ich Paul mitnehmen, aber er wollte nicht. In der Nacht, bevor ich mein Zuhause verließ, schlich ich mich in sein Zimmer und weckte ihn auf. Ich redete auf ihn ein, dass wir uns das nicht mehr gefallen lassen können und dass es gefährlich sei, wenn wir bleiben würden. Er wollte aber nicht mitkommen, weil er Mama nicht alleine lassen konnte. Ich fühlte mich schuldig, weil er recht hatte. Er entgegnete mir:

„Du musst aber gehen, Mia. Bitte geh, und lebe ein schöneres Leben. Ich schaffe das schon irgendwie."

Nach diesem Gespräch schrieb ich meinen Abschiedsbrief an Chase und ging. Ob Paul wohl verstand, dass ich wirklich gehen würde und vor allem, dass ich niemandem etwas sagen würde, wohin ich gehe?

Als ich um neunzehn Uhr Feierabend hatte, lief ich aus der Hütte raus und sprang auf mein Fahrrad. Ich genoss die Sonne auf meinem Gesicht und auf meinen Armen. Es war ein schöner Sommertag, weshalb ich die ganze Zeit lächeln musste. Die Sonne schien und es zischte eine kleine Prise Wind. Ich dachte über meine Mutter nach und als ich nach Hause kam, griff ich zu meinem Telefon und rief sie an. In diesem Moment dachte ich nicht darüber nach, was die beste Idee wäre. Ich dachte nur, dass ich mit meiner Mutter sprechen möchte.

„Hallo, hier ist Melanie."

„Hallo Mama, ich bin's, Mia."

„Mia? Hallo, mein Liebling. Oh, ich freue mich so, dass du anrufst. Wie geht es dir? Was machst du gerade so?"

„Mir geht es gut. Ich bin gerade von der Arbeit gekommen und wollte dich gerne anrufen."

Mir liefen die Tränen und meine Stimme wurde brüchig.

„Oh Mama, ich vermisse euch so sehr, dass ich kaum noch denken kann. Ich war die ganzen Jahre so sauer auf euch, dass ich gar nicht gemerkt habe, wie sehr ihr mir doch fehlt!", schluchzte ich ins Telefon.

„Mia, wir vermissen dich auch sehr. Paul vermisst dich auch sehr. Er wollte mir gar nicht glauben, dass du angerufen hast."

„Wie geht es den Paul? Was macht er?"

„Paul geht es gut. Er arbeitet in einem Kindergarten und er liebt seinen Job sehr. Und er hat seit ein paar Wochen eine Freundin, weswegen wir ihn nur sehr wenig zu Gesicht bekommen", lachte sie.

„Das hört sich großartig an. Es wäre so schön, wenn ich mit ihm sprechen könnte. Vielleicht kannst du ihm ja meine Telefonnummer geben und dann kann ich mal mit ihm telefonieren?"

„Liebes, das hört sich klasse an, aber sollen wir vielleicht unsere Telefonate über Facetime weiterführen? Das Auslandstelefonat wird sonst schrecklich teuer für dich."

Darüber habe ich gar nicht nachgedacht, aber sie hatte recht.

Wir führten unser Telefonat über Facetime weiter und sie erzählte mir, wie Paul sich entwickelte.

„Ich weiß, Liebes, dass du das vermutlich nicht hören willst, aber auch Mike geht es gut. Er wird sogar Vater!"

Dass ich diese Worte aus ihrem Mund hören würde, hätte ich nie gedacht.

„Das weiß ich bereits, Mama. Mein Freund hat Mike auf Facebook gefunden und hat mir das Bild gezeigt, auf dem er mit seiner schwangeren Frau zu sehen ist."

„Ja, das ist Lauren. Sie ist wirklich klasse. Ich habe sie sehr gerne und Mike liebt sie sehr. Sie sind jetzt seit knapp zwei

Jahren zusammen und seitdem er sie kennt, hat sich alles ins Positive verändert, Mia. Er hat angefangen, eine Therapie gegen sein Alkoholproblem zu machen und vor allem gegen seine Spielsucht."

In meinem Kopf fragte ich mich, ob ich das überhaupt alles wissen möchte. Ich habe Angst, dass es mich traurig machen wird, dass es ihm jetzt gut geht.

„Mia, es tut ihm auch wirklich leid, was er dir und uns angetan hat. Er möchte sich auch bei dir entschuldigen, wenn du es zulässt."

Jetzt muss ich erstmal schlucken. Dass er sich verändert hat, kann ich nicht wirklich glauben. Wie soll so ein Mensch sich bitte ändern können?

„Mama, ich bin froh, dass es Mike nun offenbar besser geht, aber ich möchte von ihm nichts mehr wissen. Er ist dafür verantwortlich, dass mein Leben so verlaufen ist. Wie kann ich ihm das bitte jemals verzeihen? Wie kannst du ihm das überhaupt verzeihen?"

„Mia, ich habe ihm verziehen, weil er sich geändert hat, und er hat sich entschuldigt. Und vor allem meint er es ernst."

„Eine Entschuldigung macht es aber nicht besser. Er hat dich und auch mich geschlagen. Wie oft hat er Paul windelweich geschlagen und ihr standet immer nur daneben und habt nichts unternommen. Wie kannst du ihm verzeihen, dass er das Leben deiner anderen Kinder zerstört hat? Ich habe fast jede Nacht Albträume, in denen ich träume, dass er Paul totschlägt, und das, obwohl ich ihn seit drei Jahren nicht mehr gesehen habe", schreie ich sie an.

Es wird ruhig und ich hörte, wie meine Mutter weint.

„Ich weiß doch was er getan hat, aber er ist auch mein Kind. Selbst Paul hat ihm verziehen. Und er meint es wirklich ernst. Ihm ist bewusst, was er uns angetan hat, aber er zeigt Reue und er versucht es jetzt besser zu machen. Jeder verdient eine zweite Chance!"

„Das ist gut möglich, aber Mike verdient meiner Meinung nach keine", sagte ich und legte auf.

Ich kann es nicht glauben, dass sie ihm einfach verzeiht. Es ist mir völlig egal, ob er ihr Sohn ist oder nicht, aber was er getan hat, ist unverzeihlich. Es versetzt mir auch einen Stich ins Herz, dass Paul ihm verziehen hat. Er musste so viel ertragen und das kann er ihm alles verzeihen. Ich habe das Gefühl, dass sie offenbar sehr glücklich sind, obwohl ich nicht mehr in ihrem Leben bin.

Kapitel 9

Als John nach Hause kam, war er ganz durch den Wind.

„Hey, Liebling, wo warst du denn?", fragte ich John.

„Ich war bei JJ und habe ihm geholfen, das Haus sturmsicher zu machen. Er kommt auch gleich zu uns und hilft mir bei unserem Haus."

„Was für ein Sturm, bitte? Ich habe gar nichts mitbekommen."

„Mia, ist das dein Ernst? Sie berichten schon den ganzen Tag in den Nachrichten davon", sagte John und schaute mich dabei ganz erstaunt an.

„Komisch, das habe ich wohl nicht mitbekommen. Ich bin heute irgendwie woanders mit meinen Gedanken."

John kam zu mir und gab mir einen Kuss auf die Stirn.

„Wenn ich mit JJ alles sicher gemacht habe, werde ich uns was Leckeres zu essen kochen. Danach können wir ja eine DVD schauen, weil es wird nicht mehr lange dauern, bis wieder die Telefone und der Fernseher nicht mehr funktionieren."

„Das hört sich super an! Soll ich euch was helfen?"

„Das ist lieb von dir, aber dass musst du nicht."

Ich ging ins Schlafzimmer und rief Mary an, solange das Telefon noch ging. Wir sprachen kurz und wünschten uns eine gute Nacht, denn der Sturm soll wohl richtig heftig werden. Ich verstehe nicht, wie das an mir vorbeigegangen ist, aber wenn ich jetzt drüber nachdenke, habe ich gehört, wie ein alter Herr in der Hütte mit Jack über einen Sturm gesprochen hat. Ich dachte, er spricht über einen, der bereits vergangen war. Der letzte Sturm war ziemlich heftig. Fünf Tage lang ging gar nichts und zwei Tage davon war sogar der Strom weg. Nach diesem Sturm hatte John uns ein Stromaggregat besorgt, falls so was wieder vorkommt. Als er ihn gekauft hat, habe ich ihn noch ausgelacht und gesagt, dass er übertreibt. Jetzt bin ich ziemlich froh darüber, dass wir es uns zugelegt haben.

Als John mit JJ das Haus sichergemacht hat, kam er rein und JJ folgte ihm. Er verabschiedete sich von uns und rief kurz danach noch an, damit wir sichergehen konnte, dass er zu Hause gut angekommen war. John machte uns selbstgemachte Lasagne und ich bereitete uns einen Salat vor.

Ich dachte erneut über meine Mutter nach und ob ich John davon erzählen sollte, aber ich wusste sowieso jetzt schon, was er dazu sagt, nämlich, dass ich übertreibe. Vielleicht übertreibe ich auch, aber ich kann Mike nicht einfach verzeihen. Ich werde meine fürchterlichen Kindheitserinnerungen oder vielmehr meine Jugenderinnerungen nie mehr vergessen können. Nur wegen ihm.

„Mia, hilfst du mir, den Tisch zu decken?", und damit riss mich John wieder aus meinen Gedanken.

„Ja, natürlich."

„Ist alles in Ordnung? Machst du dir Sorgen wegen dem Sturm?"

„Nein, das ist es nicht. Ich habe vorhin mit meiner Mutter gesprochen."

„Hast du sie angerufen, oder wie?"

„Ja, habe ich. Und das Telefonat lief nicht wirklich gut."

„Wieso, was ist passiert?"

„Na ja, das Thema Mike kam zur Sprache und sie sagte mir, dass sich Mike bei mir entschuldigen möchte und dass er sich angeblich geändert hätte."

„Also ich finde es schön, dass Mike sich bei dir entschuldigen möchte." Ich schaute John ganz fassungslos an.

„Wie bitte? Warum soll das bitte schön sein? Er kann sich seine Entschuldigung sonst wohin schieben, aber ich will sie ganz sicherlich nicht hören!"

„Vielleicht möchte ja Mike auch einfach mit seiner Vergangenheit abschließen. Immerhin gründet er jetzt seine eigene Familie und ich bin mir sicher, dass er einfach nur das Beste für euch alle will!", sagte John und wollte meine Hand nehmen, doch ich schlug sie weg.

„Spinnst du jetzt komplett? Wieso soll der denn bitte das Beste für uns wollen? Das wollte er noch nie und das wird sich auch nicht ändern. Und vor allem wird sich meine Meinung zu ihm niemals ändern. Schluss jetzt mit dem Thema. Ich will mich jetzt nicht mit dir streiten!"

Eigentlich würde ich mich jetzt sehr gerne weiter mit ihm streiten, aber wegen des Sturms habe ich dann keine Möglichkeit abzuhauen und stecke womöglich mit ihm fest.

„Du hast recht, Mia. Wir essen jetzt gemütlich und schauen uns dann einen Film an."

Nach zehn Minuten ist John bereits vor dem Fernseher eingeschlafen und ich beschloss, ihn nicht zu wecken. Ich holte mein Handy raus und öffnete Facebook. Ich loggte mich in Johns Account ein, gab Mike seinen Namen ein und fand ihn auf Anhieb. Das Foto mit seiner schwangeren Freundin war sein Profilbild. Er sieht genau wie früher aus, als wäre er nicht gealtert. Aber einen Unterschied gab es. Er hat jetzt einen sanfteren Gesichtsausdruck, keinen aggressiven mehr. Früher hat er uns immer mit seinen aggressiv wirkenden Augen angeschaut, dass einem das Blut in den Adern gefrieren konnte, aber auf seinem Profilbild strahlt er Ruhe, Einsicht und Fröhlichkeit aus. Er hat sogar ein Foto mit Paul gepostet, auf dem sie Arm in Arm stehen. Ich kann nicht glauben, dass Paul ihm das alles verziehen hat und nun einen auf beste Freunde macht. Es ist gerade mal nur drei Jahre her, als er ihn noch windelweich geschlagen hat – und das fast täglich. Wie kann er das vergessen? Auf dem nächsten Bild ist Mike mit Paul, Mama und Papa zu sehen. Sie lächeln alle darauf. Als ob nie etwas geschehen wäre. In mir steigt eine so enorme Wut auf. Wie können sie einfach so weitermachen. Offenbar geht es ihnen allen besser, seitdem ich nicht mehr da bin. Aber wenn ich mal ehrlich bin. Ich brauche sie alle nicht. Ich kam jetzt drei Jahre sehr gut ohne sie alle klar und das werde ich auch weiterhin.

Und mit diesem Gedanken bin ich dann ins Bett gegangen. John legte sich mitten in der Nacht zu mir ins Bett. Es stürmt die ganze Nacht und der Wind pfiff so laut, dass ich kaum ein Auge zubekommen habe. John schlief wie ein Baby und sein Schnarchen machte die Situation nicht gerade erträglicher. Als ich auf den Wecker schaute, war es drei Uhr morgens. Ich stand auf, um ins Wohnzimmer zu gehen, und setzte mich aufs Sofa. Als ich mein Handy anmachte, das noch immer am Wohnzimmertisch lag, öffnete ich Facebook und loggte mich in meinem Account ein.

Ich versuchte Mike zu suchen, doch es gab keinen Treffer, weil er in meinem Account noch immer blockiert war. Damals, als ich am Flughafen saß, und nach Hawaii geflogen bin, blockte ich meine ganze Familie inklusive Chase auf Facebook. Ich wollte, dass sie mich nicht erreichen konnten. Außerdem habe ich mir natürlich eine neue Handynummer organisiert. Ich fragte mich, ob Mike mir jemals geschrieben hat. Es gab nur eine Option dies herauszufinden: Ich musste ihn entblocken. Aber will ich das überhaupt? Habe ich Angst davor, was er vielleicht geschrieben hat, oder habe ich mehr Angst davor, dass er gar nicht geschrieben haben könnte? Ich ging auf den Button, um ihn zu entblocken, und im darauffolgenden Moment blinkte mein Handy mit Nachrichten auf von Mike. Es hörte gar nicht mehr auf. Bling, bling, bling. Als ich auf den Chat klickte, sah ich, dass Mike mir, seit ich gegangen bin, fast jeden Tag eine Nachricht geschrieben hatte. Und in fast jeder Nachricht schrieb er, wie leid ihm alles tut, und dass ich zurückkommen soll.

Tränen liefen mir die Wange hinunter. Ich kann nicht glauben, dass er mir täglich geschrieben hat. Ich legte meinen Kopf in meine Hände und schluchzte hinein. Auf einmal stand John vor mir und kniete sich vor mir runter und nahm mich in den Arm. Ich schluchzte in seine Arme und mein Tränen hörten gar nicht mehr auf zu laufen.

„John, du glaubst es nicht. Er hat mir geschrieben. Fast jeden Tag!", heulte ich in seine Halsbeuge.

„Wer hat dir jeden Tag geschrieben?", fragte mich John mit einer leisen Stimme.

„Mike. Mike hat mir, seit ich Deutschland verlassen habe, jeden Tag auf Facebook geschrieben. Ich habe ihn gerade entblockt und habe jetzt die ganzen Nachrichten bekommen", schluchzte ich.

„Alles wird wieder gut, Mia", sagte John zu mir und aus seinem Mund hörte es sich wie ein Versprechen an, denn insgeheim wusste ich auch, dass alles wieder gut wird, oder ich hoffte es zumindest.

Kapitel 10

Am nächsten Morgen sah mein Gesicht genauso aus wie unsere Veranda – durcheinander und zerstört. Der Sturm hat sehr arg gewütet und mein innerer Sturm ebenso. Nachdem mich John heute Nacht beruhigen konnte, sind wir wieder ins Bett gelegen und ich habe in seinen Armen noch weiter geweint, bis ich dann irgendwann eingeschlafen bin.

„Ich schaue mal, ob die Telefone gehen, und rufe mal bei Mary und JJ an und höre nach, ob alles okay bei ihnen ist", sagte John.

„Ja, das ist eine gute Idee. Ich mache uns einen Kaffee."

Ich lief in die Küche und gerade, als ich den Kaffee vorbereiten wollte, kam John herein.

„Alle Leitungen und somit auch die Telefone sind tot. Lass uns zu ihnen nach Hause gehen und nach ihnen schauen. Ich mache mir Sorgen, dass es ihnen nicht gut geht", sagte John und schaut mich ganz besorgt an.

„Das ist eine gute Idee John, aber ich bin mir sicher, dass es ihnen gut geht. Ich mache den Kaffee fertig und dann in eine Thermoskanne, damit wir ihn mitnehmen können."

Zum Glück hatten wir einen Gasherd, sodass ich damit das Wasser für den Kaffee erhitzen konnte.

JJ und Mary sind mit mir die wichtigsten Menschen in Johns Leben. Sie kennen sich schon alle seit dem Kindergarten. Ihre Eltern sind alle befreundet und als Johns Dad starb, waren sie Tag und Nacht für ihn da. Er würde alles für die zwei tun, denn sie sind seine Familie. Und jetzt sind sie auch meine Familie.

Als wir bei den beiden ankamen, sahen wir viele Menschen vor ihrem Haus stehen. Ein großer Baum ist auf der Straße direkt vor ihrem Haus umgefallen, aber zum Glück hat er keine

Autos beschädigt. Viele der Nachbarn standen um den Baum herum und fingen an, ihn in kleine Stücke zu sägen. Auch JJ stand dabei. John ging gleich zu ihm und umarmte ihn. Auch mich nahm JJ in den Arm und sagte mir, dass Mary in der Küche ist. Ich ging in ihr Haus rein und Mary kam auf mich zugelaufen und nahm mich in den Arm.

„Mia, habt ihr alles gut überstanden? Der Sturm hat ganz schön gewütet!", sagte Mary.

„Ja, uns geht es gut. Es liegen nur viele Äste herum und in unserer Veranda sind ein paar Holzlatten kaputt gegangen, aber das kann man alles reparieren. Hauptsache, uns allen geht es gut. Hast du mitbekommen, ob jemand verletzt wurde?", fragte ich sie.

„Ich habe bis jetzt noch nichts mitbekommen. Hier in der Nachbarschaft geht es allen gut, aber an der Küste soll der Sturm richtig schlimm gewesen sein", erzählte Mary mir.

Ich dachte sofort an die Hütte und hoffte, dass es Jack und dem Restaurant gut ging. Jack wollte dort übernachten, damit er vor Ort ist, falls etwas passiert. Aber Jack ist zäh. Er hat schon viele Stürme miterlebt und danach mit seinen Freunden und allen Dorfbewohnern die Hütte wieder auf Vordermann gebracht. Trotzdem hatte ich Angst um ihn. Mary und ich gingen zu den anderen raus und sahen, dass der Baum fast komplett von der Straße weggeräumt war. John kam zu mir.

„Wir werden JJ hier erstmal helfen, alles so weit aufzuräumen. Danach gehen wir alle zu uns und machen bei uns weiter. JJ hat noch Holzlatten in seinem Keller, die wir für die Veranda benutzen können."

„Ja, so machen wir das. Am Rückweg möchte ich aber an der Hütte vorbeigehen und nach Jack schauen."

„Natürlich! Das machen wir", sagte John und gab mir einen Kuss auf die Wange.

Als wir gegen Nachmittag bei der Hütte ankamen, sahen wir Jack schon von Weitem mit vielen Helfern.

„Hey, Jack! Geht es dir gut? Hast du den Sturm gut überstanden?", fragte ich ihn und nahm ihn in den Arm.

„Hallo, Liebes! Ja, wir haben alles gut überstanden. Es ist zum Glück nicht allzu viel kaputt gegangen, und wie du siehst, habe ich zum Glück genügend Helfer, die mit mir das Chaos beseitigen. Hat euer Haus große Schäden?"

„Unsere Veranda hat ein paar Latten verloren, aber sonst ist alles unversehrt geblieben", lächelte ich ihn an.

„Das ist wunderbar! Wenn ihr Hilfe braucht, dann gebt mir Bescheid", sagte Jack und nahm mich nochmal in den Arm.

„Das machen wir. Und du gibst uns natürlich auch Bescheid, wenn du Hilfe brauchst!"

Es war schon ziemlich spät, als JJ und Mary nach Hause gingen. Während John und JJ die Veranda repariert hatten, haben Mary und ich die ganzen Äste entfernt. Ein Baum ist sogar entwurzelt, aber darum müssen wir uns die Tage kümmern, denn jetzt waren wir einfach nur hundemüde.

Als wir ins Bett gingen, hatte ich noch immer das Gespräch mit meiner Mutter im Kopf. Jedoch anrufen oder ihr eine E-Mail schicken ging im Moment sowieso nicht, da noch alle Leitungen tot waren. John vermutete, dass in zwei Tagen wieder alles funktioniert.

Am nächsten Morgen sah John nach seinem Boot und wollte aufs Meer rausfahren, um nach seinen Fischkörben zu schauen. Ich hingegen fuhr zur Hütte, um nach Jack zu schauen. Arbeiten können wir momentan sowieso nicht, weil nach so einem Sturm erstmal alles wieder aufgebaut werden muss. Also auch die Häuser der Nachbarn und aller Inselbewohner. Was ich hier sehr wertschätze ist, dass man sich erst untereinander hilft, bevor irgendwas wieder geöffnet wird. Deshalb wunderte es mich auch nicht, dass die halbe Nachbarschaft bei Jack war, um ihm zu helfen.

„Guten Morgen, Jack. Was kann ich tun, um zu helfen?"

„Hallo Liebes, wenn du möchtest, kannst du Frau Miller helfen. Sie macht in der Hütte den Boden sauber und räumt die

Scherben weg, weil das ein oder andere Fenster beim Sturm kaputt gegangen ist."

„Alles klar, Jack. Das mache ich."

Ich ging zu Frau Miller hinein und half ihr. Sie erzählte mir, dass ein Nachrichtenteam vorbeikommen wollte, um Jack zu interviewen.

Als wir fertig waren, sahen wir bereits Jack draußen stehen, wie er mit den Reportern sprach. Er sah mich und winkte mich zu ihm. Ich schüttelte den Kopf, denn das möchte ich nun wirklich nicht. Mich mit meinen ungewaschenen Haaren in den Nachrichten zu sehen. Doch Jack hob die Hände vor sich zusammen, als würde er beten und flehte mich förmlich an, dass ich zu ihm kommen sollte. Ich gab mir einen Ruck und folgte seiner Bitte. Das werden nur die Inselbewohner anschauen und die kennen mich ja so, wie ich bin, redete ich mir ein. Früher war es mir immer sehr wichtig, wie ich aussehe und dass ich immer topgestylt bin. Vermutlich auch, weil ich mich nicht hübsch gefunden habe. Doch seit ich John kenne, fühle ich mir sehr hübsch, selbstbewusst und vor allem sehr wohl in meinem Körper. Doch manchmal bröckelt mein Selbstbewusstsein ein wenig. Ich ging widerwillig zu Jack und er legte seinen Arm um meine Schultern.

„Hallo Mia! Jack hat uns bereits erzählt, dass sie hier arbeiten und seine beste Mitarbeiterin sind. Und dass sie auch heute tatkräftig beim Wiederaufbau helfen!", sagte ein Reporter und hob mir sein Mikrofon hin.

„Na ja, dass ich seine beste Mitarbeiterin bin, würde ich nicht sagen, denn alle, die hier arbeiten, sind unverzichtbar und machen eine großartige Arbeit", grinste ich.

„Es ist wirklich sehr nett von Ihnen, dass sie Ihrem Chef beim Aufbau helfen, obwohl sie sicherlich selbst zu Hause alle Hände voll zu tun haben?", fragte mich der Reporter.

„Das sehe ich als selbstverständlich an Jack zu helfen. Hier bei uns hilft jeder jedem. Wir sind wie eine große Familie. Und wenn jemand Hilfe braucht, dann bekommt er diese auch", sagte ich stolz und lächelte Jack an.

„Cut! Das war's, Leute. Vielen Dank für das Interview!", sagte der Reporter zu Jack und mir und verabschiedetet sich von uns.

Als wir mit dem Aufräumen fertig waren, bereitete Jack noch für alle ein paar Sandwiches vor und dankte uns allen, dass wir ihm geholfen haben.

Nachdem ich wieder zu Hause ankam, war John bereits da und reparierte ein paar seiner Fischkörbe, die kaputt gingen.

„Hallo John! Na, sind viele Körbe kaputt gegangen?"

„Hey, mein Schatz, nein zum Glück nicht! Nachdem ich sie repariert habe, fahre ich heute gleich wieder aufs Meer hinaus und verteile sie. JJ ist bereits auf dem Meer unterwegs und versucht, mit dem großen Netz Fische zu fangen. Sein Nachbar hat ihm erzählt, dass es an einigen Stellen viele Fischschwärme gibt, weil diese vom Sturm an die Küste getrieben wurden."

„Das ist ja super. Hoffentlich fängt er viel. Wie läuft eigentlich das mit den Hotels? Haben dir noch mehr gekündigt?", fragte ich John vorsichtig.

„Ganz im Gegenteil. Vorhin haben zwei von ihnen mir Bescheid gegeben, dass sie wieder bei mir bestellen wollen. Anscheinend war der neue Lieferant nicht auf den Sturm vorbereitet und seine Boote sind kaputt gegangen, weshalb er natürlich nichts fangen kann. Und das, was sie bei den Lieferanten bestellt haben, welche von weiter wegkamen, konnte ebenfalls nicht geliefert werden, weil durch den Sturm viele Straßen gesperrt sind. Deshalb wollen sie jetzt wieder regionale Fischer wie mich unterstützen."

„Das ist ja klasse! Für deinen Rivalen ist es natürlich schade, dass seine Boote zerstört wurden, aber was denen ihr Pech ist, ist unser Glück!", grinste ich und gab John einen Kuss.

Ich lief ins Haus hinein und schaute, ob das Internet wieder ging, aber es war noch immer tot. Dann hörte ich ein Stimmengewirr von draußen. Natürlich war es JJ, der völlig aus dem Häuschen war.

„John! Sieh dir das an, wie viele Fische mir ins Netz gegangen sind", sagte JJ mit einem riesigen Grinsen auf seinen Lippen.

„JJ, das ist der Hammer. Ich habe die Körbe auch gerade fertig. Komm, wir versorgen den Fang und fahren dann nochmal raus aufs Meer und verteilen die Körbe", sagte John zu ihm und gab ihm einen Handschlag.

„Tja, manchmal hat der Sturm halt doch was Gutes an sich", lachte JJ.

„Hey, ihr zwei! Ich geh mal zu Mary und schau nach ihr", rief ich den beiden zu und sprang auf mein Fahrrad.

Als ich bei Mary ankam, erzählte ich ihr die Neuigkeiten mit dem großen Fang und sie freute sich genauso wie ich.

„Sollen wir uns was zu essen machen? Ich habe nämlich großen Hunger!", sagte Mary.

Ich stimmte zu. Wir gingen in die Küche und fingen an, alles, was noch gut war, aus dem Kühlschrank zu nehmen. Währenddessen musste ich an meine Mutter denken, denn mit ihr habe ich auch immer zusammen gekocht. Ich vermisse diese Zeiten, in denen noch alles gut war. Aber wenn das alles nicht passiert wäre, wäre ich niemals John begegnet und hätte somit auch Mary und JJ nie kennengelernt.

„Mia, bist du wieder in Gedanken?", lachte Mary mich an.

Ich lachte und nickte mit dem Kopf.

„Worüber denkst du denn nach?"

Soll ich ihr von meinem Gespräch mit meiner Mutter erzählen, fragte ich mich. Vielleicht sollte ich ihr wirklich alles erzählen, denn sie weiß nur Bruchstücke. Sie könnte mir auch sicherlich einen guten Rat geben, wenn sie wüsste, was alles passiert ist. Doch ich entschied mich dafür, dieses Gespräch mit ihr an einem anderen Tag zu führen.

Kapitel 11

Heute hatte ich das erste Mal nach dem Sturm wieder Früh-
schicht, worüber ich sehr froh war, denn ich hatte die letzte
Nacht nicht gut geschlafen. Ich freute mich deshalb jetzt schon
auf einen Mittagsschlaf. Jack war heute auf dem Großmarkt,
weshalb ich in der Hütte die Leitung übernahm. Nachdem Melisa und ich den Frühstücksservice beendet hatten, nahmen
wir uns eine Tasse Kaffee und setzten uns für eine kleine Pause auf die Terrasse. Die meisten Gäste waren bereits gegangen
oder hatten schon bezahlt. Heute war sehr schönes Wetter. Die
Sonne schien und es war eine kleine Brise zu spüren. Die Wellen waren sehr friedlich, worüber ich sehr froh war, denn noch
so einen Sturm konnten wir alle nicht gebrauchen.

Die Klingel unserer Eingangstür ertönte und somit wussten
wir, dass ein Gast kam. Melisa meldete sich freiwillig nachzuschauen und die Bestellung aufzunehmen. Kurz darauf kam sie
wieder auf die Terrasse zurück und sagte mir, dass die Gäste nach
mir gefragt haben. Also ging ich hinein und wollte schauen, wer
es ist. Als ich in die Hütte reinlief, bekam ich einen Schock. Ich
stand mitten in der Hütte wie eingefroren, als meine Mutter auf
mich zugerannt kam und mich in den Arm nahm.

„Oh Mia, du hast mir so gefehlt! Ich habe mir solche Sorgen
um dich gemacht. Und du siehst so wunderschön aus!", schluchzte mir meine Mutter ins Ohr.

Als ich mich von ihrer Umarmung lösen konnte, kam auch
schon mein Vater und nahm mich fest in den Arm.

„Mia, ich kann es gar nicht glauben, dass ich dich endlich
wieder in den Armen halten darf!", sagte mein Vater und fing
an zu weinen. Die Tränen brachen richtig aus ihm heraus und

sein ganzes Gesicht war mit Tränen überströmt. So hatte ich ihn noch nie gesehen. Er war immer der strenge, autoritäre Vater und zeigte nie eine schwache Seite, weshalb ich immer dachte, dass er die einfach nicht hätte.

„Woher wusstet ihr denn, wo ich bin?", fragte ich meine Eltern.

„Wir haben in den Nachrichten von dem Sturm gehört. Besser gesagt, habe ich immer mal wieder die News von Hawaii gecheckt und dann bin ich auf ein Video von einem Nachrichtensender gestoßen, indem du zu sehen warst. Danach haben wir hier im Restaurant angerufen. Sein Chef Jack hat uns dann gesagt, dass du hier arbeitest und wann wir dich hier antreffen können. Bitte sei ihm nicht böse, aber ich habe ihn förmlich angebettelt, es mir zu verraten, weil der anfangs nichts verraten wollte. Dann haben wir unseren Koffer gepackt und haben die Flugtickets gebucht", sagte meine Mutter mit einem Strahlen im Gesicht.

Die Eingangstür öffnete sich. Jack kam herein und lief direkt auf uns zu.

„Mia, nimm es mir nicht übel, dass ich ihnen gesagt habe, wo sie dich finden können. Als Entschädigung kannst du dir den Rest des Tages freinehmen. Aber jetzt setzt ihr euch raus auf die Terrasse und ich werde euch etwas zum Trinken und Essen bringen!"

Er nahm die Hand meiner Mutter und begrüßt sie und meinen Vater.

„Es freut mich sehr, Sie kennenzulernen!", sagte Jack zu ihnen.

Ich lief voraus und konnte hören, wie meine Mutter Jack „vielen Dank" ins Ohr flüsterte.

Ich setzte mich an den Tisch ganz am Rand, damit wir unsere Ruhe hatten, und meine Eltern setzten sich zu mir. Sie saßen beide vor mir und starrten mich an. Ich fühlte mich ganz komisch und hatte immer wieder das Gefühl, dass ich gleich ohnmächtig werden würde. Ich habe mich immer gefragt, ob ich sie jemals wieder sehen würde, und wie das ablaufen würde. Aber so habe ich es mir definitiv nicht vorgestellt. Auf eine Art war ich froh, aber auf eine andere Art auch besorgt. Nur wusste ich noch nicht genau, wieso ich besorgt war.

„Mia, ich weiß, dass wir es dir hätten sagen sollen, dass wir wissen, wo du bist und dass wir dich besuchen wollen, aber ...", die Stimme meiner Mutter brach ein und ihr kullerten wieder Tränen über ihre makellose Wange.

Mein Vater sprach für sie weiter.

„Aber wir hatten Angst, dass du uns sagen wirst, dass du uns nicht sehen möchtest. Deshalb sind wir einfach auf eigene Faust los."

„Vielleicht ist das auch so ganz gut gewesen", antwortete ich.

„Ich bin mir nämlich ziemlich sicher, dass ich euch verboten hätte, mich zu besuchen", sagte ich und musste anfangen zu lachen. Meine Eltern lachten mit und in diesem Moment wurde mir bewusst, dass ich meine Eltern seit Ewigkeiten nicht mehr lachen gesehen habe. Also so ein richtiges ehrliches Lachen. In der Zeit, in der es mit Mike so schlimme Dinge gab, lachten sie nie. Weshalb ich ganz vergessen habe, wie sie mit einem Lachen im Gesicht aussahen.

„Seid ihr alleine hier oder ist Paul auch gekommen?", fragte ich meine Mutter.

Sie griff über den Tisch und nahm meine Hand.

„Dein Vater und ich sind alleine hier. Deine Brüder wissen, dass wir dich gefunden haben. Paul wollte auch mitkommen, aber so kurzfristig konnte er sich auf der Arbeit nicht freinehmen. Na ja, und Mike ist vermutlich der Letzte von uns, den du hier sehen möchtest", sagte meine Mutter und drückte meine Hand.

„Da hast du wohl recht!", sagte ich.

„Seit wann seid ihr hier? Und wo schlaft ihr? Habt ihr eine Pension? Wenn nicht, kann ich euch ein Zimmer organisieren!"

„Das ist lieb von dir Mia, aber wir haben bereits ein Zimmer in einer Pension. Es ist nicht weit weg von hier. Es heißt „Hawaii Paradise" und ist wirklich ganz hinreißend."

Meine Mutter ließ meine Hand nicht mehr los und drückt sie immer wieder.

„Mia, ich bin wirklich froh, dass du uns nicht böse bist, dass wir hier einfach auftauchen. Als wir herausgefunden haben, wo du bist, konnten wir einfach nicht anders. Du bist doch nicht böse, oder?", fragte mich mein Vater und schaute mich mit einem warmen Blick an.

„Nein, natürlich bin ich nicht böse, nur etwas überrascht!", lachte ich.

„Erzähl, Mia! Wie geht's dir? Wie sieht dein Leben hier aus?", fragte mein Vater mich mit neugierigen Augen.

„Mir geht es wirklich sehr gut hier auf Hawaii. Hier in der Hütte arbeite ich, seitdem ich hergekommen bin. Und John und ich wohnen in der Nähe, weshalb ich immer mit dem Fahrrad zur Arbeit fahren kann. Wenn ich frei habe, machen wir meistens etwas mit unseren zwei besten Freunden."

„Was arbeitet John?", fragte meine Mutter und hielt noch immer meine Hand.

„Er ist Fischer. Sein Vater hatte ein Fischerunternehmen und als er gestorben war, übernahm John es."

„Oh nein, sein Vater lebt gar nicht mehr? Und was ist mit seiner Mutter?"

„Sie hat John und seinen Vater sitzen lassen, als John noch ein Baby war. Aber das geht dich eigentlich gar nichts an."

„Ach, Liebling, nimm es mir nicht böse, aber ich will einfach alles aus deinem Leben erfahren und dazu gehört natürlich auch dein Freund John. Behandelt er dich denn gut?"

„Er behandelt mich sehr gut! Er ist immer für mich da und kümmert sich um mich."

Ich wurde fast etwas wütend auf meine Mutter, weil sie das gefragt hatte. Natürlich behandelt er mich gut. Warum sollte er das auch nicht? Beziehungsweise denkt sie ernsthaft, ich würde es mir jemals wieder gefallen lassen schlecht behandelt zu werden? Doch dann musste ich an John denken. Was er wohl dazu sagen wird, dass meine Eltern hier sind?

Da kam Jack und brachte uns Getränke und etwas zu knabbern. Eigentlich sollte ich auf Jack wütend sein, aber ehrlich gesagt bin ich auch sehr froh, dass meine Eltern hier sind. Ich hoffe nur, dass ich das nicht bereuen werde.

Ich redete stundenlang mit meinen Eltern über Gott und die Welt. Als die Sonne anfing unterzugehen, fiel mir auf, wie schnell die Zeit vergangen war, und ich John Bescheid geben musste, denn er wundert sich bestimmt, wo ich bleibe. Im selben Moment sah ich, wie John in die Hütte kam und sich nach mir umsah. Jack ging zu ihm und sprach mit ihm, dann zeigte er auf die Terrasse und John schaute mich verwirrt an. Ich winkte ihn zu mir und ein paar Sekunden später stand er auch schon vor mir und ich begrüßte ihn.

„John, du wirst es nicht glauben, aber das sind meine Eltern!", sagte ich und zeigte auf meine Mutter und meinen Vater.

Mein Vater stand auf und gab John die Hand.

„Es freut uns sehr, dich endlich kennenzulernen!", entgegnete mein Vater und meine Mutter nickte ihm zu. Auch sie stand nun auf und nahm John sogar in den Arm.

„Mia hat uns viel über dich erzählt und ich muss mich wirklich bei dir bedanken, dass du sie so glücklich machst!"

Das war wirklich eine komische Situation. Und John fühlte sich sichtlich unwohl, das merkte ich ihm an. Immer wenn er sich unwohl fühlte, biss er auf seiner Unterlippe herum.

Kapitel 12

In der ersten Woche, in der meine Eltern bei uns waren, haben wir ihnen die Insel gezeigt. Unsere Lieblingsrestaurants und Lieblingsorte und schließlich wollte ich ihnen heute Abend Mary und JJ vorstellen. Die beiden haben uns deshalb zum Grillen eingeladen. Mary hatte vorgeschlagen, meine Eltern kennenzulernen. Ich hätte mich vermutlich nicht getraut, sie ihnen vorzustellen.

Es war 18 Uhr, als wir vor ihrer Haustür standen und klingelten. Ich war ganz schön nervös. Mary und JJ begrüßten meine Eltern ganz herzlich und ich merkte, dass meine Mutter und auch mein Vater sich sehr wohl in ihrer Nähe fühlten. Mary machte wie immer ihre super Cocktails und JJ stand am Grill. John half ihm beim Grillen und auch mein Vater stand bei ihnen. Sie redeten über die typischen Dinge, die Männer eben interessierten: Sport, Werkzeug und die Arbeit.

Bei uns Mädels war das ganz anders. Mary quetschte meine Mutter darüber aus, wie es in Deutschland sei. Wie das Wetter ist, wie das Essen ist, und sie sprach meine Mutter auch auf meine Kindheit an.

Ich wuchs sehr behütet auf, bis Mike in die Pubertät kam, und sich dann alles änderte. Das hat meine Mutter natürlich ausgelassen.

„Und was machen Ihre anderen Kinder beruflich, Frau Müller?", fragte Mary.

„Oh, das ist eine schöne Frage, Mary. Mein Paul, also mein Jüngster, ist Erzieher und mein Ältester Mike ist Maurer. Mein Mann Edgar und ich sind wirklich sehr stolz. All unsere Kinder haben eine wunderbare Ausbildung hinter sich und haben einen tollen Beruf erlernt."

Als ich das hörte, wurde ich irgendwie wütend. Sie stellte alles so schön dar. Und wie kann sie bitte auf Mike stolz sein? Das er einen Job hat? Alle hier am Tisch haben einen Job, als ob das jetzt etwas Besonderes wäre.

„Mia, ist alles in Ordnung?", fragte mich Mary und legte ihre Hand auf meinen Arm.

„Du bist so abwesend. Bist du in Gedanken?", fragte mich nun meine Mutter.

„Nein, alles in Ordnung. Ich gehe kurz auf die Toilette", knirschte ich durch meine Zähne.

Ich stand auf und lief ins Haus. Meine Mutter kam mir natürlich hinterhergerannt.

„Mia, ist wirklich alles in Ordnung?"

Ich drehte mich zu ihr um und sah sie nur wütend an. Dann ging ich weiter Richtung Badezimmer.

„Mia, bitte sag mir, was los ist!", sagte meine Mutter und hob meinen Arm fest.

Ich drehte mich um und sah ihr ins Gesicht.

„Du willst wissen, was los ist?", sagte ich und schaute sie entsetzt an.

„Ja, meine liebe Mia! Ich möchte wissen, was los ist!"

„Oh, ich kann dir sagen, was los ist! Ich habe es satt, dass ich mich seit einer Woche wegen euch verstellen muss. Du hast mich nicht einmal gefragt, wie ich über die Vergangenheit denke. Oder ob ich es verarbeiten konnte. Du machst wieder so, wie wenn nichts passiert wäre. Und nur, dass du es weißt, Mary weiß, dass ich von Deutschland abgehauen bin, und sie weiß auch, dass ihr Scheiß-Eltern wart. Das Einzige, was ich ihr nicht verraten habe, ist, dass Mike uns als fast totgeprügelt hat und ihr dabei immer nur zu gesehen habt. Ihr habt es zugelassen, dass er Paul immer und immer wieder geschlagen hat, und dass er mich seelisch misshandelt hat. Kannst du dich noch daran erinnern, als Mike mich auf den Boden geworfen hat und er mit einem Holzstuhl auf mich eingeschlagen hat, nur weil er beim

Spielautomaten nichts gewonnen hatte? Und dass Paul sich dann auf mich geworfen hat, damit ich nicht so viel abbekomme?", schrie ich sie an.

„Ich habe deshalb eine riesige Narbe auf meinem Rücken und wenn mich jemand fragt, was ich da gemacht habe, sage ich immer, dass ich als Kind vom Fahrrad gefallen bin!"

Jetzt kamen mir die Tränen. Und auch meiner Mutter liefen die Tränen, aber das war kein Grund für mich jetzt aufzuhören.

„Du hast das alles toleriert und jetzt willst du mir weismachen, dass du stolz auf ihn bist, weil er einen verdammten Job hat? Wie kannst du überhaupt auf so einen Menschen stolz sein?", schrie ich sie an.

Erst jetzt merkte ich, dass mein Vater, John, Mary und JJ an der Tür standen und alles mitgehört haben. Marys Augen waren ganz rot und ihr lief eine Träne nach der anderen über ihre Wange. JJ hielt sie im Arm und schaute mich ganz traurig an. Mein Vater ging zu meiner Mutter und legte den Arm um sie und auch John kam zu mir.

„So, jetzt ist der Streit beendet und wir beruhigend uns alle wieder!", sagte mein Vater mit einer ruhigen Stimme.

„Ich soll mich beruhigen? Du kannst mich mal. Ich bin nicht mehr das kleine Mädchen von damals und du hast mir gar nichts mehr zu sagen!", schrie ich ihn an und lief zur Haustür.

John und Mary liefen mir nach und versuchten, mich aufzuhalten.

„Mia, bitte warte doch mal!", sagte John flehend.

Ich drehte mich zu ihm um und wusch mir meine Tränen aus dem Gesicht.

Mary stand genau vor mir.

„Warum hast du mir nie erzählt, dass du solche schlimmen Dinge durchmachen musstest?", fragte mich Mary.

„Wie soll man bitte jemandem erzählen, dass man so etwas erlebt hat? Wie hätte ich dir das erzählen sollen?", und wieder liefen mir die Tränen und ich musste mein Schluchzen unterdrücken.

Mary nickte und nahm mich in den Arm. Auch John umarmte uns und dann merkte ich, wie JJ kam und sich ebenfalls unserer Umarmung anschloss.

„Mia, du bist jetzt nicht mehr damit alleine. Wir werden dir helfen, dass alles zu verarbeiten. Immerhin sind wir jetzt deine Familie!", sagte JJ und drückte fest meine Hand.

Als ich am nächsten Morgen aufwachte, hatte ich Kopfschmerzen. Und als ich in den Spiegel sah, wäre ich am liebsten wieder zurück ins Bett gestiegen. Ich hatte ganz geschwollene Augen und Schlafringe bis zum Kinn hinunter.

John war bereits auf der Arbeit, weshalb ich mir erstmal einen Kaffee machte und mir eine Aspirin holte. Ich setzte mich draußen auf die Veranda und schaltete mein Handy an. Sofort kamen ganz viele Nachrichten von meiner Mutter, aber auch von Mary. Es waren sieben Anrufe in Abwesenheit von meiner Mutter. In diesem Moment rief mich Mary an und ich ging dran:

„Hey Mary!", sagte ich leise. Ich schämte mich, dass Mary das alles mitbekommen hat, weil ich es ihr nie auf diese Art sagen wollte.

„Hey Mia, ist bei dir alles in Ordnung? Ich mach mir Sorgen!", sagte sie betrübt.

„Ja, es ist alles in Ordnung. Ich bin nur etwas durch den Wind", antwortete ich.

„Soll ich bei dir vorbeikommen und Frühstück mitbringen?"

Eigentlich ist das gar keine schlechte Idee, dachte ich mir, weil ich sonst nur den ganzen Morgen vor mich hin grübeln würde. Ich sagte Mary zu und dreißig Minuten später saßen wir auch schon auf meiner Veranda.

„Dass du das gestern so mitbekommen hast, tut mir sehr leid, Mary. Ich wollte den Abend nicht verderben, aber ich wurde einfach so wütend, als meine Mutter über Mike gesprochen hat."

„Mia, du musst dich dafür nicht entschuldigen. Es hat mich sowieso gewundert, dass ihr euch so gut versteht, dafür, dass ihr so lange keinen Kontakt mehr hattet. Das musste einfach aus dir raus. Und ich weiß, du hörst das nicht gerne, aber du solltest mit deiner Mutter sprechen. Als sie gestern gegangen sind, war sie noch immer am Weinen."

„Ich weiß Mary, aber heute will ich meine Ruhe. Morgen werde ich ihr schreiben und mich mit ihr treffen, weil, um ehrlich zu sein, habe ich auch ein ganz schön schlechtes Gewissen!", gab ich zu.

„Das musst du nicht haben, Mia. Deine Reaktion war völlig normal, wenn man überlegt, was du erleben musstest. Und es tut mir so unendlich leid, dass dir so etwas passiert ist, aber ich bin auch froh, dass ich jetzt alles weiß und dir somit vielleicht auch mehr helfen kann!", sagte Mary und ihr lief eine Träne über die Wange.

„Mary, du bist wirklich die beste Freundin, die man haben kann! Ich bin froh, dass du es jetzt weißt. Ich hätte es dir zwar gerne anders erzählt, aber so ist es jetzt wenigstens raus!"

„Nur weil wir das jetzt wissen, bedeutet es nicht, dass wir anders über dich denken!"

„Das hoffe ich. Ich denke, ich habe euch es auch nicht gesagt, weil ich nicht wollte, dass ihr mich mit anderen Augen sieht. Das haben schon so viele in meinem Leben getan."

„Was meinst du damit? Haben andere es gewusst und dir nicht geholfen?"

„Na ja, es wussten schon ein paar. Unsere Nachbarn haben unsere Schreie immer gehört. Aber sie haben nie geholfen. Auch nicht die Freunde meiner Eltern. Natürlich haben meine Eltern es immer runtergespielt und so gemacht, wie wenn es nicht allzu schlimm wäre. Wir haben uns oft mit ihren Freunden getroffen und wenn Paul oder ich eine Verletzung hatten, durften wir nicht mit zu dem Treffen."

„Wow! Das ist echt unglaublich."

„Ich kann unseren Nachbarn oder den Freunden meiner Eltern nichts vorwerfen. Sie haben es ja nie richtig mitbekommen und konnten nur spekulieren. Und sobald Fragen aufkamen, haben meine Eltern gelogen oder es eben runtergespielt. Nur Chase, mein damaliger Freund, war oft dabei, wenn Mike ausgerastet ist."

„Und er hat dir nie geholfen?"

„Nein, er hat mir nie geholfen. Er hatte selbst Angst vor Mike. Ich finde, auch ihm kann man keinen Vorwurf machen. Wir waren noch sehr jung und er konnte mir nicht helfen. Ein paar Polizisten haben es versucht. Sie haben aber immer gesagt, wir müssten Mike anzeigen, damit sie uns helfen können, aber das hat mein Vater nicht erlaubt."

„Wow, das ist so krass, Mia. Die Polizei wusste es und hat trotzdem nichts gemacht. Unglaublich!"

„Ja, wenn ich jetzt darüber nachdenke, ist es schockierend. Würde ich jetzt in dieser Situation stecken, würde ich Mike sofort anzeigen und mir nichts von ihm gefallen lassen. Aber damals war ich zu ängstlich und einfach noch zu jung. Ich hatte auch solche schreckliche Angst, meine Familie zu verlieren. Was aber jetzt im Nachhinein bescheuert ist, weil nur das hat mich gerettet. Ich musste meine Familie verlieren, um nicht selbst verloren zu gehen."

Mary schaute mich an und ich sah, dass sich ihre Augen mit Tränen füllten.

„Mary, weine bitte nicht. Es ist alles okay. Ich habe es geschafft und bin jetzt bei euch. Nur das ist es, was zählt!"

„Oh, Mia, ja, du hast recht. Nur das zählt!", antwortete Mary und nahm mich in den Arm.

Sie drückte mich fest und ich spürte ihre Liebe zu mir. Es ist ein so schönes Gefühl, dass ich so eine Freundin habe. Manchmal denke ich darüber nach, wie es wohl gewesen wäre, wenn ich John, Mary oder JJ in meinem Leben in Deutschland gehabt hätte.

„Aber wie lief das eigentlich mit deiner Flucht nach Hawaii ab?", fragte mich Mary.

„Es gab ein Moment, indem ich einfach wusste, dass ich abhauen muss. Chase hatte oft mitbekommen, wenn Mike ausgerastet ist. Aber meistens hat sich Mike noch so weit zusammenreißen können, dass er mich nur beleidigte vor Chase. Aber an einem Abend hat er mich vor Chase geschlagen. Chase stand nur daneben und hat nichts gemacht. Er sagte zwar danach, dass er stinksauer auf Mike ist, aber da wusste ich, dass ich auf Chase nicht bauen kann. Also entschied ich, dass es an der Zeit ist zu gehen. Ich weiß selber nicht mehr genau, wie ich auf Hawaii gekommen bin. Hauptsache weit weg. Ich wollte auch Paul mitnehmen, aber er traute sich nicht oder besser gesagt wollte er meine Eltern nicht alleine lassen. Also bin ich alleine gegangen."

„Du bist so mutig, Mia!"

„Nein, das bin ich nicht. Ich war einfach am Ende und ich hatte solche Angst, dass ich mir etwas antun würde, wenn ich da nicht schnell wegkomme."

„Was meinst du damit, dass du dir etwas antun würdest?"

„Ich habe in dieser Zeit viel darüber nachgedacht, was wäre, wenn ich einfach nicht mehr leben würde. Diese Gedanken haben mir Angst gemacht und ich wusste einfach, ich kann es nicht schaffen, wenn ich dortbleibe. An den ersten Tagen hier wollte ich nur nach Hause. Aber als ich dann John und euch kennengelernt habe, wurde ich von Tag zu Tag glücklicher. Ich habe natürlich oft an Paul und meine Eltern gedacht. Anfangs habe ich sie schrecklich vermisst, aber nach einer gewissen Zeit wusste ich, dass es das Richtige war."

„Mia, ich weiß, du denkst, du wärst nicht mutig. Aber du bist die mutigste Person, die ich kenne!", sagte Mary und nahm ich wieder in den Arm.

Kapitel 13

Am nächsten Morgen habe ich meiner Mutter eine Nachricht geschrieben und sie gebeten zu mir zukommen, um mit ihr zu reden. Sie antwortete sofort: „Ich bin um 14 Uhr bei dir.“

Und natürlich stand sie um Punkt 14 Uhr vor der Tür und klingelte.

„Hey Mama. Komm rein“, begrüßte ich sie.

„Hallo Mia“, sagte meine Mama und schaute mich traurig an.

Sie ging an mir vorbei und wir setzten uns gegenüber an den Esstisch.

„Mia, ich wollte nicht, dass der Abend gestern so endet. Ich wusste nicht, dass dir das so nahegeht, wenn ich über Mike rede“, sagte meine Mutter mit gesenktem Kopf.

„Na ja, ganz abwegig ist es ja nicht. Immerhin muss dir ja bewusst sein, dass er der Grund ist, weshalb ich damals abgehauen bin. Da ist doch klar, dass ich nicht gut auf ihn zu sprechen bin.“

„Ja, du hast recht, Mia. Ich habe nicht nachgedacht. Das tut mir leid. Aber es ist vielleicht gar nicht so schlecht, dass es zur Sprache kam, weil wir sollten wirklich darüber reden, was damals passiert ist.“

„Was gibt es da zu reden? Mike hat mein Leben zur Hölle gemacht und ihr habt es zugelassen. Aber wo ist eigentlich Papa?“

„Er ist in unserer Unterkunft geblieben, weil er dachte, es wäre besser, wenn wir erstmal alleine miteinander reden. Du weißt ja, in so was war er noch nie gut“, lächelte meine Mutter und rieb sich nervös ihre Hände.

Ist vermutlich besser, wenn er nicht bei dem Gespräch dabei ist, dachte ich mir.

„Mia, ich weiß, dass wir immer zugesehen haben, aber wenn du denkst, dass es mich kalt gelassen hat, irrst du dich. Mike ist auch mein Kind und ich war einfach überfordert. Ich wusste nicht, was ich tun soll. Aber hätte ich gewusst, dass du deshalb in ein anderes Land abhaust, hätte ich etwas getan. Aber im Nachhinein zu sagen, was man getan hätte, ist immer leichter. Trotzdem sollst du wissen, dass es mir unendlich leidtut. Und auch Mike tut es leid!", sagte sie mit Tränen in den Augen.

„Wusstest du, dass Mike nicht nur Papa wird, sondern auch vor Kurzem geheiratet hat?", fragte meine Mutter mich.

„Nein, das wusste ich nicht, woher auch?"

„Sie haben letztes Jahr im Sommer geheiratet. Und du glaubst mir das jetzt sicherlich nicht, aber an seinem Hochzeitstag hat Mike mich gefragt, ob du ihn für immer hassen wirst und ob er dich wieder sehen wird. Ich habe ihm dann gesagt, dass ich mir ganz sicher bin, dass du ihn nicht hasst. Und dass du ihm vielleicht auch irgendwann verzeihen kannst, so wie wir es getan haben."

„Verzeihen ist ein schwieriger Begriff. Wie soll man überhaupt so etwas verzeihen? Und selbst wenn ich ihm verzeihen würde, könnte ich das alles nie vergessen. Ich denke fast jeden Tag daran und träume viele Nächte davon. Meine Psychologin sagte mir, dass ich traumatisiert bin und eine Therapie machen soll. Aber ich denke nicht, dass mir das helfen würde. Wie will mir jemand helfen, so etwas zu verarbeiten, der keinen Schimmer davon hat, was ich durchmachen musste, und was wirklich in meinem Kopf vorgeht? Die einzige Therapie, die mir geholfen hat, war John. Er liebt mich so sehr, dass ich alles vergessen kann, wenn ich bei ihm bin. Er hat angefangen, mich in der Zeit zu lieben, in der ich mich selbst nicht lieben konnte. Ich habe das Gefühl, dass er mich jeden Tag mehr liebt. Nur alleine er hat mir geholfen, dass alles hinter mir zu lassen und endlich wieder glücklich zu werden. Nur durch ihn konnte ich nach vorne schauen und bin nicht komplett daran zerbrochen."

„Dasselbe, was du für John fühlst, fühlt Mike für Lauren. Er hat einfach nur jemanden gebraucht, die ihn liebt und ihm hilft, seine Sucht in den Griff zu bekommen. Damals, als sich kennengelernt haben, war Mike noch immer Spiel- und alkoholsüchtig. Sie hat ihm schließlich geholfen, eine Therapie zu machen, und jetzt ist er bereits über ein Jahr clean. Jetzt, wo er auch noch Vater wird, muss er oft an dich denken und er würde dich auch gerne sehen, da bin ich mir sicher."

„Ich bin aber noch nicht bereit, ihn zu sehen und ich weiß auch nicht, ob ich das jemals sein werde", sagte ich ganz ehrlich zu meiner Mutter.

„Du wirst irgendwann so weit sein", antwortete sie. Dann nahm sie ihre Handtasche hoch, welche sie auf den Boden gelegt hatte, und kramte einen Briefumschlag heraus.

„Eigentlich wollte ich dir diesen Brief erst am Tag unserer Abreise geben, aber ich denke, das ist jetzt schon angebracht. Der Brief ist für dich von Mike."

Sie gab ihn mir und ich nahm ihn mit zittriger Hand entgegen.

„Lies ihn, wenn du dazu bereit bist."

Kapitel 14

Seit zehn Tagen liegt der Brief von Mike versteckt unter T-Shirts in meiner Kommode.

Ich habe mich nach unserem Gespräch über Mike öfters mit ihr und meinem Vater getroffen, was auch gut war. Aber so wirklich über die Vergangenheit haben wir nicht gesprochen, was vermutlich auch besser war, weil was sollte man noch groß darüber sprechen. Meine Mutter weiß, dass sie sich falsch verhalten hat. Ich hoffe auch, dass mein Vater das weiß. Aber was habe ich mir auch erhofft? Dass ich nach so vielen schrecklichen Jahren ich eine happy Familie bekomme? Vielleicht, wenn ich selbst einmal Kinder bekomme, kann ich eine glückliche Familie haben, aber mit meinen Eltern werde ich das sicherlich nicht mehr haben.

Die nächsten zwei Wochen vergingen wie im Flug, und als der letzte Tag meiner Eltern anbrach, war ich ganz schön traurig. Ich hatte sie so lange nicht mehr gesehen und erst jetzt merkte ich, wie sehr sie mir wirklich gefehlt haben, obwohl wir uns gestritten haben. Dennoch hatten wir in den letzten zwei Wochen ein paar schöne Momente zusammen. Da es ihr letzter Abend war, entschieden wir in der Hütte essen zu gehen. Mary und JJ kamen natürlich auch mit.

Es war ein wirklich schöner Abend und als Mary und JJ sich verabschiedeten, merkte ich, dass ich Mama und Papa bald auf Wiedersehen sagen muss.

Wir brachten sie zurück zu ihrer Pension und John verabschiedete sich bereits bei ihnen, weil ich sie ganz früh am nächsten Morgen an den Flughafen fahren würde und er aber arbeiten gehen musste.

„Es hat mich wirklich sehr gefreut, euch kennenzulernen! Ich hoffe, dass ihr uns bald mal wieder besuchen kommt, oder wir kommen zu euch nach Deutschland", sagte John und nahm erst Mama in den Arm und gab dann meinem Vater die Hand.

„John, wir hoffen wirklich, dich und Mia bald wiedersehen zu können, und bis dahin pass gut auf meine Kleine auf", sagte mein Vater mit einem zufriedenen Lächeln auf den Lippen.

„Das werde ich. Versprochen!"

Als wir zu Hause ankamen, legten wir uns direkt ins Bett, denn wir waren ziemlich müde.

In dieser Nacht konnte ich überhaupt nicht schlafen, weil ich über so unendlich viele Dinge nachgedacht habe.

Und dann klingelte mein Wecker auch schon um vier Uhr morgens.

Ich stand auf, zog mir eine Leggings an und einen Kapuzenpulli von John, der mir viel zu groß war.

Als ich in der Pension ankam, standen Mama und Papa bereits mit ihrem Gepäck draußen.

Mama nahm mich in den Arm und gab mir einen Kuss auf die Wange, als ich aus dem Auto ausstieg.

Auf dem Weg zum Flughafen haben meine Eltern nicht viel geredet. Und auch ich schwieg, denn es war auch mal schön, zu schweigen, und einfach nur beisammen zu sein.

Wir parkten das Auto und ich nahm den Koffer meiner Mutter. Wir liefen zum Eingang und schauten, wo ihr Gate war.

Als wir es gefunden hatten, sah mich meine Mutter an und lächelte.

„Ach Mia, es war so schön, dich endlich wiederzusehen. Ich kann dir gar nicht sagen, wie glücklich es mich macht, dass du glücklich bist. Du hast endlich das Leben, welches du verdient hast. Komm her, mein Schatz!", sagte meine Mutter und nahm mich ganz fest in den Arm und erst dann merkte ich, dass sie weinte.

Mein Vater nahm mich zugleich in den Arm und ihm lief eine Träne über seine Wange.

„Versprich mir, dass wir uns wiedersehen. Wir würden uns freuen, wenn du und John uns in Deutschland besuchen würdet. Ansonsten müssen wir wieder unangekündigt hier aufkreuzen", scherzte er.

„Ich verspreche es dir Papa! Wir werden uns ganz sicher wiedersehen und solange können wir ja immer telefonieren", antwortete ich meinem Vater und auch jetzt liefen mir die Tränen.

Als ich wieder nach Hause fuhr, war ich auf einer Seite erleichtert, aber auf der anderen Seite auch traurig, dass meine Eltern abgereist waren. Ich überlegte erst, ob ich mich zu Hause noch hinlegen sollte oder ob ich bei Mary vorbeifahren sollte. Es war erst halb sieben Uhr morgens und es könnte sein, dass Mary noch schläft, aber ich versuchte einfach mein Glück. Als ich vor Marys Haus stand, sah ich, dass das Licht an ist und sie in der Küche steht. Ich stieg aus dem Auto und lief Richtung Wohnungstür, welche Mary schon öffnete.

„Ist alles okay? Was machst du hier?", fragte mich Mary und in diesem Moment musste ich anfangen zu weinen und lief ihr in die Arme.

„Warum weinst du denn, Mia?"

„Meine Eltern sind jetzt weg", schniefte ich in ihre Halsbeuge.

„Komm erst einmal rein, Mia. Ich mach dir ein richtig leckeres Frühstück und dann erzählst du mir, was in deinem Kopf vorgeht."

Mary legte den Arm um mich und ging mit mir rein. Ich erzählte ihr von dem Gespräch mit meiner Mutter und dem Brief von Mike, der noch immer in meiner Kommode lag. Ich hatte nämlich noch gar keine Gelegenheit gehabt, um ihr das zu erzählen. Sie hörte sich alles ganz in Ruhe an und machte währenddessen für uns leckere Pancakes.

„Ach, Mia. Ich dachte mir schon, dass da irgendwas im Busch ist. Warum liest du den Brief von Mike nicht? Vielleicht geht es dir ja danach besser?"

„Ich weiß einfach nicht, ob ich dazu schon bereit bin. Außerdem weiß einfach nicht, ob ich ihn in meinem Leben zurückhaben will", sagte ich, während ich meine Pancakes ansah.

„Deshalb lässt du ihn doch nicht zurück in dein Leben. Ich bin mir sicher, dass du neugierig bist, was er geschrieben hat: „

„Natürlich bin ich neugierig. Ach, ich weiß einfach nicht, was mit mir los ist. Ich habe totale Stimmungsschwankungen. Mal will ich ihn lesen und dann wieder nicht. Dann bin ich wieder glücklich und im nächsten Moment wieder traurig und verzweifelt. Und nein, ich bin nicht depressiv, falls du das sagen willst", sagte ich und stopfte mir einen Pancake in den Mund.

„Bist du etwa schwanger, oder was?", lachte Mary.

Auf einmal fing mein Kopf an zu rattern und ich fragte Mary, welcher Tag heute ist, und als sie auf den Kalender hinter ihr an der Wand zeigte, wurde ich fast ohnmächtig.

„FUCK. Ich bin eine Woche drüber", sagte ich fassungslos zu Mary.

Mary schluckte sichtbar schwer.

„Bist du dir ganz sicher?"

„Ja, ich bin mir sicher. Meine Periode ist sonst immer pünktlich. Oh Gott, das darf nicht wahr sein!", sagte ich völlig verzweifelt.

„Na ja, dann weiß ich jetzt, was wir heute vorhaben. Wir besorgen dir einen Schwangerschaftstest!"

Ich konnte mein Frühstück nicht mehr zu Ende essen, weil mir so schlecht vor Angst war.

Zehn Minuten später saßen wir in meinem Auto auf dem Weg zu Apotheke. Wir sind extra ein paar Dörfer weitergefahren, in eine Apotheke, wo mich niemand kennt, und damit niemand mitbekommt, was los ist. Danach sind wir auf direktem Wege zu Mary nach Hause gefahren.

„Hier trink Wasser, damit du pinkeln kannst", sagte Mary und drückte mir eine Wasserflasche in die Hand. Ich überflog den Beipackzettel, damit ich wusste, was ich genau zu tun hatte, denn das war das erste Mal in meinem Leben, dass ich einen Schwangerschaftstest machen musste. Zwei Striche bedeutete schwanger. Ich packte alle fünf Tests aus, die ich gekauft hatte, und ging damit auf die Toilette.

„Mia, du weißt, egal was dabei jetzt rauskommt, ich bin immer für dich da und John ist das auch! Okay?" Ich nickte und schloss die Badezimmertür hinter mir zu.

Ich pinkelte auf jeden der fünf Tests und legte sie in einer Reihe auf den Rand von Marys Badewanne. Danach ging ich raus und sagte Mary, dass sie einen Timer stellen sollte.

„Mary, ich habe Angst!"

„Das musst du aber nicht, Mia. Du wolltest doch auch immer Kinder."

„Ja, natürlich möchte ich Kinder, aber ich weiß nicht, ob jetzt der richtige Zeitpunkt ist."

„Mia, dafür gibt es nie den richtigen Zeitpunkt, aber jetzt warten wir ab und danach können wir uns noch immer Gedanken machen."

Sie nahm meine Hand und drückte sie fest. Das Warten, bis der Timer klingelte, fühlte sich wie eine halbe Ewigkeit an. Endlich klingelte er und ich sah Mary an.

„Ich trau mich nicht nachzuschauen", flüsterte ich leise.

„Soll ich für dich nachschauen?"

Ich nickte ganz langsam und Mary ging zum Badewannenrand.

Sie nahm einen Test in die Hand und schaute auf den Test. Danach schaute sich die anderen an.

Sie dreht sich zu mir um und lächelte.

„Ich würde mal behaupten, ich werde Tante!", sagte sie und hob einen Test in die Höhe.

Zwei Striche. Jetzt hatte ich wirklich Angst, dass ich gleich umkippen werde.

Kapitel 15

„Oh, mein Gott, das darf nicht wahr sein! Was mache ich denn jetzt? Oder meinst du, wir können uns überhaupt auf diese Tests verlassen? Wer weiß, vielleicht hab ich auch etwas falsch gemacht?", fragte ich Mary nervös.

„Mia, alle fünf Tests sind positiv! Aber am besten, du machst dir einen Termin beim Frauenarzt."

„Da hast du wohl recht. Ich werde dort gleich anrufen", sagte ich zu Mary und nahm mein Handy aus der Bauchtasche meines Hoodies, den ich anhatte. Die Sekretärin gab mir einen Termin für in drei Tagen.

„Meinst du, ich sollte John von meinem Verdacht erzählen? Ich meine, er würde bestimmt gerne zum Arzt mitkommen."

„Ja, das solltest du machen!", sagte Mary lächelnd zu mir.

Ich blieb bei Mary noch bis zum Mittagessen, denn wir bestellten uns Burger.

Danach ging ich mit einem vollen Bauch nach Hause und wartete auf John. Ich überlegte die ganze Zeit, wie ich ihm am besten sagen sollte, dass wir vielleicht Eltern werden. Auf einmal schoss mir meine Mutter in meine Gedanken. Was sie wohl sagen würde, wenn sie wüsste, dass sie Oma wird? Na ja, sie wird ja schon sowieso bald Oma von Mikes Kind. Aber dann wäre sie zweifache Oma. Sie würde sich bestimmt freuen. Völlig in Gedanken versunken merkte ich gar nicht, dass John nach Hause gekommen war, und auf einmal im Wohnzimmer vor mir stand.

„Hallo, Liebling, na, wie geht es dir?", fragte er mich und gab mir einen Kuss auf die Stirn.

„Mir geht es gut. Aber ich muss mit dir reden."

„Oh okay. Aber lass mich erst duschen. Ich stinke total. Worum geht es denn genau?", sagte John zu mir und lief Richtung Badezimmer.

Ich konnte es in diesem Moment nicht mehr für mich behalten. Ich musste es ihm sofort sagen.

„John, ich bin schwanger", rief ich ihm hinterher.

John stoppte abrupt und drehte sich langsam um. Ich sah nur ein riesiges Grinsen auf seinem Gesicht.

„Was? Bist du dir sicher?", sagte er und lief auf mich zu.

„Na ja, ich habe vorhin fünf positive Tests gemacht", lachte ich zu ihm und holte die Tests raus. Er nahm sie in die Hand und prüfte sie genau.

„Ich kann das nicht glauben. Liebling, du bist wirklich schwanger!", grinste er, nahm mich in den Arm und fing an uns zu drehen.

„Ich gehe erstmal noch zum Frauenarzt. Dort habe ich auch schon in drei Tagen einen Termin. Kommst du dann mit?"

„Natürlich komme ich mit, Mia! Ich kann es gar nicht glauben!"

Erst jetzt bemerkte ich, dass John Tränen in den Augen hatte. Wir setzten uns auf das Sofa und er sah sich meinen Bauch an.

„John, da sieht man jetzt doch noch nichts. Das Einzige, was du siehst, ist höchstens mein Food Baby, weil ich bei Mary einen Burger gegessen habe. Im Übrigen weiß sie es auch. Ich habe mit ihr die Tests zusammen gemacht. Du bist mir doch nicht böse deshalb, oder?"

„Wie könnte ich dir denn böse sein. Außerdem ist Mary unsere Freundin", lächelte er.

Drei Tage später war auch schon der Termin beim Frauenarzt. Mir war etwas mulmig zumute, denn ich hatte nun Angst, dass ich doch nicht schwanger bin. Die letzten drei Tage hat John nur davon gesprochen, wie schön es sein wird, Eltern zu werden. Um ehrlich zu sein, hat er mich mit dieser Vorfreude ziemlich angesteckt. Als ich aus dem Auto steige, kommt John zu mir und nimmt meine Hand. Er hat ein Dauergrinsen auf dem Gesicht, seitdem er weiß, dass er vermutlich Vater wird. Wir laufen Richtung Eingangstür und John öffnet sie für mich. Er kümmert sich so gut um mich und ist immer ein Gentleman. Und auch heute ist er es. Er meldet uns bei der Rezeption an und die Arzthelferin bittet uns direkt in ein Sprechzimmer.

„Dr. Kula kommt gleich zu Ihnen", sagte die Arzthelferin und verließ das Zimmer.

Überall hingen Babyfotos an der Wand und auf dem Schreibtisch stand ein Bild von Dr. Kula mit seiner Frau und seinen zwei Töchtern. John sah sich alle Bilder von ganz nahe an und sah nach jedem Bild zu mir und lächelte. Ich saß auf einem Stuhl und meine Hände waren ganz nass vor Angst. Dann kam endlich der Arzt rein und begrüßte uns. Ich erzählte ihm alles und er fing mit der Untersuchung an.

„Mia und John, ich gratuliere! Ihr werdet Eltern! Sie sind in der siebten Woche", sagte er, während er das Ultraschallgerät an meinem Bauch hin und her bewegte.

„Ich kann es nicht glauben. Mia, wir werden wirklich Eltern!", sagte John, während langsam eine Träne an seiner Backe hinunterlief. Auch ich musste weinen. Ich war so erleichtert, dass ich wirklich schwanger bin.

Dr. Kula erklärte uns, wie es nun weitergeht, und wann ich meinen nächsten Termin für den Ultraschall habe. Außerdem nahm er mir noch Blut ab. Dann verließen wir die Praxis und John nahm meine Hand.

„Liebling, ich kann es noch gar nicht richtig glauben. Das müssen wir feiern! Lass uns in der Hütte etwas essen gehen", schlug John vor.

„Das ist eine super Idee! Aber John, ich möchte es bitte noch für uns behalten und es noch nicht Jack oder so sagen."

„Wir werden das erst einmal für uns behalten. Du hast ja noch alle Zeit der Welt, um es Jack und allen anderen zu sagen", sagte John und küsste meinen Handrücken.

Wir aßen bei der Hütte zu Abend und machten noch einen Spaziergang um die Nachbarschaft.

Als wir zu Hause ankamen, legten wir uns noch ein wenig auf das Sofa und sahen fern.

John sprach den ganzen Abend davon, wie das Leben mit unserem Kind sein würde, und dass er hoffte, dass es ein Junge sein würde, wobei er auch ein Mädchen toll fände. Hauptsache, unser Kind ist gesund. Als wir dann ins Bett gingen, liebten wir uns wie schon lange nicht mehr. Der Sex war voller Gefühl und ich spürte endlose Liebe.

Am nächsten Morgen gingen wir beide arbeiten und als ich mittags nach Hause kam, war John auch schon da. Er öffnete mir die Haustür und gab mir einen Kuss.

„Schau mal, was auf dem Tisch für dich steht", grinste John.

Es stand ein riesiger Blumenstrauß auf dem Tisch. Erst dachte ich, er wäre von John. Doch als ich die Karte gelesen hatte, wusste ich, dass dieser von Mary ist, obwohl sie nicht mit ihrem Namen unterschrieben hatte. Ich erkannte ihre Schrift sofort. Ich habe ihr nach unserem Termin bei Herrn Dr. Kula direkt geschrieben, dass sie jetzt ganz offiziell Tante wird. Sie hat sich riesig gefreut und auch JJ, welcher es von John erfahren hatte.

„Wozu hast du heute Lust, Mia? Sollen wir vielleicht das Büro ein wenig aufräumen und schauen, was wir wegwerfen können? Immerhin wird das Büro zum Kinderzimmer umgebaut."

„Meinst du, das ist nicht ein wenig zu früh?", lachte ich zu John. Ich war wirklich glücklich, weil er so glücklich war. Deshalb stimmte ich schließlich zu, im Büro aufzuräumen. Am Ende des Abends haben wir so viel aussortiert, dass John noch zur Müllstation fahren musste. Während er dort hinfuhr, saß ich im Büro in einem gemütlichen Sessel, der seinem Opa gehörte und träumte vor mich hin, wie es wohl ist, wenn unsere Kinder hier im Haus herumrennen werden. Mir lief eine Träne hinunter, weil ich so glücklich war, dass ich es kaum glauben konnte. All die Jahre voller Schmerz sind endlich vorbei und meine Leben fängt jetzt so richtig an. John gab mir einen Kuss auf die Stirn und weckte mich so von meinem Tagtraum auf.

„Du bist ja schon wieder da. Das ging aber schnell!", sagte ich zu John.

„Es ging schnell oder du bist eingeschlafen?", lachte John.

„Ja, das sind wohl die Hormone."

„Die Hormone? Du bist immer müde!", lachte John.

„Sei nicht gemein zu deiner schwangeren Freundin!", sagte ich ernst, aber mit einem Lächeln auf den Lippen.

„Das würde mir nicht im Traum einfallen."

Ich schaute John in die Augen und sah einfach nur pures Glück. John setzte sich vor mir auf dem Boden im Schneidersitz und schaute mich an.

„Ich wusste ja, dass du wunderschön bist, aber ich habe das Gefühl, dass du jetzt jeden Tag noch schöner wirst."

„Schleim hier mal nicht so viel herum", zog ich ihn auf.

Wir mussten beide lachen und John nahm einen meiner Füße und fing ihn an zu massieren.

„John, denkst du, ich werde eine gute Mutter?"

„Natürlich wirst du eine gute Mutter! Denkst du etwa, das Gegenteil wäre der Fall?"

Ich schaute ihn nachdenklich an und zuckte mit den Schultern.

„Mia, rede mit mir. Was geht in deinem wunderschönen Kopf vor sich?"

„Ich habe einfach Angst, dass ich wie meine Eltern werde. Was, wenn ich unserem Kind auch etwas Furchtbares antue?"

„Das wirst du niemals, Mia! Du bist so ein guter, aufrichtiger und hilfsbereiter Mensch. Du könntest keiner Fliege etwas zuleide tun!", antwortete mir John und nahm meinen anderen Fuß und massierte auch ihn.

„Mein Vater hat immer gesagt, dass ich selber Kinder bekommen sollte, und dann würde ich merken, wie es ist. Und er sagte auch immer, dass ich mich als Elternteil sicherlich genauso verhalten würde wie er."

„Mia, dein Vater hat immer nur eine Ausrede gesucht und hat sich offensichtlich kein bisschen Gedanken darüber gemacht, was er hätte anders machen können. Es ist natürlich immer leichter, jemand anderem die Schuld zu geben, aber so bist du nicht und so warst du auch noch nie."

„Ich könnte mir auch nicht vorstellen, dass ich meinen Kindern so etwas Schlimmes antun könnte. Niemals könnte ich dabei zusehen, dass einem meiner Kinder Schaden zugefügt werden würde. Ich verstehe auch nicht, wie meine Eltern einfach so dabei zusehen konnten."

John schaute mich verständnisvoll an und kniete sich zu mir herunter, sodass er mit seinen Armen sich auf meinen beiden halten konnte.

„Ich bin mir sicher, dass deine Eltern nie wollten, dass Paul, dir oder auch Mike etwas zustößt. Aber die Situation war sicherlich schwer. Natürlich würden wir es niemals so weit kommen lassen. Ich denke, dass deine Eltern einfach absolut überfordert waren."

„Ja, da hast du recht. Und eines weiß ich, du wirst dich sehr gut um unser Kind kümmern. Und wir haben auch Mary und JJ, die unser Kind lieben werden. Wenn ich nur daran denke, dass wir irgendwann zusammen am Strand liegen und JJ unserem Kind das Surfen beibringt und Mary mit unserem Kind Sandburgen baut, könnte ich schreien vor Glücksgefühlen", sagte ich zu John und legte meine Hand an seine Wange.

„Mia, du hast so viel durchmachen müssen, aber du weißt ja, ich glaube daran, dass nach allem Schlechten auch etwas Gutes folgt!"

„Das hoffe ich sehr, John!", antwortete ich ihm und gab ihm einen Kuss auf seine Lippen.

Er nahm meine Hand und zog mich vom Sessel hoch. Er nahm mich in den Arm und flüsterte mir ins Ohr:

„Ich kann es gar nicht abwarten, Vater zu werden."

Er sah mir in die Augen und fing an, mich zu küssen. Zuerst war es ein normaler Kuss. Doch dann bemerkte ich die Leidenschaft in seinem Kuss und wusste, worauf er hinauswollte.

Er grub langsam seine Hand unter mein T-Shirt und massierte meine Brust. Dann nahm er vorsichtig meine Brustwarze zwischen Daumen und Zeigefinger und drückte sie langsam zu. Er hatte leichtes Spiel, da ich keinen BH anhatte. Ein leichtes Stöhnen entglitt mir und das war seine Eintrittskarte, denn jetzt fing er an, meine Brust wilder zu kneten. Er küsste meinen Hals und arbeitete sich langsam hoch zu meinem Mund. Dort angekommen nahm er meine Unterlippe zwischen seine Zähne und biss vorsichtig zu. Er ließ von meinen Brüsten ab und hob mich mit beiden Armen hoch und trug mich langsam ins Schlafzimmer. Behutsam legte er mich auf das Bett und fing an, sich auszuziehen. Ich machte es ihm gleich und zog mich auch langsam aus. Er liebte es, mir dabei zuzusehen. Als wir beide nackt waren, legte er sich auf mich und drang sofort in mich ein, worüber ich sehr froh war, denn ich konnte es nicht mehr länger aushalten, ihn nicht in mir zu spüren. Wir liebten uns lange und innig, bis wir vor Erschöpfung beide einschliefen.

Am nächsten Morgen war John bereits auf der Arbeit. Ich machte mich auch fertig für die Hütte.

Meine Schicht war relativ langweilig, weshalb ich sehr viel Zeit hatte, darüber nachzudenken, wie ich es wohl Jack sagen könnte, und vor allem wann? Würde er sich für uns freuen? Wie lange würde ich nicht arbeiten können? Würde er für mich Ersatz finden?

So viele Fragen, auf die ich noch keine Antwort hatte. Jack beschloss, mich dann früher nach Hause zu schicken, da sowieso nichts los war, und die Spätschicht bereits da war.

Zu Hause angekommen fing ich an, die Wäsche zu waschen, weil sich diese schon stapelte. Danach goss ich die Blumen und das Gemüse in unserem Garten. Ich bereitete das Abendessen vor und wartete dann darauf, dass John nach Hause kam. Er arbeitete heute länger, da er noch ein paar Geschäftstermine mit Restaurants aus der Gegend hatte.

Ich setzte mich gemütlich aufs Sofa und dann klingelte mein Handy, da ich einen Anruf über Facetime bekam. Es war natürlich meine Mutter, die mich anrief. Ich habe das letzte Mal mit ihr gesprochen, als sie mich angerufen hatte, nachdem sie in Deutschland gelandet sind.

„Hallo Mama, wie geht es euch?"

„Hallo Mia, uns geht es gut und wie geht es euch?"

„Uns geht es gut. Sehr gut sogar! Ich bin schwanger, Mama!", und als diese Worte aus mir rauskamen, war ich mir nicht ganz sicher, ob es das Richtige war, es ihr jetzt schon zu sagen.

„Oh mein Gott, Mia! Wie bitte? Du bist schwanger? Ich kann es nicht glauben!", schrie meine Mutter ins Telefon und fing an zu schluchzen.

Ich hatte fast das Gefühl, dass ihr diese Nachricht nicht so gefällt.

„Ja, ich bin schwanger. Ich bin aber noch ganz am Anfang der Schwangerschaft. Wir haben es erst vor ein paar Tagen herausgefunden. Um genau zu sein, an dem Tag, an dem ihr wieder zurückgeflogen seid. Ich hoffe, du freust dich über die Nachricht."

„Mia, natürlich freue ich mich. Ich könnte schreien vor Glück! Am liebsten würde ich dich jetzt in den Arm nehmen", sagte meine Mutter mit einer fast schon traurigen Stimme.

„Du hörst dich nicht so glücklich an, Mama."

„Ach, mein Liebling, ich vermisse dich nur so und jetzt, wo du auch noch schwanger bist, werde ich dich noch mehr vermissen! Das heißt, wann werdet ihr uns hier in Deutschland besuchen?"

„Na ja, schwanger und fliegen ist glaube ich nicht so eine gute Idee. Aber ihr könntet uns ja in den nächsten Monaten noch einmal besuchen kommen. Also du, Papa und Paul."

Ich sagte bewusst ihre Namen, nicht dass meine Mutter noch meinte, dass ich Mike hier haben möchte.

„Stimmt, du solltest nicht fliegen", lachte meine Mutter.

„Ich werde mit Papa und Paul sprechen. Darf ich ihnen erzählen, dass du schwanger bist, oder willst du es ihnen selbst sagen?"

„Ich würde es ihnen gerne selbst sagen. Deshalb behalte es bitte erst einmal für dich."

„Das werde ich, mein Liebling! Und wie geht es John? Er freut sich bestimmt riesig, oder?"

„Ja, er ist überglücklich."

Ich redete noch ganz lange mit meiner Mutter. Das war das erste Mal, dass wir richtig gut miteinander sprechen konnten, ohne uns zu streiten. Wir sprachen über alle möglichen Themen, aber vor allem natürlich über Kinder.

Während ich mit meiner Mutter telefonierte, kam John nach Hause und sagte auch kurz „Hallo" zu meiner Mutter am Telefon. Er aß ohne mich zu Abend, da er merkte, dass ich dieses Telefonat mit meiner Mutter brauchte. Als ich auflegte, lag John auf dem Sofa und sah sich eine Tierdokumentation an.

„Und wie war das Gespräch mit deiner Mutter?", fragte mich John.

„Es war super. Sie freut sich total für uns!", antwortete ich ihm.

„Ich esse jetzt etwas und dann lege ich mich bald ins Bett. Ich bin ganz schön müde", sagte ich zu John.

„In Ordnung. Ich lege mich dann auch ins Bett", sagte John und gähnte bereits.

Es war halb zehn, als wir im Bett lagen, und John schlief wie immer direkt ein.

Kapitel 16

Es vergingen ein paar Wochen, in denen ich hauptsächlich arbeitete und mit Mary Babysachen im Internet bestellte. Ich war nun in der zwölften Woche und konnte kaum glücklicher sein. John arbeitete viel und versuchte, einen neuen Mitarbeiter zu bekommen. Er wollte dies, damit er mehr Zeit für das Baby und mich hatte. Ich telefonierte öfter mit meiner Mutter und wir verstanden uns sehr gut. Der Sommer zog vorbei und der Herbst stand buchstäblich vor der Tür. Bald hatte auch John Geburtstag und ich überlegte bereits, wie wir seinen Geburtstag feiern könnten. Er feiert nicht gerne, weshalb ich immer alles organisierte. Mary war auch Feuer und Flamme dafür. Wir überlegten uns, ob wir eine Überraschungsparty machen sollten, und all seine Freunde einladen. Er wird siebenundzwanzig Jahre alt und ist somit drei Jahre älter als ich. Als ich einundzwanzig war, kam ich mit ihm zusammen. Und jetzt sind schon drei Jahre vergangen und wir erwarten unser erstes Kind zusammen. Hätte mir vor drei Jahren jemand gesagt, dass mein Leben eine so positive Wendung nimmt, hätte ich gelacht und es nicht geglaubt.

Ich hatte ein paar Tage frei, weshalb ich mit Mary Luftballons und Girlanden für Johns Geburtstag kaufen wollte. Wir trafen uns morgens zusammen in unserem Lieblingscafé zum Frühstücken und gingen danach in verschiedene Läden. Am Nachmittag hatten wir dann alles, was wir brauchten, und fuhren zu Mary. Dort brachten wir dann alles in ihren Keller, sodass JJ die Deko nicht finden konnte. Er würde sich sicherlich verplappern und John wüsste dann über die Überraschungsparty Bescheid, weshalb wir JJ nicht in unseren Plan einweihen konnten. Danach setzten wir uns noch in den Garten von Mary und genossen noch einen der letzten Sommernachmittage. Im Herbst und im Winter wurde es hier natürlich nicht so kalt wie in Deutschland, aber das Feeling von Sommer war trotzdem verschwunden. Wir tranken selbstgemachte Limonade und planten weiter die Überraschungsparty. Ich schrieb John eine Nachricht, dass ich bei Mary bin und er sich keine Sorgen machen muss. Wir planten alles durch und schrieben allen, die eingeladen sind, eine SMS.

„Hoffentlich verplappert sich niemand", sagte ich lachend zu Mary.

„Nein, das wird schon niemand. Immerhin weiß es JJ nicht, daher sind wir sicher", lachte sie.

„Ach, und Mary, bitte sag auf der Party nichts wegen meiner Schwangerschaft. John und ich haben beschlossen, dass wir es noch für uns behalten wollen und es noch nicht allen sagen möchten. Ich weiß, du würdest es niemals jemandem sagen ohne unsere Zustimmung, aber nur, dass du Bescheid weißt."

„Ok, dann werden meine Lippen versiegelt sein, wobei es mir wirklich schwerfallen wird, nichts über deinen süßen kleinen Bauch zu sagen. Du musst auf jeden Fall etwas Weites anziehen, damit niemand etwas merkt."

„Ja, das mache ich. Mary, ich will dich nicht enttäuschen, aber mein süßer kleiner Bauch ist lediglich das Essen von heute Morgen", lachte ich und steckte sie damit an, weshalb wir nun beide lachen mussten.

Ich legte die Hand auf meinen Bauch und musste an die Beerdigung meiner Oma denken.

Wir haben immer Witze gemacht, dass wenn ich mal schwanger sein werde, sie mir hilft und auf mein Kind aufpasst. Oma wusste von den Problemen mit Mike und half mir, so gut es ging. Ich habe oft bei ihr geschlafen, vor allem in den Ferien. Dann hatte sie aber plötzlich einen Herzinfarkt und jede Hilfe kam zu spät. Ich war völlig unter Schock und mir riss es den Boden unter den Füßen weg. Es war die Mutter meines Vaters und auch er war verständlicherweise am Boden zerstört. Als wir auf die Beerdigung gingen, saßen wir alle zusammen im Auto und Mike war extrem betrunken. Ich sagte noch, dass wir ihn nicht mitnehmen sollten, aber mein Vater wollte es unbedingt, weil die Verwandten sonst Fragen stellen würden. Wir hätten einfach sagen können, dass er eine Magendarmgrippe hat oder Ähnliches. Das war einer der Tage, wo viele von unserer Verwandtschaft mitbekommen haben, dass mit Mike etwas nicht stimmt.

„Ich hasse Beerdigungen", lallte Mike von der Hinterbank.

Meine Mutter und Paul saßen zusammen mit ihm hinten, weil er, bevor wir losfuhren, mich wieder angeschrien hat, und mir auch eine Backpfeife geben hat. Seine Aussage war:

„Die hast du verdient, weil du dich wie eine Nutte anziehst auf der Beerdigung unserer Oma, die du sowieso nicht mochtest!"

Dieser Satz tat mehr weh als die Backpfeife. Sie war alles für mich und war die Einzige, die wenigstens versucht hatte, mir zu helfen. Mein Vater schrie mich danach an, weil ich natürlich weinen musste.

„Reiß dich zusammen, Mia. Du musst nicht immer wegen allem heulen!", schrie er mich an.

Als wir aus dem Auto ausstiegen, musste Paul ihn stützen, weil er kaum noch gerade stehen konnte. Ich dachte mir an diesem Tag nur: Endlich bemerkt es jemand. Dass absolut niemand uns helfen würde, hätte ich nicht gedacht. Und natürlich haben viele den Alkohol an Mike gerochen und auch meinen Vater darauf angesprochen. Er entschuldigte es nur damit, dass Mike ja so traurig wäre und es deshalb getrunken hätte. Den Scheiß hat ihm natürlich niemand abgenommen. Mike hat sich genauso wenig für meine Oma wie für uns interessiert. Ganz im Gegenteil, ich glaube sogar, er konnte sie nicht leiden, weil sie mir versucht hat zu helfen. Einmal hat sie sogar meine Eltern gefragt, ob es nicht besser wäre, wenn Paul und ich erstmal zu ihr ziehen, bis es Mike besser geht. Natürlich haben meine Eltern das nicht zugelassen. Nachts habe ich mich oft zu ihr geschlichen, weil sie nur ein paar Straßen weiter gewohnt hat. Dann habe ich bei ihr im Gästezimmer geschlafen und bin frühmorgens wieder nach Hause in mein Bett, damit es niemand merkte. Ich habe manchmal tagelang nicht schlafen können, weil Mike die ganze Nacht extrem laut irgendwelche Videospiele spielte.

Nachdem die Beerdigung vorbei war, gingen wir alle noch in ein Restaurant und Mike bestellte sich direkt ein Bier. Mein Vater erlaubte ihm dies aber nicht, weshalb er ihm eine Cola bestellte. Und in die Cola schüttete mein Vater heimlich Rum aus seinem Flachmann.

Paul und ich saßen nebeneinander, als Mike am Tisch sagte, wie sehr er doch unsere Oma vermissen würde. Mir wurde schlecht bei seinen Worten, weshalb ich aufstand und mich für einen Moment nach draußen entschuldigte. Paul kam kurz danach zu mir raus und nahm mich in den Arm.

„Paul, was sollen wir nur machen. Das wird niemals aufhören und Oma ist nicht mehr hier, um uns zu helfen", schluchzte ich in seine Arme.

„Alles wird gut, Mia. Wir schaffen das zusammen. Und Oma passt von oben auf uns auf."

Als ich mich wieder beruhigt hatte, gingen wir wieder ins Restaurant. Mike hatte bereits seine dritte Cola mit Schuss und als wir dann endlich zu Hause waren, flippte er wieder aus. Nach diesem Abend hatte ich eine rote Backe und Paul mal wieder ein blaues Auge. An diesem Abend fing es an, dass ich furchtbare Gedanken entwickelte und wirklich darüber nachdachte, ob es nicht doch besser wäre, wenn ich auch bei Oma wäre.

Kapitel 17

An dem Tag von Johns Geburtstag überraschte ich ihn mit einem leckeren Frühstück ans Bett. Er freute sich total und wir genossen die Zeit zusammen im Bett, hörten Musik und aßen unser Frühstück auf, während die Sonne uns ins Gesicht schien.

„So könnte ich jeden meiner Tage starten", sagte John mit einem zufriedenen Lächeln.

„Ja, da hätte ich auch nichts dagegen. Bald werden die Tage wohl eher mit Babygeschrei beginnen", lachte ich.

„Deshalb wollte ich auch noch mit dir sprechen", sagte John.

„Was meinst du?", antwortete ich ihm.

„Ich habe mir überlegt, dass wenn das Baby da ist, ich nicht nur ein paar Wochen zu Hause bleibe, sondern mindestens die ersten sechs Monate."

„John, das ist ja schön, aber wie soll das mit deinem Fischergeschäft funktionieren?"

„Ich habe mir überlegt, ob ich vielleicht noch ein oder zwei Schüler einstelle, welche sich noch was dazu verdienen wollen. Dann hätte ich mehr Zeit und könnte mich ganz auf dich und das Baby konzentrieren", lächelte John.

„Können wir das finanziell schaffen? Ich meine, wenn du nochmal Leute einstellst, musst du diese auch bezahlen."

„Ja, das ist klar, dass sie es nicht umsonst machen werden. Aber die Geschäfte laufen momentan wirklich gut und ich habe Neukunden dazu gewonnen, weshalb es funktionieren würde. Außerdem habe ich ja auch noch Geld von meinem Vater auf der Seite. Ich bin mir sicher, es wäre auch in seinem Gedenken, wenn wir das Geld für unsere Kinder nehmen."

„Das wäre natürlich traumhaft, wenn wir das so hinbekommen würden. Ich werde sicherlich deine Hilfe anfangs benötigen", antwortete ich John und küsste ihn auf seine weichen Lippen.

„Ja, das machen wir so. Mein Vater würde sich bestimmt riesig freuen, wenn er jetzt noch leben würde und wüsste, dass wir ein Baby erwarten", lächelte John.

„Ich bin mir sicher, dass er der beste Opa geworden wäre, den es nur geben könnte!", sagte ich.

John nickte und nahm meine Hand in seine und verschloss unsere Finger zusammen.

„Und nun haben wir aber genügend geredet. Ich hätte Lust auf einen Spaziergang. Was sagst du dazu?", sagte ich, um ihn aus dem Haus zu bekommen. Immerhin warteten die Gäste sicherlich schon, deshalb mussten wir uns nun etwas beeilen.

„Für dich würde ich alles machen, Mia!"

„Schleimer!", sagte ich und stieß ihn lachend gegen die Schulter.

Als wir losliefen, musste ich mir ganz schön viele Sachen einfallen lassen, damit John mit mir Richtung Mary und JJ lief, ohne es zu merken, dass wir zu deren Haus gingen. Ich war ganz aufgeregt und gespannt, wie er reagieren wird, wenn er all seine Freunde im Garten von Mary und JJ sehen wird.

„Oh, schau mal, wir sind ja ganz zufällig bei Mary und JJs Haus vorbeigekommen", flunkerte ich.

Ich war eine verdammt schlechte Lügnerin, weshalb John sicherlich schon einen Verdacht hatte.

„Lass mich raten, ihr habt eine Überraschungsparty für mich geplant?", sagte John lachend.

„Woher weißt du das? Hat JJ etwas herausgefunden und es dir gesagt?", antwortete ich mürrisch.

„Nein, er hat mir nichts verraten, aber dein Verhalten in den letzten Tagen ist zu offensichtlich gewesen. Abgesehen davon habe ich ein Telefonat mitgehört, als du über die Party etwas zu Mary gesagt hast."

„John, du musst gleich ganz überrascht machen. Niemand darf merken, dass du es schon wusstest!", sagte ich ihm mit ernster Miene.

Er nickte und nahm meine Hand und lief mit mir in den Garten von Mary und JJ. Alle, die wir eingeladen hatten, waren da und riefen „Happy Birthday", als wir in den Garten kamen. John machte natürlich ganz überrascht und das so überzeugend, dass es ihm alle angekauft hatten.

Alle kamen persönlich zu ihm, umarmten ihn und gratulierten ihm. JJ stand am Grill und fing an, das Fleisch zu brutzeln. Den Tag zuvor war ich bei Mary und half ihr, die ganzen Salate vorzubereiten. Aber auch all unsere Freunde brachten etwas zu essen mit und Jack persönlich hatte einen Kuchen gebacken. Wobei ich mir nicht sicher war, ob er den nicht gekauft hatte, weil er so perfekt aussah. Ich weiß, dass Jack gut kochen kann, aber backen? Da war ich mir nicht so sicher.

Die Feier war wunderschön und wir lachten sehr viel. Als es später wurde und die ersten Gäste begannen zu gehen, stand John auf einen der Gartenstühle und wollte noch eine kleine Rede halten.

„Hallo, meine Lieben, ich möchte mich ganz herzlich bei euch bedanken, dass ihr mir einen so schönen Geburtstag bereitet habt! Ich sehe euch alle nicht nur als meine Freunde an, sondern als meine Familie! Einen besonderen Dank geht an meine tolle Freundin Mia und an meine beste Freundin Mary, dass sie alles organisiert haben. Ihr seid wirklich die Besten!"

Alle applaudierten ihm. John kam zu mir und gab mir einen Kuss auf die Lippen und flüsterte mir ins Ohr: „Vielen Dank, mein Liebling."

Danach ging er zu Mary, umarmte sie und bedankte sich auch bei ihr persönlich.

Kapitel 18

Nach der Arbeit ging ich direkt nach Hause, weil ich mich nicht wohl fühlte. Vielleicht war eine Erkältung im Anmarsch, denn in den letzten Tagen ging hier ein ganzer schöner Wind durch und ich war nicht dick genug angezogen. Ich war mir nicht sicher, weshalb ich mich zu Hause erstmal hinlegte. Meine Augen wurden ganz schwer und ich schlief schnell ein. Doch auf einmal wurde ich von fürchterlichen Bauchschmerzen geweckt. Im ersten Moment wusste ich gar nicht, was los war, doch als ich auf meine graue Jogginghose sah, und ein großer roter Fleck zwischen meinen Beinen sichtbar wurde, hatte ich das Gefühl, gleich ohnmächtig zu werden. Ich ging auf allen vieren ins Bad und zog meine Jogginghose in der Badewanne aus. In meiner Unterhose war Blut, sehr viel Blut. In diesem Moment hörte ich, wie John die Haustüre aufmachte.

„Jooohn, Hilfeeee!", schrie ich aus meinem ganzen Leib.

Ich hörte, wie John anfing zu rennen und in kürzester Zeit im Badezimmer stand.

„Mia, was ist los?", sagte er ganz erschrocken zu mir und sah dann an mir herunter.

„John, du musst sofort Dr. Kula anrufen", entgegnete ich mit zitternder Stimme.

Ich legte meine Hände auf meinen Bauch in der Hoffnung, das Baby zu spüren oder irgendetwas zu spüren, das mir die Sicherheit geben würde, dass mein Baby noch da ist.

John holte sein Handy raus und wählte Dr. Kulas Nummer. Die Arzthelferin ging ans Telefon und John schilderte ihr, was passiert ist.

„Okay, ich warte", sagte John mit gebrochener Stimme.

„Sie holt Dr. Kula ans Telefon", sagte mir John.

Er schilderte auch ihm alles am Telefon und verabschiedete sich dann.

„Wir sollen sofort zu ihm kommen."

John ging ins Schlafzimmer und holte Handtücher sowie eine neue Hose für mich. Er half mir, mich unter der Dusche zu säubern, und trocknete mich ab. Danach half er mir in die neue Hose. Er war ganz in sich gekehrt und sagte kein Wort, fast wie ein Roboter.

„John, ich habe Angst", wimmerte ich.

„Ich weiß, Liebling. Alles wird gut, ich werde auf dich aufpassen."

Als wir in der Praxis ankamen, stand Dr. Kula schon bereit. Er brachte mich direkt ins Praxiszimmer und ich legte mich auf die Untersuchungsliege. Er fing an, meinen Bauch abzutasten, dann machte er einen Ultraschall und gab mir etwas gegen meine Schmerzen.

Er bewegte das Ultraschallgerät hin und her an meinem Bauch und sah auf den Monitor.

Als er das Ultraschallgerät auf die Seite legte, sah er mich mit einem traurigen Blick an.

„Mia, John. Ihr müsst jetzt stark sein. Leider muss ich euch sagen, dass ich auf dem Ultraschall keinen Herzschlag von eurem Baby hören kann."

Dann sah er mich an und nahm meine Hand.

„Mia, du hattest eine Fehlgeburt. Es tut mir sehr leid!", sprach er leise.

Ich schloss die Augen und schrie innerlich. Und da war wieder dieser Schmerz, den ich schon lange nicht mehr spürte. Der Schmerz meiner Vergangenheit. Die Art Schmerz, denn man im Inneren spürte, wenn etwas ganz Schlimmes passiert ist. Wieder wurde mein Herz gebrochen. Wieder verspürte ich nichts als Schmerz und Wut. Und ich wusste auch, dass danach die Leere kommt. Die absolute innere Leere.

Dr. Kula erklärte mir alles und gab mir noch Schmerzmittel mit. Leider konnte er nichts mehr für uns tun. John brachte mich nach Hause und legte mich auf das Sofa. Ich konnte kaum laufen, nicht weil ich Schmerzen hatte, aber ich war wie eingefroren. Ich konnte nichts sagen noch etwas tun. John sprach bei der ganzen Rückfahrt nichts. Auch er war wie eingefroren. Doch als wir nach Hause kamen, änderte sich dies.

„Mia, es tut mir so leid. Ich weiß gar nicht, was ich sagen soll", sprach John leise zu mir und setzte sich neben mich.

Ich konnte nichts sagen, ich sah ihn einfach nur an und nickte langsam.

„Mia, bitte rede mit mir!", flehte er mich an.

Ich sah ihm in die Augen und eine Träne kullerte aus meinem rechten Auge hinunter.

„Nicht einmal das schaffe ich. Ich kann nicht einmal ein Kind auf die Welt bringen."

John sah mich ganz erschrocken an. Er nahm meine Hand und legte seine andere Hand auf meine Wange.

„Mia, sag so etwas nicht. Dafür kann niemand etwas! Niemand ist schuld und vor allem nicht du."

Er machte eine kurze Pause und schaute aus dem Fenster.

„Kann ich dir irgendetwas Gutes tun?", fragte mich John.

Ich schüttelte langsam den Kopf und legte mich hin und schloss die Augen.

Als ich wieder aufwachte, war es schon dunkel. Ich stand auf und sah ins Schlafzimmer, in dem John lag. Er sah so friedlich aus, wobei es in ihm nicht friedlich zuging. Ich schleppte mich ins Badezimmer und wusch mir mein Gesicht. Als ich in den Spiegel blickte, kam eine ungemeine große Wut in mir auf. Wut auf mich, auf die Welt, auf das Leben, aber vor allem darauf, dass ich wieder einmal einem solchen Schicksal ausgesetzt bin. Ich hielt mich am Waschbeckenrand fest und drückte meine Finger ganz fest dagegen. So fest, dass es schon weh tat. Aber ich wollte diesen Schmerz spüren. Den äußeren Schmerz, der stärker sein sollte als mein innerer.

„Warum ich, verdammt nochmal? Warum schon wieder ich?", schrie ich in den Spiegel und dann schlug ich mit der Faust in den Badezimmerspiegel. Er zerbrach in tausend Einzelteile.

Das Blut strömte aus meiner rechten Hand und ich sah dabei zu, wie das Blut auf den Badezimmerboden tropfte. Auf einmal ging die Badezimmertür auf und John stand im Türrahmen.

„Mia, was tust du?", sagte er ganz geschockt und wollte zu mir kommen.

„Geh weg!", schrie ich ihn an.

„Aber Mia, lass mich dir doch helfen."

„Ich brauche keine Hilfe. Von niemandem!", schrie ich ihn erneut an und schubste ihn aus dem Badezimmer.

Danach schlug ich die Tür zu und verschloss sie.

„Mia, mach sofort auf!", schrie John und klopfe gegen die Tür.

Dann brach ich zusammen und lag am Badezimmerboden. Die Tränen liefen mir wie bei einem Wasserfall über das Gesicht hinunter. Ich lag einfach nur auf dem Boden in der Hoffnung, er würde mich verschlucken. Es war einfach zu viel. Ich konnte diesen Schmerz nicht aushalten.

Minuten später klopfte es auf einmal leicht an der Tür.

„Mia, meine Liebe, ich bin es Mary. Bitte mach mir auf! Lass uns reden!", sagte Mary in einem ruhigen, aber auch traurigen Ton. Sicher hat John sie angerufen und ihr erzählt, was passiert ist. Doch ich konnte nicht antworten und konnte mich auch nicht bewegen. Ich war wie versteinert.

„Ich kann mir nur vorstellen, was du gerade fühlst, aber ich will dir nur helfen! Also bitte lass mich rein!", versuchte sie erneut. Doch noch immer konnte ich mich nicht bewegen.

„Ich kann mich auch hier hinsetzen und wir reden so." Dann hörte ich, wie sich Mary gegen die Badezimmertür setzte.

„Mia, du hast das nicht verdient. Aber was viel wichtiger ist, du bist nicht daran schuld! Ich kann deine Verzweiflung und deine Wut verstehen, aber glaube mir, wenn du uns dir helfen lässt, wird es vielleicht einfacher für dich!"

Langsam öffnete ich die Badezimmertür und Mary schaute erst durch den Türrahmen. Danach quetschte sie sich durch zu mir. Dann schloss sie die Tür von innen und setzte sich neben mich. Sie legte ihre Arme um mich und nahm mich ganz fest in den Arm. Und dann liefen meine Tränen wieder und ich schluchzte wie ein kleines Kind, das gerade hingefallen ist. Und so saßen wir eine gefühlte Ewigkeit auf dem Boden. Mary sagte nichts. Sie hielt mich einfach nur fest und das war alles, was ich in diesem Moment brauchte.

Am nächsten Tag ging es mir elendig. Mein Kopf tat so weh, als hätte ich zwei Flaschen Rum den Abend davor getrunken. Ich lag noch im Bett und sah auf meine verletzte Hand. Mary hat sie mir gestern noch verbunden. Glücklicherweise musste nichts genäht werden, denn die Schnitte waren nicht allzu tief. Mary blieb noch bis in die Nacht bei mir. John schlief noch, als ich aus dem Schlafzimmer ging. Ich lief ins Badezimmer und sah, dass das Chaos von gestern Abend weg war. Sicherlich Mary. Ich kochte mir einen Tee, schlang eine Wolldecke um mich und setzte mich mit dem Tee raus auf die Veranda. Die Vögel zwitscherten und die Bienen summten. Wie konnte heute nur ein so schöner Tag sein, obwohl etwas so Schreckliches passiert war. Mein Blick schweifte über unseren Garten bis zu unserem kleinen angelegten Teich vor. Ich legte meine Hand auf meinen Bauch, um zu schauen, ob ich vielleicht etwas spüren kann. Währenddessen ist auch John aufgewacht und kam zu mir nach draußen.

„Guten Morgen, wie geht es dir?", sah er mich nachdenklich an.

„Ich weiß es nicht. Wie soll es jemandem nach so was schon gehen?", fragte ich.

„Tut mir leid, dass ich mich gestern so verrückt benommen habe", fuhr ich fort.

„Mia, dafür musst du dich nicht entschuldigen!", sagte John, während er sich direkt neben mich auf die Bank setzte.

„Ich bin immer für dich da, okay?", sagte er und blickte mich eindringlich an.

„Ich weiß", flüsterte ich, während mir eine Träne die Wange hinunterlief.

„Danke, dass du gestern Mary geholt hast. Ich hätte diese Nacht ohne sie nicht geschafft."

John sah mich an und nickte leicht. Dann gab er ein kleines Lächeln von sich.

Er ging rein, weil das Telefon klingelte. Ein paar Minuten später kam er wieder raus.

„Das war Dr. Kula. Er sagte, wir sollen heute Mittag vorbeikommen wegen der Nachuntersuchung."

Ich nickte nur leicht und sah John an. Er blickte auch mich an und setzte sich dann wieder zu mir.

„Wie geht es dir, John? Ich habe dich das noch gar nicht gefragt", sagte ich ängstlich zu ihm.

„Ich weiß nicht", antwortete er mit einem verschmähten Lächeln und dann liefen ihm die Tränen herunter.

Gestern hatte er nicht geweint, aber jetzt kam alles aus ihm raus, was sich aufgestaut hatte. Er hatte sich so auf das Baby gefreut. Fast mehr als ich. Ich habe ihm gestern nicht die Möglichkeit gegeben zu weinen und seine Gefühle zu zeigen. Das tut mir jetzt unendlich leid, weil auch er hat unser Baby verloren, nicht nur ich. Ich nahm ihn in den Arm, wie es Mary bei mir gestern getan hat.

So saßen wir ewig draußen, bis ich ihm sagte, dass wir uns fertigmachen sollten für den Nachsorgetermin.

Als wir in die Praxis von Dr. Kula angekommen waren, bekam ich Gänsehaut und ich merkte, wie meine Augen bereit waren wieder zu weinen. Die Arzthelferin setzte uns sofort in das Behandlungszimmer, sodass wir nicht im Wartezimmer sitzen mussten. Ich war sehr froh darüber, denn ich hätte es nicht ertragen, die ganzen freudigen Eltern zu sehen und die schwangeren Frauen mit ihren dicken Bäuchen. Ziemlich gemein von mir, aber diesen Anblick konnte ich nicht ertragen. Da ich erst in der zwölften Woche gewesen war, hat man natürlich noch nicht viel bei mir gesehen, eigentlich hat man gar nichts gesehen. Als Dr. Kula reinkam, hat er uns zuerst gefragt, wie es uns geht und uns nochmal sein Beileid ausgesprochen. Er untersuchte mich und tastetet meinen Bauch ab. Er fragte mich, ob es hier und da weh tat, doch ich konnte ihm ja schlecht sagen, dass mir einfach alles weh tut. Aber am meisten tat mir mein Herz weh. Es wurde mal wieder gebrochen und diesen Schmerz kannte ich nur allzu gut. Den Schmerz, den man fühlt, wenn einem die Seele zerrissen wird.

Dr. Kula erkundigte sich auch, wie es John ging, und gab uns Broschüren für eine Psychologin mit. Er bot uns auch an, direkt einen Termin dafür auszumachen. Dies verneinte ich, denn dafür war ich noch nicht bereit. Und auch John wollte dies ebenfalls nicht. Wir brauchen Zeit und davon eine ganze Menge. Dr. Kula sagte uns immer wieder, dass wenn wir etwas brauchen, wir zu ihm kommen sollen. Wir bedankten uns und gingen dann aus der Praxis und direkt wieder nach Hause.

„Ich muss Jack anrufen und ihm sagen, dass ich nächste Woche wieder arbeiten komme", sagte ich zu John. Er hatte nämlich Jack angerufen und ihm gesagt, dass ich krank bin und somit erst einmal ausfalle. Sicherlich hatte Jack sich schon Gedanken gemacht, denn normalerweise melde ich mich nie krank und komme immer zur Arbeit.

„Meinst du nicht, dass es dafür noch etwas zu früh ist? Du solltest dich ausruhen!", entgegnete John und nahm meine Hand.

„Ich ruhe mich ja diese Woche noch aus. Wir haben ja gerade mal Mittwoch, also habe ich noch genügend Zeit. Ich muss auch einfach raus hier. Sonst drehe ich noch durch!"

John nickte und gab mir einen Kuss auf die Stirn. Ich legte mich in seinen Arm und er schaltete den Fernseher an. John schaltete den Kochsender an und als er die Fernbedienung auf die Seite legte, war ich bereits eingeschlafen.

Gestern hatte Mike mal wieder auf Paul eingeschlagen und ich musste wieder die Polizei rufen, weil wir Mike nicht mehr gebändigt bekommen haben. Mike lag noch im Bett und schlief seinen Rausch aus. Nachdem die Polizei gegangen war, hatte er noch mehr getrunken, bis er so sturzbetrunken war, dass mein Vater ihn ins Bett legen musste. Paul musste meinem Vater helfen. Gerade eben schlägt ihn Mike noch zusammen und jetzt muss er ihn ins Bett tragen.

Meine Mutter war bereits wach, wobei man eher sagen sollte, noch wach, denn sie hat sicherlich kein Auge zubekommen. Sie saß am Esstisch und trank einen Kaffee. Morgens war die einzige Zeit, in der es im Haus ruhig war, weil Mike um diese Zeit immer schlief. Ich setzte mich zu meiner Mutter an den Tisch.

„Wie geht es dir Mama?", fragte ich sie und legte meine Hand auf ihre.

„Mir geht es gut! Wie geht es dir, Liebling?", sagte sie mit einem fröhlichen Ton.

Jedes Mal, wenn so etwas passierte, überspielte meine Mutter ihre Traurigkeit, wobei ich mir nicht einmal sicher bin, ob sie traurig war.

„Mama, das, was gestern passiert ist, muss jetzt endlich aufhören. So geht es nicht weiter!"

„Ich weiß, mein Liebling. Aber glaube mir, alles wird gut!", sagte sie wieder in ihrem verdammten fröhlichen Ton. Ich merkte schon wieder, wie die Wut in mir hochkam.

„Wie soll denn alles gut werden? Ihr müsst jetzt endlich handeln und Mike anzeigen. Und ich schwöre dir, wenn ihr es nicht macht, dann tue ich es!", sagte ich wütend zu meiner Mutter.

Die Esszimmertür ging auf und mein Vater kam rein.

„Hier wird niemand angezeigt!", sagte er mit einem wütenden Ton. Er war bereits in seinem Anzug und bereit dazu, wieder auf die Arbeit zu gehen. Er war ein hohes Tier bei uns in der Stadt. Dachte er zumindest, nur weil er in der Bank arbeitet.

„Aber wir können das doch nicht mehr zulassen!"

„Mia, wir lassen überhaupt nichts zu. Du übertreibst einfach nur wieder!", entgegnete mein Vater.

„Ich übertreibe? Hast du das Blut gesehen, das Pauls Gesicht hinuntergelaufen ist? Was muss noch passieren? Muss Mike ihn erst umbringen, bis ihr aufwacht?", schrie ich sie beide an und stand auf. Mein Vater kam auf mich zu und packte mein Handgelenk.

„Eins musst du dir merken. Uns schreist du nicht an und du hast uns auch keine Befehle zugeben!", sagte er zu mir und kam mir mit seinem Gesicht ganz nahe. Ich riss mich los und hob vor Schmerz mit meiner rechten Hand mein linkes Handgelenk fest, was schon ganz gerötet war.

„Und ihr wundert euch, warum Mike so aggressiv ist! Kein Wunder bei so einem Vater!", schrie ich und rannte los, bevor mein Vater mich erneut packen konnte.

„Mia, wach auf!", flüsterte mir John ins Ohr.

Ich war schon wieder schweißgebadet.

„Hast du wieder schlecht geträumt?", fragte mich John.

Ich nickte und stand auf, um ins Badezimmer zugehen und mir die Hände zu waschen. Nachdem ich mir meine Hände abtrocknete, sah ich in den neuen Spiegel, der bei uns im Badezimmer hing. Wahrscheinlich hatte Mary einen neuen besorgt.

Ich sah mich im Spiegel an und fragte mich selber:

„Wann wache ich nur endlich aus diesem Albtraum auf?"

Doch leider hatte ich darauf keine Antwort.

Kapitel 19

Die nächsten Tage gingen an mir vorbei, als würde ich nicht mehr existieren. Ich funktionierte einfach nur. Arbeiten, nach Hause gehen, den Haushalt schmeißen, Essen zubereiten, von dem ich kaum etwas aß, und ins Bett gehen. Mary rief mich jeden Tag an oder besuchte mich. Ich fühlte mich leer und alleine. Das fühlte auch John. Er war auch neben der Spur. Ich kann es ihm nicht verübeln. Immerhin hat auch er sein Kind verloren, nicht nur ich.

Auf der Arbeit merkte auch Jack, dass etwas mit mir nicht stimmte und versuchte, ein Gespräch mit mir anzufangen. Doch ich sagte ihm, dass ich einfach nicht gut geschlafen habe. Natürlich glaubte er es mir nicht, aber er fragte auch nicht weiter nach. Niemand wusste es außer Mary und JJ und so sollte es auch erstmal bleiben. Außerdem wussten nur meine Eltern und Paul noch, dass ich schwanger gewesen war. Ich konnte es ihnen noch nicht sagen. Dazu war ich noch nicht bereit, weshalb ich ihre Anrufe und Nachrichten ignorierte. Ich schrieb ihr nur einmal kurz, dass alles in Ordnung wäre, ich aber viel um die Ohren hätte, und sie sich keine Sorgen machen solle. Ob sie dieser Nachricht Glauben schenkte, wusste ich nicht, aber auch sie fragte nicht mehr nach. Als ich am Donnerstagabend nach der Arbeit nach Hause kam, hörte ich schon auf der Veranda ein Poltern und Schreien. Ich rannte schnell rein und sah, dass das Licht im Büro brannte, das Zimmer, welches eigentlich das Kinderzimmer werden sollte. Ich schlich zum Büro und sah, wie John alles kurz und klein schlug und immer wieder schrie:

„Warum ich, verdammt nochmal. Was habe ich getan, dass mir das passiert?"

Er schrie es aus seiner ganzen Lunge, sodass ich fast Angst bekam. Er bemerkte mich nicht und auf einmal brach er zusammen und weinte. Er kniete auf dem Boden und drückte seine Fäuste auf den Fußboden. Er schluchzte und schrie gleichzeitig. Ich lief langsam zu ihm und setzte mich auf den Boden, sodass er sich nicht erschreckte. Und dann nahm ich ihn in den Arm, küsste ihn auf seine Schläfe und seine Haare und sagte ihm, dass alles wieder gut werden würde. Das war nun sein zweiter Zusammenbruch und ich hatte Angst, dass noch mehrere davon folgen würden. Ich hoffte einfach nur, dass wir das überstehen und wir nicht daran zerbrechen würden.

Kapitel 20

Es ist Freitag und somit endlich Wochenende. Ich hatte die Früh-
schicht, was bedeutete, dass ich um 15 Uhr erlöst bin. Die Arbeit
viel mir ziemlich schwer, weil wir viel zu tun hatten und wie immer unterbesetzt waren. Einer der Köche meldete sich krank,
weshalb Jack in der Küche helfen musste. Deshalb mussten wir
die Bar mitmachen. Normalerweise macht Jack immer die Bar
und hält uns damit den Rücken frei. Deswegen war ich sehr
froh, als die Spätschicht endlich da war und ich gehen konnte.

Als ich zu meinem Fahrrad lief, kam mir Jack nach.

„Hey Mia, warte mal!", rief mir Jack nach und als er mich
erreichte, nahm er meine rechte Hand in seine.

„Ich weiß, dir geht es momentan nicht gut. Du willst mir
nicht sagen, was los ist, und das ist auch okay. Aber wenn du irgendetwas brauchst, dann bitte gib mir Bescheid. Okay?", sagte Jack und zwinkerte mir zu.

„Danke Jack, aber es ist so weit alles in Ordnung", log ich
ihn an.

„Ich wünsche dir ein schönes Wochenende, Mia!", flüsterte
er mir ins Ohr und umarmte mich dann.

Er weiß definitiv, dass es mir nicht gut geht. Aber ich kann
ihm noch nichts sagen. Ich habe es ja noch nicht mal meinen Eltern erzählt, wobei ich das wirklich dieses Wochenende machen
sollte. Deshalb schrieb ich meiner Mutter eine Nachricht, dass ich
dieses Wochenende mit ihr telefonieren muss. Durch die Zeitver-
schiebung war es immer etwas schwierig und ich wollte sie nicht
mitten in der Nacht anrufen. Sie sollte richtig wach und ausge-
schlafen sein, wenn ich ihr und meinem Vater diese furchtbare
Nachricht erzähle. Und wie wird Paul nur reagieren. Er wollte

uns besuchen kommen. Jetzt bin ich mir nicht mehr sicher, ob er noch kommen möchte, nachdem ich ihm sage, dass seine erbärmliche Schwester es nicht einmal schafft, ein Kind zu kriegen.

Als ich nach Hause kam, sah ich Marys Auto schon von Weitem in unserer Einfahrt stehen. Johns Auto war nirgends zusehen. Ich stellte mein Fahrrad ab und ging zur Eingangstür, wo Mary auch schon auf mich wartete.

„Hey Mary, was machst du hier?", fragte ich sie neugierig.

Sie umarmte mich zur Begrüßung.

„Ich dachte mir, dass wir ein Mädelswochenende machen sollten. Und deshalb habe ich John zu JJ geschickt und die sollen ein Männerwochenende machen. Was hältst du davon? Wir können lecker kochen, einen Film schauen, spazieren gehen. Alles, was du willst!", sagte Mary und sprang schon fast in die Luft vor Freude.

„Und Alkohol können wir auch trinken, weil ich bin ja zu blöd, ein Kind zu bekommen beziehungsweise es zu behalten", antwortete ich ihr schroff.

„Mia, sag doch sowas nicht. Daran hat niemand schuld und am allerwenigsten du!"

Sie schaute mich eindringlich an und streichelte mir meinen Arm.

„Tut mir leid, Mary. Ich weiß auch nicht, was mit mir los ist. Das war gerade nicht böse gemeint."

„Mia, du musst dich nicht entschuldigen. Nicht dafür!"

Sie hob ihre Einkaufstüten hoch und ich schloss die Tür auf.

„Was sagte den John dazu, dass du ihn zu JJ zwangsversetzt hast?"

„Ich sagte ihm, dass es euch beiden guttun würde. Und du weißt ja, er würde alles für dich tun!", antwortete sie und lächelte mich an.

Wir räumten die Einkaufstaschen aus und stellten den Wein kalt. Nachdem ich aus der Dusche kam, hatte Mary bereits angefangen zu kochen. Sie schenkte mir ein Glas Weißwein ein und winkte mich zu ihr.

„Ich muss meinen Eltern noch sagen, was passiert ist", beichtete ich ihr und nahm den ersten Schluck Weißwein.

„Müssen tust du gar nichts. Nimm dir Zeit dafür. Du musst das nicht jetzt sofort machen, sondern dann, wenn du dich dazu bereit fühlst."

Die Frage ist nur, ob ich jemals dazu bereit bin.

„Denkst du, ich kann ihnen auch einfach eine Nachricht schreiben? Oder wäre das falsch?"

„Falsch gibt es in dieser Angelegenheit nicht. Und natürlich kannst du ihnen eine Nachricht schreiben. Sie wären dir ganz sicher deshalb nicht böse. Aber darum machen wir uns ein anderes Mal Gedanken. Du trinkst jetzt mal aus und in dreißig Minuten ist meine weltberühmte Lasagne fertig!", sagte sie und nippte auch an ihrem Weinglas.

An diesem Abend musste ich nicht weinen. Das war der erste Abend, seitdem ich mein Baby verloren habe. Und wieder wurde mir bewusst, wie glücklich ich sein kann, eine so tolle Freundin wie Mary es ist, zu haben. Mir sind viele schlechte Dinge im Leben passiert, doch Mary ist eindeutig etwas Gutes.

Wir legten uns zusammen in das Bett von John und mir. Mary nahm meine Hand und gab mir einen Kuss auf meinen Handrücken.

„Alles wird wieder gut, Mia. Das verspreche ich dir. Vergiss bitte niemals, dass ich immer für dich da sein werde!", sagte Mary mit leiser Stimme.

Ich drückte ihre Hand ganz fest und gab auch ihr einen Kuss auf ihren Handrücken.

Es war zu Weihnachten vor mehreren Jahren. Mike hat gerade erst mit der Spielerei und Trinkerei angefangen. Meiner Mutter war der Ernst der Lage noch nicht bewusst, denn es kam noch nicht oft vor, dass Mike komplett ausgeflippt ist. Dennoch hatte ich ein ungutes Gefühl dabei. Mike war nicht mehr er selbst. Er war sonst immer so glücklich und freundlich. Aber jetzt war er das komplette Gegenteil von freundlich. Wir standen in der Küche und Paul und ich halfen meiner Mutter die Weihnachtsgans zu füllen. Mein Vater war im Wohnzimmer und

stellte die letzten Weihnachtsgeschenke unter den Baum. Er mach-
te das immer heimlich, damit wir nicht sahen, dass er sie unter den
Baum lag. Dabei waren wir schon lange alt genug, um zu wissen, dass
es den Weihnachtsmann nicht gab. Gerade, als ich laut lachen musste,
weil Paul Blödsinn mit der Gans machte, ging die Haustüre auf und je-
mand knallte sie zu. Dann hörten wir nur ein Stampfen, das in unsere
Richtung kam. Wir waren alle starr vor Angst, denn wir wussten ge-
nau, was jetzt passieren würde. Wir hörten nur, wie mein Vater sagte:

„Was ist denn passiert?", und dann knallte es wieder und man
hörte ein Klirren, als würde Glas auf den Boden fallen.

Als wir ins Wohnzimmer liefen, lagen schon Scherben vor der Tür
und wir sahen, dass Mike den Weihnachtsbaum umgeworfen hat.
Die Weihnachtskugeln sind auf den Boden gefallen und zersprungen.

„Mike, was tust du nur. Es ist Weihnachten, verdammt nochmal!",
schrie mein Vater meinen Bruder an.

„Ja, das ist ein super Weihnachten. Die Wichser vom Casino ha-
ben mir einen davon erzählt, dass man heute einen großen Gewinn
machen könne. Ich habe mein ganzes Geld reingeworfen und habe
überhaupt gar nichts gewonnen. Nur wegen diesen Wichsern konn-
te ich euch jetzt nichts kaufen. Das ist ein Scheiß-Weihnachten!",
schrie Mike und drehte sich dann zu uns um.

„Du freust dich doch, dass ich wieder verloren habe, oder? Du
freust dich immer, wenn ich versage!", schrie mich Mike an und schlug
mir mit der flachen Hand ins Gesicht.

Der Schlag war so stark, dass ich zu Boden ging. Paul stellte sich
vor mich und schubste Mike weg, damit er nicht mehr an mich ran-
kommen konnte. Doch das war Mike egal, er versuchte, auf mich zu
treten, doch Paul konnte ihn davon abhalten. Nun war Paul sein neu-
es Opfer und er versuchte, ihn in den Schwitzkasten zu nehmen. Mei-
ne Mutter half mir auf und zog mich zur Seite, sodass ich weit genug
weg war von Mike. Nun saß Mike auf Paul und schlug auf ihn ein.
Ich schrie meinen Vater an, dass er Paul helfen solle, und das tat er
dann auch. Er versuchte Mike von ihm runterzuziehen und schaff-
te es auch. Mike war sehr betrunken, weshalb er nicht mehr ganz so
stark war, wodurch mein Vater ihn überwältigen konnte.

Und das war ein weiteres Weihnachten, welches Mike zerstörte.

Nach dem Wochenende mit Mary fühlte ich mich schon etwas besser, dennoch hatte ich eine Art Druckgefühl auf meiner Brust, wenn ich darüber nachdachte, dass ich meinen Eltern noch alles sagen musste. Ich setzte mich an den Computer, nachdem Mary gegangen war, und öffnete mein E-Mail-Fach. Darin waren bereits mehrere Mails meiner Mutter. In einer Mail schrieb sie, wie sehr sie sich darüber freut, dass ich schwanger bin, und in einer anderen Mail schrieb sie, dass ich mich doch endlich melden solle, weil sie sich Sorgen macht.

„Hallo Mama,
es tut mir leid, dass ich mich erst jetzt bei dir melde. Mir ging es in den letzten Tagen nicht gut und deshalb konnte ich mich nicht bei dir melden. Ich muss dir leider sagen, dass ich eine Fehlgeburt hatte. Es tut mir sehr leid. Ich melde mich bald wieder bei dir, aber ich brauche jetzt erstmal Zeit für mich."
Mia

Als John nach Hause kam, nahm er mich ganz lange in den Arm. Er sagte mir, wie sehr er mich liebte und dass wir alles schaffen würden. Ich denke, dieses Wochenende hat auch ihm gutgetan. Dennoch mussten wir jetzt einen schwierigen Weg gehen und ich fragte mich, ob dies unsere Beziehung beeinträchtigen würde oder sogar zerstören würde.

Ich erzählte John, dass ich meiner Mutter eine Mail geschrieben habe und ich mich fragte, was sie wohl darauf antworten würde. Er erzählte mir, was er am Wochenende mit JJ gemacht hat und auch, dass er mit JJ darüber gesprochen hat, was ihm sehr geholfen hat. Dann erzählte ich John, was Mary und ich am Wochenende gemacht haben, und wir freuten uns gegenseitig, dass es dem anderen etwas besser ging. Wir schauten noch einen Film, wobei John bereits nach den ersten zehn Minuten eingeschlafen war. Ich schaute den Film noch zu Ende und deckte dann John zu, der friedlich auf dem Sofa schlief. Danach ging ich ins Schlafzimmer, aber ließ die

Tür offen, damit John mich sah, falls er aufwachte. Ich legte mich in unser Bett und deckte mich bis zur Nasenspitze zu.

Ich dachte darüber nach, ob ich Jack etwas über die Schwangerschaft und die Fehlgeburt erzählen sollte. Mit diesen Gedanken schlief ich ein, und als ich am nächsten Tag aufwachte, war John wie immer schon auf der Arbeit.

Kapitel 21

Es war ein regnerischer, kalter Morgen. Man merkte so langsam, dass der Herbst vor der Tür stand. Als ich auf der Arbeit ankam, begrüßte mich Jack und erkundigte sich nach mir.

„Jack, kann ich mal bitte unter vier Augen mit dir sprechen?", fragte ich ihn in meiner Mittagspause.

„Natürlich, Mia. Komm, wir gehen in mein Büro", antwortete er und ging voraus.

Sein Büro war hinter der Küche, also sind wir erstmal durch die ganze Küche gelaufen und dann in sein Büro, welches genau neben dem Kühlhaus war. Man hörte ein Summen in seinem Büro, welches von dem Kühlhaus kam. Ich würde verrückt werden, wenn ich während der Arbeit dieses Summen immer hören müsste.

„Also, was gibt es?", fragte mich Jack.

„Du hast sicherlich gemerkt, dass es mir in letzter Zeit nicht sehr gut ging, und John hat mich ja dann auch bei dir krankgemeldet."

„Ja, das habe ich gemerkt. Als mich John angerufen hat, sagte er mir aber nicht, was du gehabt hast", sagte Jack und legte den Kopf schief.

„John und ich waren schwanger. Also ich war schwanger und vor ein paar Tagen hatte ich starke Schmerzen und habe eine Fehlgeburt erlitten. Ich wollte dir das eigentlich nicht sagen, aber irgendwie habe ich das Gefühl, dass ich es dir sagen muss, weil du eine Art Vaterrolle in meinem Leben eingenommen hast. Ich wollte dir auch sagen, dass ich schwanger bin, aber ich wollte erstmal abwarten. Es ist nicht so, als ob ich es dir nicht hätte sagen wollen", sagte ich ohne Punkt und Komma. Doch dann unterbrach mich Jack.

„Mia!", sagte er und hob die Hand nach oben. Dann legte er seine andere Hand an seinen Mund und ich sah, wie sich Tränen in seinen Augen sammelten.

„Es tut mir so leid, Mia. Wenn ich das gewusst hätte", sagte er leise zu mir.

Jetzt tat er mir leid. Ich wollte nicht, dass er sich wegen mir so fühlt. Dennoch war ich davon sehr gerührt zu sehen, dass er so viel Mitgefühl für mich hatte.

„Danke Jack, aber selbst, wenn du es gewusst hättest, hätte es nichts geändert."

Jack schaute mich mit seinen geröteten Augen an und zog mich zu sich. Er nahm mich in den Arm und hielt mich ganz fest. Nach mehreren Minuten ließ er ab von mir und legte seine Hände auf meine Schultern.

„Aber warum bist du den jetzt schon überhaupt auf der Arbeit? Du solltest dich ausruhen."

„Ich weiß Jack, aber ich kann nicht zu Hause einfach nur herumsitzen. Da werde ich noch verrückt. Und körperlich geht es mir wieder besser."

„Ja, körperlich vielleicht, aber wie ist es mit deiner Seele. Du solltest nicht hier sein."

„Doch Jack, ich möchte hier sein. Das tut mir gut, wenn ich hier bin. Hier bei meiner Familie. Denn das bist du und die Hütte für mich. Ihr seid wie eine Familie. Und das alles wird Zeit brauchen, aber ich werde das alles wieder hinbekommen!", sagte ich zu ihm und konnte meinen eigenen Worten keinen Glauben schenken.

„Aber Mia, wenn irgendwas ist, dann gehst du nach Hause. Wenn du dich nicht wohl fühlst oder egal, was ist. Du kannst jederzeit nach Hause, okay?"

„Okay, Jack", sagte ich und umarmte ihn nochmal.

Als ich meinen letzten Tisch abkassiert hatte, ging ich zum Tresen und holte meine Handtasche, welche ich dort immer hinlegte. Auf dem Weg zu meinem Fahrrad bemerkte ich, dass ich zwölf verpasste Anrufe meiner Mutter hatte. Das hätte mir eigentlich denken können, dass sie sich mit meiner E-Mail nicht abspeisen lässt. Ich machte meine Kopfhörer in die Ohren und rief sie an, während ich mich auf mein Fahrrad schwang.

„Mia, bist du es?", schrie sie ins Handy, als sie den Anruf annahm.

„Ja, ich bin es, Mama", antwortete ich ihr.

„Oh Mia. Ich kann es gar nicht glauben. Es tut mir so leid!", schluchzte sie ins Telefon.

„Mama, ist schon in Ordnung. Du musst nicht weinen. Es geht mir ja gut."

„Mia, das glaube ich nicht. Dir geht es ganz sicherlich nicht gut!", sagte sie in einem strengen Ton.

„Bitte mach dir keine Sorgen, Mama. Ich werde schon wieder."

„Mia, ich bin deine Mutter und ich glaube dir deshalb kein Wort."

„Mama, es ist jetzt gut. Du übertreibst!", antwortete ich ihr wütend.

„Du musst mich jetzt nicht so anpampen. Ich möchte doch nur, dass es dir gut geht und dass du mir die Wahrheit sagst."

„Okay, Mama, die Wahrheit ist, dass es mir absolut scheiße geht. Aber es ändert nichts daran, wenn ich es dir sage. Das ändert absolut gar nichts. Warum soll ich denn jedem sagen, wie es mir geht. Niemand kann mir helfen!", schrie ich ins Telefon und legte auf.

Dann fuhr ich in Windeseile nach Hause und legte mich in mein Bett. Ich schrie vor Wut in das Kissen und drückte es mir auf das Gesicht. Diese ganze Wut in mir konnte ich nicht mehr in den Griff bekommen. Es war einfach zu viel und ich fühlte mich wieder wie damals. Völlig alleine und verwundbar.

Kapitel 22

Ich kann mich an einen schönen Moment von früher erinnern. Meine Mutter hatte Geburtstag und wir haben ihn alle zusammen gefeiert. Meine ganze Familie war da, auch meine Oma und mein Opa. Wir haben für meine Mutter ein Geburtstagslied gesungen und haben danach alle die riesige Torte, welche meine Oma gebacken hatte, verspeist. Wir saßen im Garten und die Sonne schien auf mein junges Gesicht. Meine Brüder und ich spielten Badminton. Wir machten ein Turnier und sogar meine Mutter und mein Vater spielten mit. Wir lachten den ganzen Tag und abends bestellten wir noch Pizza. Danach schauten wir unseren Lieblingsfilm an: Harry Potter und der Stein der Weisen. Wir liebten alle Harry-Potter-Filme und schauten jeden zusammen im Kino an. Davor las meine Mutter uns immer das Buch vor, sodass wir schon wussten, was in dem Film passieren würde. Auch an ihrem Geburtstag tat sie dies, bis ich am Schoß meiner Oma einschlief. Damals war ich zwölf Jahre alt und hatte ein glückliches Leben. Wenige Jahre später wurde es die Hölle auf Erden.

Oft denke ich an die schönen Momente, doch leider gibt es zu viele schlechte, weshalb die schlechten Momente in meiner Erinnerung immer die Oberhand haben.

Wieder wachte ich von einem schlechten Traum auf. Und auch mein Leben war ein schlechter Traum. Die Sonne schien mir ins Gesicht und eigentlich machte mich so ein sonniger Morgen immer glücklich, doch im Moment war ich mir nicht sicher, ob ich jemals wieder glücklich werden kann. John war nicht da, er war sicherlich noch Arbeiten, denn damit konnte er sich am besten ablenken. John sprach nicht oft über seine Gefühle und das musste er auch nicht, denn ich verstand ihn blind. Deshalb war ich auch so erschrocken, als er in Tränen ausgebrochen ist und mir gesagt hat, wie er sich fühlt. Sonst macht er das nie und frisst alles in sich hinein.

Ich ging erstmal duschen und trank dann einen Kaffee auf unserer Veranda. Mein Handy klingelte und es war Mary.

„Hallo, meine Liebe, wollen wir an den Strand gehen?", fragte sie mich mit einer glücklichen Stimme.

„Ich weiß nicht. Eigentlich würde ich am liebsten nur zu Hause bleiben", antwortete ich ihr.

„Okay und was soll das bringen? Willst du jetzt in Selbstmitleid verfallen?", sagte sie schroff ins Telefon.

„Mary, was ist den los mit dir? Seit wann kannst du so taff sein?", lachte ich.

„Na ja, ich dachte, dass ich meine Strategie ändern sollte, damit du wieder etwas glücklicher bist."

Wir schwiegen einen Moment und ich wusste, dass auch sie überlegte, wann ich wohl je wieder glücklich sein werde.

„Okay. Wir gehen an den Strand. Wann holst du mich ab?"

Ich konnte durch das Telefon das breite Lächeln von Mary sehen, welches nun sicherlich auf ihrem Gesicht lag.

„Ich bin in einer Stunde da."

Am Strand angekommen ist Mary direkt ins Wasser gesprungen und ich habe mich in die Sonne gelegt. Die Nachmittagssonne brannte runter und ich war froh, ein wenig Vitamin D tanken zu können. Als Mary aus dem Wasser kam, trocknete sie sich ab und cremte sich mit der Sonnencreme ein, welche ich mitgebracht hatte.

„Hast du schon Pläne fürs Wochenende?", fragte mich Mary.

„Wir haben doch erst Dienstag?"

„Hast du denn schon Pläne?", fragte ich sie.

„Ich habe mir gedacht, wir könnten ja irgendwo ein Strandhaus mieten und dort das Wochenende verbringen."

„Das ist gar keine schlechte Idee, aber ich weiß nicht, ob John dazu Lust hat. Ihm geht es momentan wirklich nicht gut, obwohl es nicht so scheint. Und ich weiß nicht, ob er es schafft, ein ganzes Wochenende gute Laune vorzutäuschen", antwortete ich Mary.

„Das kann ich verstehen, aber wir sind seine Freunde. Vor uns muss er keine gute Laune vortäuschen."

„Ich weiß, Mary, aber du kennst ja John. Er frisst immer alles in sich hinein."

„Ja, das stimmt. Als sein Vater gestorben ist, hat er auch so getan, wie wenn alles in Ordnung wäre, und dann haben wir ihn völlig betrunken aus der Hütte schleifen müssen, wo er noch angefangen hat zu randalieren. Und ich denke, dass er es genauso wieder machen wird. Wollen wir wetten, dass er und JJ bald irgendeinen Blödsinn machen werden?", sagte Mary und lachte dabei los.

Sie schaute mich an und merkte, dass ich nicht lache. Ich war eher besorgt darüber, weil ich wusste, dass John bald irgendwas Schlimmes tun wird.

„War das zu früh für Witze?", fragte mich Mary.

„Ein wenig", antwortete ich ihr und lächelte ein bisschen.

Ich drückte ihre Hand, sodass sie merkte, dass ich nicht böse bin, denn sie wollte mich ja nur aufheitern und wie könnte ich ihr das jemals böse nehmen.

Nachdem wir zwei Stunden in der Sonne lagen, beschlossen wir zu Mary zu gehen und etwas zu essen zu bestellen. Ich war froh, dass wir zu ihr gingen und nicht zu mir, denn ich wollte John noch nicht begegnen. Wir fuhren bei einer Pizzeria vorbei, welche auf dem Weg war und nahmen und zwei große Pizzen mit. Dann fuhren wir weiter zu Mary nach Hause. Als wir in ihre Straße einbogen, hörten wir schon laute Musik.

„Machen Teenager jetzt schon mittags eine Hausparty, oder was?", witzelte Mary.

Doch je näher wir zu Marys Haus kamen, desto lauter wurde die Musik. Die ganze Straße war voll mit Autos, sodass wir nicht mal in Marys Einfahrt parken konnten. Sie stellte das Auto am Straßenrand ab, sodass wir noch ein paar Meter zum

Haus laufen mussten. Überall waren Menschen und der ganze Vorgarten von Mary war voll mit roten Plastikbechern und Müll.

„Ich bringe JJ um", sagte Mary immer wieder zu sich selbst.

Im Wohnzimmer angelangt, sahen wir erst das Ausmaß dieser Party. Alles war vermüllt, eine Stehlampe lag zerbrochen auf dem Boden und der ganze Boden klebte. Mary packte einen Typen am Arm, welchen sie aber nicht kannte.

„Wo ist JJ?", fragte sie ihn schroff.

„Wer soll denn das sein?", antwortete der Typ, der offensichtlich komplett betrunken war. Im nächsten Moment übergab er sich direkt vor uns.

„Verdammte Scheiße!", schrie Mary ganz laut.

Ich lief zu der Musikbox und machte sie aus. Es war einen Moment ganz still, doch dann kamen schon die ersten Buhrufe.

„Okay, jetzt hört mal gut zu. Die Bullen sind auf dem Weg hierher. Die Nachbarn haben sie gerufen, also geht jetzt lieber sofort nach Hause, den 90 % von euch sind noch nicht einmal volljährig!", schrie ich in die Menge.

Sofort ging das Gedränge los und das Haus leerte sich ganz schnell. Ich ging zu Mary und drückte ihren Arm.

„Komm, wir suchen die Jungs."

Mary nickte und folgte mir in den Garten. Wir mussten nicht lange suchen, denn JJ und John saßen draußen auf den Sonnenstühlen und vier Mädchen saßen bei ihnen.

„Jetzt flipp ich gleich aus!", schrie ich.

JJ und John sahen uns und bekamen richtig Panik. Das konnten wir an ihren Gesichtern sehen.

„Ist das eigentlich euer Ernst?", schrie ich die zwei an.

„Was willst du denn?", sagte eines der Mädchen ganz arrogant zu mir und warf ihr blondes langes Haar nach hinten.

„Halt du deine Klappe und verschwinde sofort, sonst hast du gleich ein richtiges Problem! Und ihr andern verschwindet auch. Sofort! Oder wollt ihr Probleme mit den Bullen? Die sind nämlich schon auf dem Weg hierher und die würde es sicherlich interessieren, wem diese Joints gehören?", sagte ich und hob einen

Stummel von einem Joint auf, welcher direkt vor dem Mädchen auf dem Boden lag.

Sie sagten nichts, standen auf und gingen sofort Richtung Haustüre.

„Ihr seid solche Spaßbremsen!", brabbelte JJ.

„Wir sind Spaßbremsen? Hast du mal gesehen, wie unser Vorgarten aussieht oder unser Wohnzimmer?", schrie Mary ihn an.

John sagte kein Wort und schaute nur auf den Boden.

„Ihr zwei werdet das Haus hier sauber machen. Und du, John, kannst heute bei JJ schlafen und Mary kommt mit zu mir. Und wenn wir morgen früh wieder kommen, ist hier alles sauber. Ist das klar?!", schrie ich die zwei an.

Dann nahm ich Marys Hand und zog sie Richtung Haus.

„Los, wir gehen zu mir!", sagte ich zu ihr.

Mary nickte und lief mit mir zum Auto. Sie stieg beim Beifahrer ein und ich fuhr das Auto nach Hause.

Als ich am nächsten Morgen aufwachte, war ich noch immer total erledigt. Zum Glück hatte ich heute frei. Außerdem musste ich Mary heute beistehen, weil ich war mir nicht sicher, ob ihr Haus wieder zu erkennen sein wird. Es war gestern alles so vermüllt und so viel war kaputt. Und auf die Erklärung der Jungs bin ich auch gespannt. Ich hoffe nur, dass diese Idee auf JJs Mist gewachsen ist.

Als ich in die Küche lief, stieg mir ein Geruch von Waffeln in die Nase. Mary hat den ganzen Tisch gedeckt mit allem, was mein Kühlschrank so hergab.

„Guten Morgen, Mia. Ich habe für dich Frühstück gemacht. Setz dich!", grinste mich Mary an.

„Na du hast ja gute Laune. Gestern sah das noch anders aus."

„Ja, ich habe mich wieder abgeregt. Worum ich mir eher Sorgen mache, sind die vier Mädchen, die bei JJ und John saßen. Meinst du, da lief was?", fragte mich Mary. Ich lachte laut los.

„Mary, du glaubst doch nicht, dass die zwei mit solchen Mädels was anfangen würden?", lachte ich.

„Na ja, bist du dir da sicher? Ich meine, hässlich waren die nicht."

„Ja, die waren nicht hässlich, ABER erstens sind die viel zu jung. Zweitens waren die Jungs total betrunken und drittens würde die uns sowas nie antun. Dafür lege ich meine Hand ins Feuer. Die haben es eben genossen, von solchen Mädels Aufmerksamkeit zu bekommen. Glaube mir, da müssen wir uns keine Sorgen machen. Ich mache mir eher sorgen um deine Möbel", lachte ich sie an.

„Ja, da hast du wohl recht. Ich hoffe nur, sie haben das Haus sauber gemacht, sonst können die was erleben."

Nachdem wir gefrühstückt hatten, fuhren wir zu Mary. Heute war sehr schönes Wetter, weshalb wir die Fenster am Auto offen hatten und ich mit meiner Hand die Luft einfing. Obwohl gestern so ein Chaos-Tag war, fühlte ich mich entspannt. Die Sonne tat mir gut und obwohl es gestern Ärger gab, zeigte es mir, was für eine großartige Freundschaft Mary und ich haben. Bevor wir gestern ins Bett gingen, sagte mir auch Mary, wie froh sie ist, dass sie mich hat. Und mir ging es ganz genauso. Bei niemandem fühlte ich mich so wohl und geborgen wie bei ihr und John.

Es war der Abend vor meinem 14. Geburtstag, als Mike wieder völlig betrunken nach Hause kam. Ich war in meinem Zimmer und machte noch meine letzten Hausaufgaben fertig, als ich hörte, wie er in mein Zimmer kam.

„Na, du kleine Miss Perfekt. Machst du wieder brav deine Hausaufgaben, damit du bei Mama und Papa schleimen kannst", sagte er spöttisch.

„Geh bitte aus meinem Zimmer, Mike", bat ich ihn mit leiser Stimme.

„Du kleine Schlampe hast mir gar nichts zu sagen!", brüllte er mich an.

Er riss mir den Stift aus der Hand und brach ihn in zwei Stücke.

„Ich sag dir mal was. Du bist eine Missgeburt und du wirst auch niemals mehr sein. Du kannst so viel lernen, wie du willst. Es wird dir nichts bringen, weil du immer ein Nichts bleiben wirst. Und Mama

und Papa geben einen Scheiß auf dich. Sonst würden sie dir ja jetzt helfen!", lachte er und schlug mir mit seiner flachen Hand ins Gesicht. Ich spürte, wie sein Handabdruck sich in meine Wange brannte. Mir liefen Tränen hinunter, doch ich versuchte sie zu unterdrücken, denn ich wusste, dass ihn das nur noch aggressiver machen würde.

„Was ist los. Musst du jetzt heulen, du kleine Schlampe!", schrie er mir ins Gesicht und spuckte mich dabei an.

In diesem Moment kam mein Vater rein und sah uns an.

„Mike, bitte lass Mia in Ruhe. Sie tut dir doch nichts", sagte mein Vater mit leiser Stimme zu ihm.

„Ich habe auch nie jemandem etwas getan und trotzdem haben alle auf mir herumgetreten, also warum dann auch nicht bei ihr?", und wieder schlug er mir ins Gesicht. Diesmal aber mit seiner Faust, wodurch meine Lippe aufplatzte.

Mein Vater packte Mike am Arm und schob ihn aus meinem Zimmer. Mike schaute mich nur an, lachte und formte mit seinen Lippen: Happy Birthday!

Nachdem mein Vater Mike in sein Zimmer gebracht hatte, kam er zu mir und schaute meine Lippe an.

„Du solltest es kühlen, damit es nicht anschwillt. Ich möchte nicht, dass du morgen Oma und Opa etwas sagst. Ist das klar? Du wirst sagen, dass du hingefallen bist oder so etwas in der Art", befahl er mir.

Und dies tat ich auch am nächsten Tag. Meine Mutter lachte und sagte, dass ich eben ein Tollpatsch wäre. Dabei schaute sie mir ins Gesicht und ich wusste, es tat ihr leid. Aber sie war genauso gefangen wie ich in diesem furchtbaren Traum, der unser Leben war.

Als ich aufwachte, waren wir auch schon bei Mary zu Hause.

„Du bist eingeschlafen", lächelte Mary mich an.

„Komm, wir gehen rein und schauen mal, ob die Chaoten das Chaos beseitigt haben", lachte sie.

Als wir durch den Vorgarten liefen, konnte man nicht erkennen, dass gestern hier eine Party war. Mary schloss die Tür zu ihrem Haus auf und uns kam ein Duft von Lavendel entgegen. Wir schauten uns beide an und wusste nicht, was los ist. Als wir Richtung Küche liefen, sahen wir bereits von Weitem, wie JJ und John kochten. Sie hatten beide eine Küchenschürze an und John hatte ein Geschirrtuch um seine Stirn gebunden. Alles war sauber und aufgeräumt. Als sie uns entdeckten, lächelte mich John an.

„Da seid ihr ja endlich. Wir dachten schon, ihr kommt nie wieder zurück und wollt uns jetzt verlassen. Bitte verzeiht uns!", blödelte JJ und ging vor Mary auf die Knie, nahm ihre Hände und küsste sie.

„Du bist so bescheuert JJ. Euch kann man nie alleine lassen!", entgegnete Mary ihm. Sie lächelte ihn an und zog ihn hoch zu sich, um ihm einen Kuss auf seine Lippen zu geben. John kam zu mir, nahm mich in den Arm und gab mir auch einen Kuss.

„Was sollte diese Party?", fragte Mary.

„Es ist meine Schuld, Mary. JJ hat damit nichts zu tun", sagte John.

Ich schaute ihn verwirrt an.

„Na ja, ich war einfach so niedergeschlagen wegen all dem, was passiert ist. Und dann habe ich zu JJ gesagt, dass Erwachsensein scheiße ist und ich gerne wieder sechzehn Jahre alt wäre. Na ja, und dann hatten wir die Idee mit der Hausparty", schmunzelte John.

„Man muss dazu aber auch sagen, dass wir bereits eine Flasche Schnaps intus hatten, als wir das entschieden haben", lachte JJ.

„Ihr seid wirklich bescheuert!", grinste ich.

„Und geht es dir jetzt etwas besser John?", fragte Mary.

„Ja, es geht schon. Es wird sicherlich noch eine Weile dauern. Und das wird bei Mia genauso sein. Aber es tat einfach gut mal wieder etwas Verrücktes mit JJ zu machen", antwortete John.

„Also so verrückt ist es auch nicht, eine Hausparty zu machen", sagte ich.

„Na ja, wir haben den Nachbarsjungen hergeholt und haben ihm gesagt, dass er all seine Freunde einladen soll, weil all unsere Freunde arbeiten waren. Und wie gesagt, zu dieser Zeit hatten wir schon Alkohol im Blut und konnten eins und eins nicht mehr zusammenzählen. Nämlich, dass mein sechzehnjähriger Nachbar natürlich auch nur minderjährige Freunde hat", lachte JJ.

Und jetzt lachten wir alle.

„Was habt ihr denn Gutes gekocht?", fragte ich John.

„Selbstgemachte Pizza.", antwortete er.

Wir gingen raus auf die Terrasse, wo der Tisch schon gedeckt war. JJ machte eine Flasche Weißwein auf und schenkte uns allen ein.

„Also, ihr zwei. Ich weiß, wir sind totale Chaoten und haben gestern wirklich Mist gebaut. Und als wir da mit diesen Mädchen saßen, hatte das natürlich nichts zu bedeuten", verkündete JJ.

„Ihr könnt froh sein, dass die Polizei nicht kam. Die Hälfte eurer Partygäste war minderjährig", sagte Mary.

„Ich weiß, und das war uns eine Lehre. Nie wieder mittags eine Party starten, wo die Hälfte der Gäste minderjährig ist", blödelte JJ.

„Du bist so bescheuert!", antwortete ihm Mary und stieß ihm gegen die Hüfte.

Wir setzten uns alle an den Tisch und aßen zusammen.

Kapitel 23

Ich verbrachte mal wieder den ganzen Tag in der Hütte. Wir hatten sehr viele Gäste, sodass ich zwei Stunden länger bleiben musste. Als ich dann endlich mit meinem letzten Tisch fertig war, warf ich meine Schürze auf den Tresen und setzte mich erstmal auf einen der Hocker.

„Hey Mia, ist alles in Ordnung?", fragte mich Jack, der hinter mir stand.

„Ja, alles in Ordnung. Ich bin nur ziemlich fertig", lachte ich.

„Das glaube ich dir. Heute war ganz schön viel los."

Jack setzte sich auf den Hocker neben mir und bestellte uns eine Mangoschorle.

„Die haben wir uns heute verdient", lachte er.

Ich nahm einen großen Schluck und merkte direkt, wie es mich erfrischte. In meiner Mangoschorle ist immer besonders viel Minze, weil ich es so viel besser finde, wie wenn nur ein oder zwei Blätter Minze darin sind. Das wissen mittlerweile alle Mitarbeiter, wodurch ich es nicht einmal mehr dazu sagen muss, wenn ich mir eine Mangoschorle bestelle. Hier kennen mich alle so gut und es ist wie meine Familie. Eine richtige Familie, die ich nie hatte.

„Wie geht es eigentlich deinen Eltern? Planen sie schon ihren nächsten Trip hierher?", fragte mich Jack freundlich.

„Nein, erstmal nicht. Wir haben momentan nicht so viel Kontakt. Das mit der Schwangerschaft hat alles etwas verkompliziert. Ich habe mich nicht getraut, meine Mutter anzurufen, weshalb ich ihr eine Nachricht geschrieben habe, dass ich das Baby verloren haben. Sie hat mich dann angerufen und es ist komplett eskaliert und dann habe ich sie auch noch angeschrien. Ich war so wütend und habe es an ihr ausgelassen", beichtete ich Jack.

„Mia, ich bin mir sicher, deine Mutter ist deshalb nicht böse auf dich. Ganz im Gegenteil, sie kann dich sicherlich verstehen", sagte Jack und legte mir seine Hand auf meine Schulter.

„Ach Jack, was würde ich nur ohne dich machen?", lächelte ich ihn an.

„Ich bin immer für dich da."

„Danke, Jack! Das weiß ich sehr zu schätzen."

Nachdem ich meine Mangoschorle ausgetrunken hatte, verabschiedete ich mich von allen und fuhr nach Hause. John war bereits da und saß im Garten mit einem Bier in der Hand.

„Hallo John!", sagte ich und gab ihm einen Kuss.

„Na, wie war dein Tag, Mia?"

„Ganz gut, aber wir hatten sehr viel zu tun. Deshalb bin ich auch jetzt erst zu Hause."

„Das habe ich mir schon fast gedacht. Aber bei so tollem Wetter ist es ja klar, dass ihr viele Gäste habt."

„Hast du noch Lust schwimmen zu gehen? Nur du und ich?", fragte mich John und zog mich dabei auf seinen Schoß.

„Das ist eine super Idee. Und auf dem Heimweg holen wir uns Burger und Pommes", grinste ich und gab John einen Kuss auf seine weichen Lippen.

Erst jetzt wurde mir bewusst, dass ich John seit Tagen nicht mehr richtig geküsst habe.

Wir packten unsere Schwimmsachen zusammen und fuhren zum Strand. Dort angekommen sprang ich direkt ins Meer, weil mir so warm war. John kam mir hinterher und packte mich und sprang zusammen mit mir in die Wellen. Ich verschluckte mich am Salzwasser und wir mussten beide über mich lachen. Wir schwammen ewig umher und zogen uns gegenseitig an den Beinen. Nachdem ich völlig aus der Puste war, gingen wir aus dem Wasser und legten uns auf unser Badetuch.

„Wow, das war anstrengend. Heute Abend kann ich bestimmt gut schlafen, denn ich bin jetzt schon müde", sagte ich zu John.

„Na ja, ich könnte dafür sorgen, dass du wieder wach wirst, wenn du das möchtest", grinste er.

„Ach ehrlich? Und wie würdest du das anstellen?", fragte ich ihn verspielt.

„Wir packen jetzt unsere Sachen zusammen und dann zeige ich es dir im Auto."

John packte in Windeseile alle Sachen zusammen, nahm meine Hand und lief mit mir zum Auto.

„John, hier können wir das aber nicht machen", sagte ich.

„Keine Angst, wir fahren ein wenig abwärts", lachte er.

Wir fuhren zu einem kleinen Waldstück, wo weit und breit niemand war.

John löste erst seinen Gurt und danach meinen. Er schaute mich gierig an und half mir dann, sich auf ihn zu setzen. John hatte einen Pickup, weshalb wir genügend Platz hatten. Er fing an meinen Hals zu liebkosen und streichelte meine Brüste. Ich genoss es und zog alles in mich ein, was er mir gab. Langsam küsste er sich von meinem Hals nach oben zu meiner Wange, auf der er federleichte Küsse hinterließ. Meine Wangen brannten vor Begierde. Er schaute mir für einen kurzen Moment in die Augen, bevor er mich dann am Nacken packte und mich hart und drängend küsste. Ich hob meine Hände gegen seine Brust und riss an seinem T-Shirt.

„Zieh es mir aus!", befahl er mir.

Ich gehorchte und zog ihm langsam sein T-Shirt aus. Zum Glück hatte ich keinen Slip an, sondern nur mein Kleid, welches er mir langsam hochzog.

„Heb dich ein wenig hoch, damit ich meine Hose runterziehen kann", sagte John.

Auch das machte ich und in Windeseile hatte er seine Hose bis zu seinen Knien runtergezogen.

„Ich kann dir gar nicht sagen, wie heiß ich dich gerade finde!", sagte John und packte mich an meiner Hüfte und zog meinen Hintern auf seine Mitte.

Wieder packte er mich und küsste mich wild. Er biss mir leicht in die Unterlippe und zog an ihr. Langsam streichelte er an meiner Hüfte entlang zu meiner Mitte. Dort legte er seine Finger ab und stimulierte langsam und kreisend meine Mitte. Ich warf meinen Kopf nach hinten, doch er packte ihn mit seiner freien Hand.

„Schau mich an, Baby!"

Ich sah in seine Augen und konnte seine Liebe zu mir sehen, seine Liebe zu uns. Mein Höhepunkt war spürbar und auch John merkte es und schob mir zwei seiner Finger hinein.

„John, das fühlte sich so gut an!", stöhnte ich.

Ich spürte, dass er lächelte, und führte seine Finger ein und wieder aus. Das machte er so lange, bis ich explodierte und seinen Namen schrie. Es küsste mich darauf, sodass mein Schrei verstummte.

Er gab mir einen kurzen Moment, damit ich mich sammeln konnte, und versenkte sich dann in mir. Im Vergleich zu gerade eben bewegte er sich sanft und liebevoll in mir. Er schaute mir dabei die ganze Zeit in die Augen, bis auch er kurz vorm Höhepunkt war.

„Bist du auch gleich so weit?", fragte mich John.

„Nein, ich brauche noch etwas", gab ich schüchtern zu.

John grinste und schob mir daraufhin einen seiner Finger mit in meine Öffnung.

„Oh Gott, das fühlt sich noch besser an!", schrie ich schon fast.

Nach ein paar Stößen kam ich und direkt danach kam auch John zu seinem Höhepunkt.

So liebten wir uns wie schon lange nicht mehr. Ich war froh, dass wir das endlich wieder machen konnten, ohne dabei direkt ein Schmerz im Herzen zu verspüren. Ich liebte John und ich wollte ihm nahe sein. Und das für immer. All seine Küsse und seine Berührungen waren so weich und liebevoll, dass ich nicht mehr wollte, dass er jemals damit aufhören würde. Es war, als würde ich in eine andere Welt abtauchen.

Nachdem ich wieder aufgetaucht war, küsste mich John lange und innig auf den Mund. Dann lächelte er mich an und sah mir in die Augen.

„Hat es dir gefallen, Mia?"

„Oh ja! Hast du das nicht gehört?", lachte ich.

Er schmunzelte und nahm eine meiner Haarsträhnen zwischen seine Finger.

„Du weißt, ich würde dir niemals weh tun, aber wenn wir Sex haben, muss ich einfach dominant sein. Ich weiß auch nicht, warum."

„Aber John, dass weiß ich doch! Und ich liebe es, wenn du dominant zu mir bist. Das brauche ich, wenn wir Sex haben. Es gefällt mir extrem gut, wenn du so zu mir bist", sagte ich ihm ehrlich.

„Das war das erste Mal, dass ich nicht an die Fehlgeburt denken musste", beichtete mir John.

„Mir ging es genauso!", antwortete ich ihm.

„Ich kann dir gar nicht sagen, wie froh ich bin, dich zu haben. Auch wenn uns etwas Schlimmes passiert ist, werden wir trotzdem weitermachen. Und ich bin mir ganz sicher, dass wir irgendwann ein Kind bekommen werden, und du wirst die beste Mutter der Welt sein!", sagte John und küsste wieder meine Lippen.

Am nächsten Tag hatte ich Spätschicht, weshalb ich den halben Tag nur im Bett lag und mich ausgeruht habe. Nach gestern ging es mir viel besser. John schaffte es immer wieder, mich glücklich zu machen. Nachdem ich mich geduscht, eine Kleinigkeit gegessen hatte und mir einen Coffee to go gerichtet hatte, stieg ich auf mein Fahrrad und fuhr los Richtung Arbeit. Die Vögel zwitscherten laut und ein warmer Wind wehte durch meine Haare. Obwohl wir schon Herbst hatten, war es noch immer warm. Das liebte ich hier so sehr, es wurde nie richtig kalt wie in Deutschland.

Als meine Schicht begann, war nicht viel los, ein paar ältere Damen, die Kaffee und Kuchen wollten und ein paar Angler, die noch ein Bier tranken. Gegen Abend war etwas mehr los, aber auch nicht allzu viel, weshalb Jack mich fragte, ob ich heute die Hütte zuschließen könnte, sodass er schon nach Hause gehen kann. Natürlich konnte er das machen. Es war nicht das erste Mal, dass ich die Hütte abschloss. Als alle Gäste und Mitarbeiter weg waren, reinigte ich noch die Kaffeemaschine und kontrollierte, ob genügend Tische für den nächsten Morgen zum Frühstücken eingedeckt waren. Ich holte noch Teller und Besteck und deckte noch zwei weitere Tische ein, damit der Frühdienst nicht in Verzug kam. Gerade als ich fertig mit dem Eindecken war, hörte ich die Klingel, welche an der Eingangstüre hing, damit man hörte, wenn ein neuer Gast reinkam. Ich rief: „Wir haben bereits geschlossen!" In der Hoffnung, dass derjenige direkt wieder gehen würde. Doch ich bekam keine Antwort. Also lief ich zur Eingangstüre und da stand dann schon ein großer Mann, komplett schwarz angezogen.

„Entschuldigung, aber wir haben bereits geschlossen", sagte ich vorsichtig.

„Ich weiß. Und deswegen bin ich auch hier. Es ist nicht sehr schlau, eine Frau alleine in einem Restaurant zu lassen mit so viel Geld in der Kasse!", lachte er und zog eine Pistole aus seiner Jackentasche. Er richtete die Pistole genau auf mich.

„Du holst jetzt sofort das Geld und gibst es mir!", schrie er mich an und warf mir eine Stofftasche hin.

„In diese Tasche machst du das Geld", schrie er erneut.

Ich stand wie eingefroren vor ihm und wusste gar nicht, was gerade passiert. Dann lief er auf mich zu, packte meinen Arm, und schubste mich hinter die Theke.

„Verdammt! Hol sofort das Geld aus der Kasse!", schrie er erneut.

„Okay, okay ich hole das Geld", wimmerte ich.

Dann holte ich mit zittriger Hand den Schlüssel aus meiner Hosentasche heraus, um die Kasse aufzuschließen. Die ganze Zeit dachte ich nur, hätte ich bloß die Alarmanlage schon eingeschaltet.

Ich schloss die Kasse auf und in dem Moment schubste mich der Mann wieder auf die Seite.

Er kramte in der Kasse herum und drehte sich dann wieder zu mir. Dann packte er wieder meinen Arm und hob mir die Pistole gegen die Schläfe.

„Wo ist das ganze Geld? Das sind ja höchstens ein paar Hundert Euro."

„Wir haben heute nicht viele Gäste gehabt und mein Chef war gestern bei der Bank und hat das Geld eingezahlt, das in der Kasse war", sagte ich leise.

Ich musste versuchen ruhig zu bleiben und versuchen, mir sein Aussehen genau einzuprägen, damit ich später der Polizei genau erklären kann, wie der Typ aussieht. Das heißt, solange er mich nicht erschießt, denn er war ziemlich aggressiv.

„Hören Sie, gehen Sie einfach und nehmen Sie das Geld aus der Kasse und ich werde auch niemandem sagen, wie Sie aussehen oder sonst irgendwas", flehte ich ihn an.

Noch immer hatte er meinen Arm in seiner Hand und drückte immer fester zu.

„Du kleine Bitch, denkst du etwa, dass ich Angst habe, geschnappt zu werden?", lachte er ganz laut.

„Du sagst mir jetzt sofort, wo hier der Tresor ist!"

„Wir haben hier kein Tresor", antwortete ich und musste anfangen zu weinen.

„Heulst du jetzt echt?", sagte er erstaunt.

Auf einmal hörte man Polizeisirenen und ich betete zu Gott, dass ein Nachbar etwas mitbekommen hatte und die Polizei gerufen hatte. Ich hoffte so sehr, dass sie hierher fahren würden.

„Verdammte Scheiße!", schrie der schwarz gekleidete Mann, welcher anscheinend längere Haare hatte, denn ihm fielen ein paar Strähnen in sein Gesicht, als er mit der Hand an seiner Mütze ankam, um sich am Kopf zu kratzen. Er hatte ein Tuch über den Mund gebunden, weshalb ich von seinem Gesicht nicht viel erkennen konnte.

Er ließ mich los und nahm das Geld aus der Kasse. Dann rannte er in Richtung Ausgang und öffnete die Tür, um zu schauen, ob die Polizei schon in der Nähe war. Man sah bereits das Blaulicht, klar war, dass sie ganz in der Nähe waren, und dann fuhr auch schon das erste Polizeiauto auf den Parkplatz der Hütte.

Der Mann rannte wieder rein und versuchte verzweifelt, einen Ausweg zu finden. Er rannte raus auf die Terrasse und in diesem Moment rannte ich raus auf den Parkplatz.

„Er ist raus auf die Terrasse gerannt und er ist bewaffnet!“, schrie ich den Polizisten entgegen, welche an mir vorbeirannten und in die Hütte hinein.

Eine Polizistin kam mir entgegen und ging mit mir hinter das Polizeiauto, wodurch wir in Sicherheit waren.

„Ist alles in Ordnung bei Ihnen? Sind Sie verletzt?“, fragte mich die Polizistin.

„Nein, es ist alles in Ordnung. Ich bin nicht verletzt“, antwortete ich ihr.

„Wissen Sie, wer der Einbrecher ist? Kennen Sie ihn?“

„Nein, ich kenne ihn nicht und er ist maskiert, weshalb ich sein Gesicht nicht erkennen konnte“, gab ich mit zittriger Stimme wieder.

„Woher wussten Sie, dass hier ein Einbrecher ist? Wer hat sie angerufen?“, fragte ich die Polizistin.

„Eine Nachbarin hier in der Nähe hat den Notruf gewählt. Sie hat anscheinend alles mitangesehen.“

„Zum Glück kann man sich hier noch auf die Nachbarschaft verlassen“, sagte ich.

Ein paar Minuten später kamen auch schon die Polizisten mit dem Einbrecher, welcher jetzt Handschellen an den Händen hatte, aus der Hütte. Er war nicht mehr maskiert, aber trotzdem kannte ich ihn nicht. Vermutlich niemand von hier. Als der Einbrecher im Polizeiauto saß, kam Jack mit seinem Auto in den Parkplatz gefahren. Er stieg aus seinem Auto aus und kam direkt zu mir.

„Mia, was ist passiert? Geht es dir gut?“, fragte mich Jack hysterisch.

„Ja Jack. Es ist alles gut. Da hat einer versucht, uns zu bestehlen. Er wollte das ganze Geld aus der Kasse, aber zum Glück hast du es gestern zur Bank gebracht.“

„Ach, das Geld ist doch egal. Hauptsache, dir geht es gut!“, sagte Jack und nahm mich in den Arm.

Die Polizistin erklärte mir, dass ich am nächsten Morgen auf das Revier kommen sollte, um meine Aussage zu machen. Jack bot mir an, mich nach Hause zu fahren, worüber ich sehr froh war.

Er begleitet mich noch bis zur Haustüre und verabschiedete sich dann bei mir, als er sah, dass John zur Haustüre gelaufen kam.

„Hallo John. Mia muss dir so einiges erzählen", sagte Jack.

„Was musst du mir erzählen, Mia?", fragte mich John.

„Ich erzähle dir gleich alles, John", sagte ich und wand mich zu Jack.

„Vielen Dank, dass du mich nach Hause gefahren hast. Morgen, nachdem ich auf dem Revier war, komme ich dann zur Arbeit."

„Ich glaube, du spinnst. Du machst morgen frei und ruhst dich nach diesem Schock erstmal aus", sagte Jack.

Ich nickte und schenkte ihm ein Lächeln. Ich ging ins Haus und machte mir erstmal einen Tee.

„Erzähl, was ist denn passiert, Mia?", sagte John zu mir und nahm meine Hand.

„Ich wurde in der Hütte überfallen", antwortete ich ihm.

„Was? Du wurdest überfallen?", sagte John geschockt.

„Ja, so ein Typ kam mit einer Waffe in die Hütte und wollte das Geld aus der Kasse. Aber zum Glück hat eine Nachbarin es mitbekommen und hat die Polizei angerufen", erzähle ich ihm.

„Warst du alleine in der Hütte?"

„Ja, ich war alleine, weil wir wenig Kundschaft hatten, weshalb Jack schon früher heimging, und mich bat, die Hütte abzuschließen. Das habe ich ja schon öfters gemacht. Aber dass sowas passiert, denkt ja niemand."

„Ja, aber ihr habt doch eine Alarmanlage? Wieso ist die nicht losgegangen?", fragte mich John.

„Na ja, ich habe sie noch nicht angemacht, weil ich erst noch sauber machen wollte", grinste ich.

„Oh Mia, du bist wirklich unmöglich!", lachte John.

„Zum Glück ist dir nichts passiert. Und weißt du, wer der Typ war?"

„Nein ich kannte ihn nicht. Ich denke nicht, dass er von hier kam."

„Und die Polizei konnte ihn schnappen?"

„Ja, sie haben ihn geschnappt und abgeführt. Morgen früh soll ich zum Revier kommen und meine Aussage machen. Kannst du dann mitkommen?", fragte ich John.

„Ja natürlich komme ich mit", antwortete mir John und gab mir einen Kuss auf die Stirn.

„Zum Glück ist dir nichts passiert. Ich wüsste nicht, was ich ohne dich machen würde", sagte John.

Nachdem ich mein Tee getrunken hatte, rief ich noch Mary an und erzählte ihr, was passiert ist. Ich legte mich mit dem Telefon ins Bett, wo John bereits schlief. Wir telefonierten noch sehr lange, bis wir beide am Telefon einschliefen.

Kapitel 24

Am nächsten Morgen fuhr ich mit John zum Revier. Dort angekommen wurde mein Ausweis kontrolliert und mir wurde nochmal genau erklärt, wie alles abläuft. John durfte nicht mit zu dem Gespräch, weshalb er sich in das Wartezimmer setzte. Ich gab meine Aussage ab und musste diese dann auch unterschreiben. Danach fragte ich die Polizistin, welche auch gestern da war, ob sie wissen, wer der Typ war. Sie erzählte mir, dass er nicht von hier kommt und er dies anscheinend schon seit Wochen macht. Er fährt von Stadt zu Stadt und raubt immer zwei bis drei Restaurants aus. Sie haben auch sein Auto gefunden, wo sehr viel Bargeld lag. Glücklicherweise wurde nie jemand bei einem Überfall verletzt, dennoch wird er lange ins Gefängnis müssen, weil es ein bewaffneter Überfall war. Irgendwie tat mir der Typ leid, denn was musste ihn denn bitte dazu gebracht haben, so etwas zu machen. Nach dem Gespräch bin ich wieder zu John und wir verließen zusammen das Revier.

„Wollen wir noch kurz bei Mary auf der Arbeit vorbeischauen und frische Blumen kaufen?", fragte ich John auf dem Weg zum Auto.

„Ja, das können wir gerne machen, aber lass uns doch davor noch einen Kaffee trinken. Was sagst du dazu?"

„Das ist eine super Idee, John!"

Wir fuhren zu einem kleinen Café, das in der Nähe des Blumengeschäfts ist, in welchem Mary arbeitet. Wir bestellten uns beide einen Kaffee und ich nahm noch ein Muffin. Wir saßen an einem Tisch vor dem Café im Freien und die Sonne strahlte mir ins Gesicht und ich musste automatisch lächeln.

„Mia, jetzt musst du mir mal eins erklären. Wie kannst du so entspannt und glücklich sein, obwohl du gestern überfallen wurdest und dir der Typ eine Pistole an den Kopf gehalten hat?", fragte mich John mit einem Schmunzeln.

„Ich habe in meinem Leben schon viel schlimmere Dinge erlebt. Außerdem wollte der Typ mir nicht weh tun. Ich habe das gespürt, er hat mir die Waffe nur an den Kopf gehalten, um mir Angst zu machen. Mike wollte mir immer weh tun und das habe ich auch gespürt. Vielleicht habe ich durch meine Vergangenheit ein gutes Gespür dafür, wer es gut mit mir meint und wer nicht. Und abgesehen davon ist ja nun wirklich nichts passiert. Wir haben so tolles Wetter und wir verbringen Zeit zu zweit. Für mich ist das ein Grund, glücklich zu sein", antwortete ich ihm ganz ehrlich.

„Ich bin froh, dass es dir gut geht und dass du das so siehst. Ich wäre an deiner Stelle wahrscheinlich durchgedreht", lachte John.

Nach unserem Kaffee fuhren wir zum Blumengeschäft. Mary stand vor dem Blumengeschäft und bestückte die Verkaufsfläche, welche draußen stand. Ich stieg aus dem Auto und lief zu ihr und umarmte sie von hinten. Sie dreht sich um zu mir und schaute mich verwirrt an.

„Was macht ihr denn hier?", lachte sie.

„Ich habe ja heute frei, deshalb wollte ich schöne Blumen bei dir kaufen und dich natürlich auch besuchen."

„Du bist ja süß. Komm erstmal in meine Arme und sag mir, dass es dir gut geht", sagte Mary und drückte mich ganz fest an sich.

„Ja, es geht mir gut. Es ist ja nichts passiert", antwortete ich.

„Nichts passiert. Ja stimmt. Mir wird auch ständig eine Waffe an den Kopf gehalten", lachte sie.

„John, du hast wirklich eine verrückte Freundin."

Nun lachten wir alle drei.

Mary zeigte mir die Blumen, welche sie heute Morgen frisch bekommen haben, und fertigte einen Blumenstrauß mit mir an.

Wir nahmen viele verschiedene Tulpen, weil diese bald keine Saison mehr hatten. Mary sagte, wir müssen das auch nutzen, dass sie noch immer welche haben. Sie packte mir alles zusammen und gab mir noch Bananen und Äpfel mit, welche sie auch bei sich im Geschäft verkauften.

„Möchtet ihr heute Abend vorbeikommen und wir trinken was und ich mache ein paar Häppchen? Immerhin ist es Freitag und wir müssen jawohl feiern, dass du noch lebst!", lachte Mary.

Ich schaute John an und wusste sofort, dass seine Antwort ja war.

„Ja gerne. Dann bringe ich aber auch eine Kleinigkeit mit", antwortete ich Mary.

„Okay, super. Sagen wir, 19 Uhr bei uns?"

„19 Uhr bei euch, Mary. Ich freue mich schon!", sagte ich und gab ihr zum Abschied einen Kuss auf die Wange.

Bevor wir nach Hause fuhren, kauften wir noch ein paar Sachen für den Abend bei Mary und JJ ein. Ich beschloss, belegte Baguettes zu machen, und kaufte noch Avocados, damit ich eine Guacamole machen konnte. Als wir dann zu Hause ankamen, machte ich mich direkt an das Essen, damit alles fertig ist und ich mich danach noch ausruhen konnte. John legte sich vor den Fernseher und schaute sich eine Kochsendung an. Als ich mit allem fertig war, legte ich mich zu John auf die Couch. Er ist eingeschlafen und schlief bereits sehr fest. Das wusste ich deshalb, weil er immer sehr tief atmete, wenn er fest schläft.

Es dauerte nicht lange, bis auch mir die Augen vor dem Fernseher zufielen und ich einschlief.

Es war Nachmittag und ich kam von der Schule nach Hause. Das Auto meines Vaters stand in der Einfahrt, was eher untypisch war, denn er arbeitete eigentlich immer bis spätabends. Ich schloss die Haustüre auf, und während ich den Schlüssel umdrehte, wurde die Tür schon aufgerissen.

„Mia, Paul ist im Krankenhaus!", schrie mich meine Mutter an.

Mein Vater schob uns beide in den Flur und schaute mich böse an.

„Nicht so laut, verdammt nochmal. Sollen die Nachbarn wieder alles mitbekommen!", sagte mein Vater in einem aggressiven Ton.

„Mama, was ist denn passiert?", fragte ich und legte meine Hände auf ihre Schultern.

Erst jetzt merkte ich, dass meine Mutter Blut an ihrem T-Shirt hatte.

„Mama, ist das etwa dein Blut auf dem T-Shirt?"

„Nein, das ist Pauls Blut", weinte sie und legte ihre Arme um mich. Ich nahm sie fest in den Arm und sagte ihr, dass alles wieder gut werde.

„Mama, du musst mir jetzt genau erzählen, was passiert ist", sagte ich einfühlsam zu ihr.

„Da kannst du lange warten. Ich versuche schon seit zwanzig Minuten, etwas aus ihr rauszubekommen", sagte mein Vater schroff.

„Papa, sie steht unter Schock, siehst du das denn nicht?", zickte ich ihn an.

„Komm Mama, wir gehen ins Esszimmer und dann erklärst du mir ganz in Ruhe, was passiert ist."

Meine Mutter nickt, ging ins Esszimmer und setzte sich auf einen der Stühle. Ich setzte mich genau gegenüber von ihr und schenkte ihr Wasser ein, welches auf dem Tisch stand.

„Also jetzt erzähl mal. Wo ist Paul? Und warum hast du sein Blut am T-Shirt?", fragte ich sie.

„Paul kam vorhin nach Hause, weil er solche Kopfschmerzen hatte, weshalb er früher von der Schule nachhause kam. Er legte sich in sein Zimmer, weil er etwas schlafen wollte. Mike ist aber eine Stunde, bevor er nach Hause kam, aufgestanden. Mike hatte so gute Laune und sang laut herum und hatte einfach gute Laune", lächelte meine Mutter.

„Und was ist dann passiert?", fragte mein Vater in einer ruhigen Stimme.

Ich erschrecke fast, als mein Vater in einem so ruhigen Ton mit ihr sprach, denn er ist sonst immer sehr aufbrausend und unhöflich.

„Paul kam dann aus seinem Zimmer und bat Mike, leise zu sein, weil er eben Kopfschmerzen hatte, und dann ging alles so schnell. Mike ist total ausgeflippt und hat angefangen Paul zu schucken. Paul hat natürlich nicht lockergelassen und dann hat Mike ihn die Treppe runtergeschubst. Das wollte Mike natürlich nicht. Es war ein Unfall!", weinte sie.

„Na ja, bei Mike glaube ich nicht an einen Unfall. Wahrscheinlich war er einfach wieder nüchtern und konnte sich mal wieder nicht zusammenreißen", sagte ich in einem schroffen Ton.

„Nein, Mia. Mike wollte das nicht. Er würde uns nie verletzen wollen", sagte meine Mutter.

„Du kannst dir das ruhig weiterhin einreden. Wo ist Paul jetzt? Hat er sich sehr verletzt?", fragte ich meine Mutter.

„Er hat am Kopf geblutet. Aber nicht allzu arg. Ich wollte den Notarzt holen."

„Was? Spinnst du, den Notarzt? Dann bekommen es ja alle Nachbarn mit", schnitt mein Vater ihr das Wort ab.

„Ich habe ihn nicht geholt, weil Paul das nicht wollte. Er hat einen Freund angerufen und der hat ihn dann abgeholt und ist mit ihm ins Krankenhaus gefahren."

Ich holte mein Handy raus und versuchte Paul anzurufen, doch er ging nicht dran. Beim zweiten Versuch ging er auch nicht ans Telefon, also schrieb ich ihm eine SMS.

Die Tür öffnete sich und Mike kam in das Esszimmer.

„Oh, das Empfangskomitee. Was macht ihr denn alle hier? Und verdammt nochmal, Mama. Hör endlich auf zu heulen! Paul lebt ja noch", sagte Mike spöttisch und lachte laut.

„Wie kannst du nur so ein Mensch sein?", fragte ich Mike.

Jetzt stellte er sich vor mir auf und schaute mich an, als ob er mich gleich umbringen wollte.

„Du kleine Schlampe. Pass bloß auf, was du sagst!", schrie er mich an.

Ich ging sofort aus dem Esszimmer raus, nahm meine Autoschlüssel und ging zu meinem Auto.

Meine Mutter lief mir hinterher und versuchte, mich aufzuhalten.

„Mia, wo gehst du denn hin?", fragte sie mich und wieder liefen ihr Tränen die Wangen runter.

„Ich fahre jetzt die Krankenhäuser ab und suche nach Paul."

„Ja, das ist eine gute Idee. Rufst du mich an, wenn du ihn gefunden hast?", fragte sie mich.

„Ich ruf dir an, wenn ich ihn habe", antwortete ich ihr.

„Und Mia?", sagte sie und hielt meinen Arm mit ihrer Hand fest.

„Mike wollte das nicht. Es war wirklich ein Unfall", sagt sie leise, sodass kein Nachbar uns verstehen konnte.

„Irgendwann wird er einen von uns umbringen. Und wenn dieser Tag kommt, seid ihr dran mit Schuld."

Wieder fing sie an zu weinen, doch sie tat mir nicht leid. Ich setzte mich ins Auto und fuhr los.

„Mia, aufwachen. Wir müssen bald losgehen", weckte mich John.

Ich schaute ihn an und wurde so langsam wach.

„Ist alles in Ordnung bei dir, Mia?"

„Ja, es ist alles okay. Bin nur noch verschlafen", antwortete ich ihm.

Ich lag noch ein paar Minuten auf der Couch und dachte über meinen Traum nach. Immer wenn etwas Einschneidendes in meinem Leben passiert wie jetzt der Überfall, träumte ich von Mike.

Ich dachte darüber nach, wie Mike wohl jetzt ist, und wie er wohl zu seinem zukünftigen Kind sein würde. Man kann nur hoffen, dass er das mit dem Alkohol und der Spielsucht im Griff hat, sonst wird sein Kind in schlimmen Verhältnissen aufwachsen, so wie ich.

John packte bereits alle Sachen zusammen, die wir mit zu Mary und JJ nehmen wollten. Er verpackte alles in eine Kühltasche und legte noch zwei Flaschen Wein dazu.

„Sollen wir laufen oder fahren wir? Dann darf aber einer von uns nichts trinken", fragte mich John.

„Nein wir können ruhig fahren. Ich werde nur ein Glas Wein zum Abendessen trinken", antwortete ich ihm.

„In Ordnung. Danke, mein Schatz!", sagte er und gab mir einen Kuss auf die Stirn.

Mein Verhältnis zu Alkohol war nicht, wie es sein sollte. Bei nur einem Glas Wein hatte ich oft ein schlechtes Gewissen. Bei einem zweiten Glas hatte ich dann schon die Angst, dass ich so wie Mike werden könnte. Mike hat mein Leben so sehr beeinflusst, und das in so viele Richtungen.

Ich ging noch ins Badezimmer und machte mich frisch und dann gingen wir auch schon zum Auto. John legte alle Sachen auf den Rücksitz und setzte sich auf den Beifahrersitz. Ich machte die Fenster runter, denn es war noch immer sehr angenehm draußen. Der warme Wind wehte mir ins Gesicht und ich entspannte mich automatisch. Ich liebte es, den Wind in meinem Gesicht zu spüren, denn das zeigte mir, dass ich noch da bin und lebe. In meiner Vergangenheit habe ich solche Dinge nicht gespürt, da habe ich einfach nur existiert.

Als wir bei Mary ankamen, war JJ bereits im Garten und legte die Sitzauflagen auf die Stühle. John ging zu ihm und half ihm, ich ging zu Mary in die Küche und gab ihr das Essen, welches wir mitgebracht hatten.

„Hallo, meine Liebe. Na, wie geht es dir?", fragte sie mich und gab mir einen Kuss auf die Wange.

„Mir geht es gut und wie geht es dir?"

„Bei mir ist auch alles gut. Ich war nur total gestresst auf der Arbeit. Meine Chefin hat wieder total genervt!", lachte sie.

Ich grinste sie an und legte ihr meine Hand auf die Schulter.

„Tja, meine Liebe, du solltest dich halt doch selbstständig machen!", sagte ich.

Mary wollte sich vor einiger Zeit selbstständig machen und ein kleines Café eröffnen, indem sie kleine Snacks und Kuchen anbieten wollte. Außerdem wollte sie dort auch Gemüse und Obst verkaufen. Mary hatte eine nette Nachbarin, welche eine große Farm hatte und sie baute dort alles selber an. Sie hätte sofort zugesagt und an Mary ihr Gemüse und ihr Obst verkauft, aber letztendlich hatte Mary zu viele Bedenken und hat das kleine Café hier in der Nähe nicht gekauft. Es war ihr damals sehr peinlich, doch ich sagte ihr immer wieder, dass dies keine Schwäche ist zuzugeben, wenn etwas zu groß für einen ist. Außerdem könnte sie irgendwann noch immer ein Café eröffnen, wenn sie das möchte. JJ und John kamen in die Küche und fragten gleichzeitig.

„Wann gibt es Essen?"

Wir lachten alle vier und gingen zusammen raus in den Garten und fingen an zu essen.

Kapitel 25

Als ich aufwachte, konnte ich gar nicht glauben, dass das Wochenende schon wieder vorbei war. Also stand ich auf und machte mir einen Kaffee, um mich dann für die Arbeit fertig zu machen. Ich fuhr mit meinem Fahrrad los und merkte den kühlen Wind in meinen Haaren. Als ich in der Hütte ankam und die Eingangstür öffnete, standen alle Mitarbeiter um die Theke herum und applaudierten für mich.

„Meine liebe Mia, wie geht es dir?", fragte mich Jack und umarmte mich.

„Mir geht es gut!", antwortete ich ihm mit einem Lächeln im Gesicht.

Melisa, unsere Aushilfe kam zu mir und umarmte mich auch.

„Wow, Mia, du bist unglaublich. Ich hätte niemals so ruhig bleiben können wie du", sagte sie zu mir.

„Woher weißt du denn, dass ich ruhig geblieben bin?", lachte ich.

„Na ja, Jack hat uns allen erzählt, was passiert ist", schmunzelte sie.

„Tut mir leid, Mia. Aber ich konnte es einfach nicht für mich behalten. Ich musste doch erzählen, wie du unseren Laden verteidigt hast!", sagte Jack.

„Schon in Ordnung. Dann muss schon ich die Geschichte nicht mehr erzählen. Die habe ich nämlich gefühlt hundertmal am Wochenende erzählt. Der Briefträger, die Nachbarn, Mary, JJ und die Polizisten. Alle wollten genau wissen, was passiert ist", lachte ich.

Jack lächelte mich an und legte mir seine Hand auf die Schultern.

„Zum Glück ist dir nichts passiert!", sagte Jack zu mir.

„So, Leute jetzt aber los. Die hungrigen Gäste sind bald da", rief ich und klatschte in die Hände.

Alle gingen auf ihre Position und ich ging zur Kasse und holte meinen Geldbeutel und meine Kellner schürze.

Wir hatten heute sehr viel zu tun, wobei mir das schon klar war, denn alle wollten natürlich hören, was genau passiert ist. Ich war heilfroh, dass Jack das für mich übernommen hat, und allen, die es wissen wollten, was so ziemlich jeder Gast war, es erzählte.

Ein paar Minuten, bevor ich Feierabend hatte, kam John in die Hütte herein.

„Hallo Liebling, was machst du denn hier?", fragte ich ihn und gab ihm einen Kuss auf seine Lippen.

„Na ja, ich dachte, ich überrasche dich und hole dich von der Arbeit ab und gehe mit dir ins Kino. Was hältst du davon?", grinste er.

„Das finde ich super!", antwortete ich ihm und gab ihm nochmal einen Kuss auf seine Lippen.

„Nehmt euch ein Zimmer!", sagte Jack zu uns und lachte laut los.

„Hallo John, wie geht es dir?", fragte er und gab John die Hand.

„Mir geht es gut und wie geht es dir? Hast du den Schock verarbeitet?"

„Na ja, für Mia war es ein größerer Schock. Aber mir geht es gut. Willst du etwas essen, John?", fragte Jack.

„Oh nein, danke. Ich bin hier, um Mia zu überraschen und sie ins Kino einzuladen."

„Das hört sich toll an und dass hast du dir verdient, Mia!", sagte Jack und nahm mir den Geldbeutel und meine Kellnerschürze ab.

„Los geht's, Mia. Mach Feierabend und habe einen tollen Kinoabend mit John!", sagte Jack zu mir und umarmte mich.

„Vielen Dank, Jack!"

Wir gingen raus und fuhren direkt los ins Kino. An der Kasse angekommen, überlegten wir, welchen Film wir schauen könnten. Wir entschieden uns für eine Familienkomödie. Ich holte mir noch eine Cola und eine riesige Tüte süßes Popcorn. Wir kamen gerade noch rechtzeitig im Kinosaal an, denn beim Popcorn stand war eine riesige Schlange gewesen.

Der Film war wirklich superwitzig und wir lachten viel und hatten einfach eine gute Zeit.

John nahm meine Hand, als wir aus dem Kino rausliefen, und schaute mich glücklich an.

„Das haben wir mal wieder gebraucht, oder?", fragte er mich mit einem Lächeln auf den Lippen.

„Ja, das stimmt. Danke für die tolle Überraschung. Das war wirklich schön", antwortete ich ihm und gab ihm einen Kuss auf seinen Handrücken.

Zu Hause angekommen, legten wir uns noch vor den Fernseher und schauten eine Krimiserie, welche gerade lief. Als ich auf die Uhr schaute, hatten wir bereits 20 Uhr, dies bedeutete für John, dass er bald ins Bett gehen würde, weil sonst würde er um 4 Uhr nicht aus dem Bett kommen.

„Liebling, sollen wir so langsam schlafen gehen?", fragte ich ihn, doch ich bekam keine Antwort.

Ich schaute neben mich und merkte, dass er bereits eingeschlafen war. Ich holte die Decken aus dem Schlafzimmer und deckte erst ihn damit zu und legte mich dann zu ihm auf das Sofa. Heute Nacht wollte ich neben ihm einschlafen, weshalb ich beschloss, auch auf dem Sofa zu schlafen. Allerdings war ich noch nicht sehr müde, weshalb ich mein Handy rausholte, und bei Skype schaute, ob meine Mutter mir geschrieben hatte, und natürlich hatte ich eine Nachricht von ihr:

Hallo Mia,
ich hoffe, es geht euch gut. Es tut mir so leid, was passiert ist. Ich habe mich so sehr für euch gefreut, doch ich bin mir sicher, dass es irgendwann klappen wird, und ihr eure eigene kleine Familie gründen könnt. Ich habe dir nie erzählt, dass auch ich vor vielen Jahren eine Fehlgeburt hatte. Mike war gerade erst ein paar Monate alt und ich war

**wieder schwanger. In der 13.Woche verlor ich mein Baby
und war todtraurig. Aber wie du siehst, habe ich weiter-
gemacht und dich und Paul bekommen. In unserem Leben
gibt es immer dunkle Zeiten, aber die sonnigen werden
überwiegen, wenn wir dies zulassen. Ich möchte dich nicht
bedrängen, aber ich würde mich freuen, wenn du dich mal
bei mir meldest.
Ich habe dich sehr lieb!
Deine Mama**

Wow, das wusste ich nicht, dass meine Mutter auch eine Fehlgeburt hatte. Irgendwie war ich die ganze Zeit auch sauer auf
meine Mutter, dabei weiß ich nicht mal, warum. Sie konnte
ja wirklich nichts dafür. Aber ich war einfach auf alles und
jeden sauer und bei meiner Mutter konnte ich es am besten
rauslassen. Jetzt hatte ich ein schlechtes Gewissen, also antwortete ich ihr:

**Hallo Mama,
uns geht es gut. Es tut mir sehr leid, dass ich so gemein
zu dir war, aber ich konnte mit der Situation einfach nur
sehr schlecht umgehen. Mittlerweile geht es mir aber
viel besser. Vielleicht können wir ja die nächsten Tage
mal telefonieren, darüber würde ich mich sehr freuen.
Ich habe dich auch lieb!
Und sag bitte Papa und Paul liebe Grüße von mir.
Deine Mia**

Ich schickte die Nachricht ab, kuschelte mich dann zu John, der
schon schlief. Der Mond strahlte auf Johns Gesicht, wodurch ich
seine Gesichtszüge sehen konnte. Ich liebte es, John anzuschau-
en, ohne dass er es merkte. Für mich war er der schönste Mann
auf der Welt, innerlich, aber auch äußerlich. Er ist all das, was ich
immer wollte. Ich streichelte mit meiner Hand über seinen Arm,
welcher ruhig auf seinem Bauch lag. Die Decke hatte er nur bis
zur Hüfte gezogen, weshalb ich seinen durchtrainierten Ober-

körper sehen konnte. Ich merkte, dass er langsam wieder wach wurde, weshalb ich die Augen schloss.

„Ich weiß, dass du noch wach bist", flüsterte John.

„Nein", sagte ich leise.

Wir grinsten beide und John drehte sich zu mir.

„Kannst du nicht schlafen?", fragte er mich und legte seine Hand auf meine Wange, um sie langsam zu streicheln.

„Doch, nur will ich noch nicht schlafen", antwortete ich ihm.

„Was willst du dann machen?", fragte John mich keck, obwohl er genau wusste, was ich meinte.

„Ich weiß nicht, was könnte man denn noch so machen?"

„Mia, du musst es mir nur sagen, wenn du mich willst", raunte er.

„Okay. Dann will ich dich. Und zwar jetzt sofort!"

„Wusste ich's doch!", antwortete John und lag mit einem Mal auf mir.

Er stützte sich mit seinen Armen zwischen meinem Kopf ab, sodass er noch leicht über meine Haare streicheln konnte. Wir schauten uns in die Augen und ich lächelte schüchtern.

„Wieso bist du so schüchtern?", fragte mich John.

„Ich weiß nicht", lachte ich.

John schaute mich mit einem strengen Blick an und dann küsste er mich grob.

Ich schlang meine Arme um seinen Rücken und drückte meine Finger in seine Haut. Er küsste mich weiter und biss in meine Unterlippe. Ich liebte es, wenn er so stürmisch und dominant war. Das war er aber nur, wenn wir uns liebten. Sonst war er ein so liebevoller und netter Mensch. Aber er wusste genau, dass ich im Schlafzimmer etwas anderes brauchte.

Er strich mit einer Hand an seinem Oberkörper entlang, hinunter zu meiner Hüfte und dann zu meinem Bein, welches er hinter seine Hüfte klemmte. Stürmisch ging er mit seiner Hand zu meiner Brust und fing an, sie zu kneten. Ein leichtes Stöhnen entwich mir.

„Oh John!", stöhnte ich ihm leise in sein Ohr.

Langsam fing er an, mir mein T-Shirt auszuziehen und stand dann kurz auf, um mir auch meine Hose auszuziehen. Dann lag ich nur noch mit meinem Slip auf unserem Sofa und er schaute gierig auf mich hinunter. Er zog langsam seine Boxershorts aus und kam dann wieder zu mir. Meine Beine drückte er auseinander und ich spürte ihn hart zwischen mir.

„Baby, du kannst dir gar nicht vorstellen, wie heiß du bist!", raunte er mir zu.

„Oh, aber ich spüre es", antwortete ich ihm und glitt mit meiner Hand zu seiner Mitte.

Er stöhnte auf und fing dann wieder an mich zu küssen. Seine Hand wanderte langsam an meinen Brüsten entlang und hin zu meiner Mitte. Ohne Vorwarnung steckte er mir zwei seiner Finger hinein. Er bewegte sie rhythmisch zu meinem Atem, welcher ziemlich schnell ging.

„Baby, du bist so feucht."

„Ich weiß und ich bin kurz davor."

„Ich weiß, ich spüre es!"

Er bewegte seine Finger schneller und ich merkte, wie sich mein Orgasmus langsam aufbaute. Ich bewegte meine Hand auch schneller um ihn und auch er stöhnte. Noch ein paar weitere Stöße mit seinen Fingern in mir und dann schrie ich auch schon seinen Namen. John küsste meine Wange und schaute mich liebevoll an.

„Brauchst du eine Pause?"

Ich schüttelte mit dem Kopf und rieb weiter seine Mitte.

„Ich will dich jetzt in mir spüren", sagte ich und keine Sekunde später war er in mir.

Er bewegte sich schnell und hart in mir und schaute mir dabei die ganze Zeit in die Augen.

Ich liebte ihn so sehr, dachte ich in diesem Moment. Er küsste mich noch einmal stürmisch und kam dann meinem Ohr mit seinem Mund sehr nahe.

„Komm nochmal für mich, Baby!"

Und das tat ich auch. Auch er kam zu seinem Höhepunkt und stöhnte dabei laut auf.

Als sich seine Atmung normalisierte, legte er sich neben mich und hob mich auf seine Brust.

„Oh Mia, du weißt gar nicht, wie sehr ich dich liebe!", sagte er leise und gab mir einen Kuss auf meine Schläfe.

Am nächsten Morgen war ich schon sehr früh wach, denn ich musste arbeiten. Allerdings musste ich nicht in der Hütte kellnern, sondern Jack helfen, unseren Stand für das Straßenfest aufzubauen. JJ war auch dabei und half uns, worüber ich sehr froh war, denn Jack und ich hätten das niemals alleine hinbekommen.

„Na, ihr zwei. Seid ihr bereit für den beste Standaufbauer, den es gibt? ", sagte JJ und begrüßte uns beide.

„Zeig erstmal, was du kannst, bevor du große Reden schwingst!", gab ihm Jack als Antwort und lachte los.

„Alter Mann, rück beiseite!", entgegnete JJ ihm.

„Pass bloß auf, Freundchen!", lachte Jack.

Ich liebte es an JJ, dass er einen so tollen Humor hat. Er konnte auch immer genau einschätzen, bei wem er welche Sprüche sagen kann, ohne dass sie es ihm krummnahmen. Nachdem JJ bohrte und hämmerte, war der Stand innerhalb von zwei Stunden komplett aufgebaut. Wir hatten sogar ein Dach, falls es regnen würde, was sehr praktisch war, weil es letztes Jahr geregnet hatte und JJ und John mit einer Plane über der Fritteuse stehen mussten, damit das Regenwasser nicht in die Fritteuse tropfte.

Wir bieten jedes Jahr frittierte Meeresfrüchte, Burger mit Pommes, Steak und belegte Brötchen an.

Die frittierten Meeresfrüchte werden am liebsten gegessen, wodurch man schnell sein muss, denn es kam schon oft vor, dass sie bereits nachmittags ausverkauft waren. Das Straßenfest ging drei ganze Tage von Freitag bis Sonntag. Sonntag war Familientag, weshalb an diesem Tag am meisten los war und auch am meisten Spaß machte. Jack teilte mich für Freitag mit Frühdienst am Stand ein, sodass ich dann abends mit John über das Straßenfest gehen konnte. Darauf freute ich mich schon sehr. Es gab sogar ein kleines Karussell und obwohl es eigentlich für Kinder ist, durften auch Erwachsene mitfahren.

Nachdem der komplette Stand aufgebaut war, gingen wir zurück in die Hütte und JJ bekam etwas zum Mittagessen aufs Haus. Ich setzte mich auch zu ihm und trank eine Cola.

„Und freust du dich schon auf das Straßenfest?", fragte mich JJ, während er sich Pommes in den Mund schob.

„Ja, ich freue mich total. Du weißt ja, Freitag laufen wir zusammen über das Straßenfest. Ich muss an dem Tag nur bis 15 Uhr arbeiten und sobald du und Mary dann Feierabend haben, kann es losgehen", antwortete ich ihm.

„Das wird super. Sag mal, wie geht es dir eigentlich?", fragte er mich in einem ernsten Ton.

JJ ist sonst nie ernst, er blödelt immer herum und ist eigentlich der Klassenclown.

„Mir geht es gut. Wieso fragst du?", sagte ich und schaute ihn verwirrt an.

„Na ja, ich weiß, dass wir zwei nie über solche ernsten Dinge reden, also zumindest nicht zu zweit. Aber du bist Johns Freundin und hoffentlich irgendwann seine Frau und ich möchte, dass es dir gut geht. John ging es schon richtig dreckig, als das mit eurem Baby war, deshalb will ich mir gar nicht vorstellen, wie es dir geht", sagte JJ und biss in seinen Burger rein.

„Das ist lieb von dir. Aber mir geht es gut. Ich meine, als das passiert ist, ging es mir natürlich nicht gut, aber mittlerweile denke ich, dass es einfach noch nicht der richtige Zeitpunkt war und es nicht sein hat sollen."

„Als John mir erzählt hatte, dass ihr ein Baby bekommt, hätte ich vor Glück schreien können. Ich habe mich so sehr für euch gefreut. Wir hätten ein weiteres Mitglied in unserer kleinen Chaos-Familie gehabt. Ich habe auch gehofft, wenn Mary sieht, dass du ein Kind bekommst, dass sie dann vielleicht auch eins möchte. Aktuell fühlt sie sich noch nicht bereit dafür", sagte JJ ganz ernst.

„Wärst du denn schon bereit für ein Baby?", fragte ich ihn.

„Ja! Ich wäre sowas von bereit. Ich möchte eine Familie mit Mary gründen."

„Und hast du ihr das schon einmal gesagt?"

„Ja, habe ich aber nicht so richtig. Aber eigentlich müsste sie verstanden haben, was ich meine. Immerhin kennt sie mich sehr gut und weiß auch immer, was ich denke. Sie ist meine Seelenverwandte, weißt du. Ich denke, dass John auch dein Seelenverwandter ist", sagte er und biss wieder in seinen Burger.

So ernst habe ich ihn noch nie erlebt.

„Mia, du weißt auch, wenn ich immer nur der Blödi bin, der herumalbert, du kannst auch über ernste Themen mit mir sprechen. Mary ist darin besser als ich, aber ich will damit sagen, dass auch ich immer für dich und natürlich auch für John da bin", sagte er und schaute mich mit einem Lächeln an.

„JJ, das ist wirklich sehr lieb von dir. Danke!", antwortete ich ihm und öffnete meine Arme, sodass er verstand, dass ich ihn umarmen möchte. Er grinste und umarmte mich.

„Jetzt hör aber auf, sonst muss ich noch weinen!", lachte JJ.

„Und da ist er wieder. Der Blödi, der nur herumalbert."

Nun lachten wir beide.

„Kannst du mir einen Gefallen tun und Mary nichts über dieses Gespräch erzählen?", fragte er mich.

„Das bleibt unter uns, versprochen!"

Wenn John mich bittet, es Mary nicht zu erzählen, erzähle ich es ihr trotzdem, weil sie ist immerhin meine beste Freundin und sie würde auch nie etwas verraten. Aber ich beschloss, dass ich dieses Gespräch mit JJ wirklich für mich behalten würde. Es war schön, auch mit ihm über dieses Thema zu sprechen und zu wissen, wie er empfindet. Er zeigt seine Gefühle nie so richtig oder zumindest nicht vor mir. Deshalb war ich sehr froh, dass er sich mir so geöffnet hat.

„Und du weißt auch, dass du immer mit mir sprechen kannst, wenn du etwas auf dem Herzen hast", sagte ich ihm.

Er nickte mit einem Lächeln auf dem Gesicht und schob sich wieder eine Pommes in den Mund.

Kapitel 26

Mein Handy klingelte und ich sah, dass Mary anrief.

„Hi Mary, was gibt es?"

„Hey Mia, ich habe eine super Idee. Ich hab mir gedacht, dass wir mal wieder zu zweit einen draufmachen sollten!"

„Wie kommst du jetzt darauf?", lachte ich.

„Na ja, du hattest es momentan nicht leicht und ich dachte mir, ein bisschen Zeit zu zweit würde uns gut tun. Und nachdem JJ und John diese Party hatten, finde ich, dass wir jetzt dran sind!", antwortete Mary.

„Okay, Mary, du hast recht. Aber ich möchte keinen Alkohol trinken, du weißt ja, wegen meines schlechten Gewissens, und ich muss morgen auch fit sein."

„Ja, wir müssen ja nichts trinken, aber einfach ein bisschen tanzen und Spaß haben. Ich komme bald zu dir und wir machen uns zusammen fertig, abgemacht?"

„Abgemacht!"

Als Mary bei mir war, durchsuchten wir meinen Kleiderschrank und sie suchte mir ein enganliegendes aprikosenfarbenes Kleid aus. Danach schminkten wir uns und Mary machte mir Locken mit dem Lockenstab.

„Hallo, jemand zu Hause?", hörte ich John rufen.

„Liebling, wir sind hier im Badezimmer."

Wir hörten Schritte, bis John dann vor uns stand und uns komisch anschaute.

„Was habt ihr denn vor?", fragte mich John mit großen Augen.

„Wir gehen feiern!", verkündete Mary.

„So willst du feiern gehen, Mia? Suchst du einen neuen Freund, oder was?", witzelte John.

„Also ehrlich, John, du könntest deiner Freundin mal ein Kompliment machen, dass sie extrem heiß aussieht", sagte Mary zu ihm und drohte ihm mit dem Lockenstab.

„Ja, du hast ja recht, aber bitte nimm den Lockenstab runter!", antwortete ihr John.

John nahm meine Hände und kam näher zu mir, um mir einen Kuss zu geben.

„Mia, du siehst sehr hübsch aus!"

„Danke, John!", lächelte ich.

„So und jetzt raus mit dir. Wir müssen uns fertig machen!", sagte Mary und schob ihn aus dem Badezimmer raus.

Nachdem wir komplett gestylt waren, kamen wir aus dem Badezimmer. Mary hatte ein olivengrünes Kleid an und ihre Haare hatte sie locker nach oben gesteckt.

„Und so wollt ihr also rausgehen. Ich glaube, ich sollte JJ anrufen und euch einsperren", witzelte John wieder.

„Du bist unmöglich!", sagte Mary und schlug ihm leicht gegen den Arm.

John lachte und zwinkerte mir zu.

„Also Mädels, wenn was ist, dann ruft mich an. Ich kann euch nachher auch abholen", bot John an.

„Alles gut, John. Ich fahre, weil ich ja morgen sowieso fit sein muss für das Straßenfest."

Ich gab ihm noch einen Abschiedskuss und dann düsten wir los.

Unser Ziel war eine Bar, welche in der Nähe von Marys Haus war. Dort waren wir schon oft, weil sie dort immer einen DJ auflegen ließen. Also war es eigentlich mehr eine kleine Disco.

Angekommen beim Barkeeper bestellte Mary sich ein Bier und ich mir eine Cola.

„Ich freu mich so, Mia! Das wird der beste Abend überhaupt!", schrie mir Mary ins Ohr, weil die Musik so laut war.

Wir stellten uns an die Bar und schauten uns erstmal um. Es war ziemlich viel los und viele der Männer glotzten uns an.

„Wir hätten vielleicht doch etwas anderes anziehen sollen", sagte ich zu Mary und zeigte um uns herum.

„Ach was, Mia. Du siehst super aus und ich auch! Und nur, weil wir beide vergeben sind, heißt das nicht, dass wir uns nicht aufbrezeln dürfen!"

„Ja, da hast du recht!"

Mary nahm meine Hand und führte mich auf die Tanzfläche. Es lief erst ein langsameres Lied und dann schrie der DJ ins Mikrofon:

„Okay Leute und jetzt wird so richtig getanzt!"

Er wechselte das Lied und auf einmal kam ein Rocklied, das ich noch nie gehört habe.

Mary sprang in die Luft und schrie vor Freude. Ich machte ihr es gleich und wir sprangen wie zwei Flummis durch die Luft. Ich lachte die ganze Zeit und Mary sprang immer höher.

So viel Spaß hatte ich schon lange nicht mehr. Das Lied wechselte wieder und es kam wieder ein langsameres Lied. Auf einmal spürte ich eine Hand an meiner Hüfte, weshalb ich mich abrupt umdrehte.

„Hallo Kleine, Lust zu tanzen?", sagte ein Typ, der so aussah, als hätte er schon sehr viel getrunken.

„Nein, danke!", antwortete ich ihm und drehte mich wieder um zu Mary.

Dem Typ war das aber egal und er fasste mich wieder an meiner Hüfte an. Dann schob mich Mary hinter sich und schrie den Typen an:

„Sie hat gesagt nein danke! Also verschwinde, bevor ich gleich komplett ausflippe!"

Der Typ nahm seine Hände vor die Brust und lief langsam zurück.

„Okay, Wachhund Mary, ganz ruhig!", witzelte ich.

„Hey, ich muss doch auf dich aufpassen", sagte Mary.

Ich lächelte sie an und nahm ihre Hände in meine und tanzte langsam mit ihr zu der Musik.

„Das ist die Art von Leben, das ich mir immer gewünscht habe. Ihr seid das, was ich mir immer gewünscht habe. John, du und JJ. Ihr seid meine Familie", sagte ich Mary ins Ohr.

Sie schaut mich mit leichten Tränen in den Augen an.

„Und du, JJ und John seid alles, was ich immer wollte!"

Ich lächelte sie an und drückte sie ganz fest.

Kapitel 27

Heute begann endlich das Straßenfest, weshalb ich sehr gute Laune hatte. Ich fuhr mit meinem Fahrrad zur Hütte und half Jack bei den letzten Vorbereitungen. Dann packten wir noch die restlichen Dinge zusammen, die wir für den Stand brauchten.

Als wir am Stand ankamen, war bereits Melisa da. Sie war mit mir zusammen im Dienst eingeteilt, worüber ich mich sehr freute. Wir räumten alle Lebensmittel ein und machten die Fritteusen heiß, sodass es direkt losgehen konnte, wenn die Gäste kamen. Das Straßenfest begann immer um elf Uhr und wurde mit einer Rede unseres Bürgermeisters eröffnet. Sogar die Kinder hatten an diesem Tag früher Schule aus, sodass sie alle auf das Straßenfest kommen konnten. Und das Beste ist, dass 20 % vom Gesamtumsatz aller Stände gespendet wird für gemeinnützige Projekte. Letztes Jahr wurde mit dem Geld und mit einer großen Spende von einer Privatperson der komplette Kindergarten renoviert. Ich weiß bis heute nicht, wer die Privatperson war, die noch so viel Geld beigesteuert hat, denn es war eine anonyme Spende. Jedenfalls waren wir aber alle sehr glücklich, als wir davon gehört hatten.

Es dauerte nicht lange, bis die ersten Gäste kamen und wir unsere ersten frittierten Meeresfrüchte für dieses Jahr verkauften. Aber auch Burger waren sehr beliebt, weshalb wir auch davon viele verkauften. Melisa und ich waren ein super Team, weshalb alles perfekt funktionierte. Ich richtete das Essen an und sie kassierte ab. Wir bekamen auch viel Trinkgeld, das wir aber sammelten und dann auch zu dem Spendengeld am Ende dazugeben wollten. Nachmittags kam unsere Ablöse und John, Mary und JJ kamen dann auch zu unserem Stand, sodass wir zusammen auf das Straßenfest gehen konnten. Zuerst aber aßen wir alle frittierte Meeresfrüchte, welche ich für uns auf die Seite gestellt hatte, damit wir auch welche abbekamen. Danach schlenderten wir ganz gemütlich über das Fest und hielten an jedem Stand an. Mary holte sich wie jedes Jahr einen Riesenfrüchtebecher und JJ holte sich ein riesiges Softeis. Sie aßen es dann immer zusammen und dippten das Obst in das Eis. Ich holte mir einen leckeren frischgepressten Orangensaft und John holte sich noch einen Avocadotoast. Er liebte diesen Toast und erzählte immer das ganze Jahr davon, wie gut dieser Toast ist. Das Witzige ist, er könnte diesen Toast jeden Tag haben, denn der Stand, welcher diesen Toast anbietet, hat ein Restaurant, wo sie auch diesen Toast auf der Karte haben. Aber John findet, dass der Toast nur auf dem Straßenfest so gut schmeckt. Als wir alle satt waren, gingen wir zum Cocktailstand und holten uns alle den Mango-Brecher. In diesem Cocktail war, wie der Name es schon verriet, Mango. Abgesehen davon war noch Minze, Wodka und Mangosirup darin. Aber es gab noch eine Geheimzutat, welche uns der Standbesitzer aber nie verraten wollte. Wir tranken alle gemütlich unseren Cocktail und saßen auf den Bierbänken, welche aufgestellt waren. Als es dunkel wurde, gab es noch ein großes Feuerwerk, worauf ich mich immer am meisten freute. Nach dem Feuerwerk holte ich mir noch einen Schokoladen-Crêpe und danach gingen wir dann auch langsam heim. Ich schaute noch an dem Stand der Hütte vorbei und sagte allen Gute Nacht.

Als John und ich nach Hause kamen, war ich sehr müde, weshalb ich mich direkt ins Bett legte. John blieb noch ein bisschen auf und schaute fern, aber nicht allzu lang, denn ich war noch wach, als er ins Bett kam und sich an mich kuschelte.

Am nächsten Morgen schliefen wir ganz lange aus und John brachte mir Frühstück ans Bett.

„Gestern war wirklich schön", sagte John.

„Ja, das stimmt. Und das Feuerwerk war wie jedes Jahr der Hammer!", antwortete ich ihm.

„Ich komme später mit dir und bring dich zu eurem Stand“, sagte John und gab mir einen Kuss auf die Stirn.

Ich lächelte ihn zufrieden an, nickte und legte meinen Kopf auf seine Schulter.

Als ich am Stand ankam, machte ich mich direkt an die Fritteuse, denn John wollte noch bei uns zu Mittag essen. Nachdem er seine Riesenportion frittierte Meeresfrüchte gegessen hatte, gab er mir noch einen Kuss auf die Lippen.

„Ich gehe jetzt mit JJ an den Strand und heute Abend kommen wir dann vorbei und ich hole dich dann hier ab, wenn du Feierabend hast“, sagte er und lief in die Menge.

Heute war sehr viel los, weshalb ich John gar nicht lange hinterher sehen musste, denn er verschwand direkt in der Menge. Melisa hatte heute auch wieder Dienst mit mir, weshalb alles super klappte. Jack kam auch kurz vorbei und schaute, ob alles in Ordnung ist. Außerdem brachte er uns Nachschub von den Meeresfrüchten.

„Hallo, ihr zwei. Na, wie läuft es?“, fragte uns Jack.

„Es läuft sehr gut. Wir haben schon ganz viel verkauft. Bis gerade eben waren die Meeresfrüchte ausverkauft, aber jetzt haben wir ja wieder welche“, sagte Melisa und hob triumphierend die Box mit den Meeresfrüchten in die Höhe.

„So, meine lieben Gäste, es gibt wieder frittierte Meeresfrüchte. Allerdings sind die Portionen limitiert. Daher beeilen Sie sich mit dem Bestellen!“, rief Jack in die Menge und alle applaudierten.

Nachdem es etwas ruhiger am Stand wurde, bot ich Melisa an, sich etwas zu essen auf dem Straßenfest zu holen, weshalb sie für ein paar Minuten verschwand. Das war aber nicht weiter schlimm, denn Jack war auch da und konnte mir helfen, wenn viel zu tun wäre. Außerdem hatten wir fast keine Meeresfrüchte mehr, weshalb der größte Andrang vorbei war.

„Ach, Mia, ich liebe diese Straßenfeste. Die gibt es, seit ich denken kann, und seit vielen Jahren verkaufen wir die frittierten Meeresfrüchte“, sagte Jack.

„Ich mag die Straßenfeste auch sehr. Alle haben immer so gute Laune und es macht einfach Spaß", antwortete ich ihm.

„Schaust du dir später noch das Feuerwerk an?", fragte er mich.

„Das kommt darauf an, wie müde ich bin", lachte ich.

„Kommt John später und holt dich ab?"

„Ja, John wird mich abholen."

„Okay, sehr gut. Weil, du weißt ja, hier sind zu später Zeit auch oft Schlägereien und ich will nicht, dass du dann alleine nach Hause gehst", sagte Jack.

„Hallo, ich hätte gerne frittierte Meeresfrüchte", sagte ein Gast.

„Sie sind ein Glückspilz. Das war unsere letzte Portion", antwortete ich ihm und fing an, die Meeresfrüchte vorzubereiten.

„Eyyyyy, einmal Meeresfrüchte!", schrie mir ein offensichtlich sehr betrunkener Mann ins Ohr.

Ich hatte ihn gar nicht kommen sehen, aber er stand auf einmal direkt vor mir am Stand.

„Das tut mir sehr leid. Aber die letzte Portion wurde gerade an den Herrn neben Ihnen verkauft", antwortete ich ihm.

„Ich will Meeresfrüchte!", schrie der Mann wieder.

„Wir haben keine mehr. Sie müssen morgen wieder kommen", sagte ich ihm.

Auf einmal kam er mir ganz nahe und versuchte, mich am Hals zu packen, doch zum Glück ging sofort Jack dazwischen und packte den Mann zur Seite.

„Sofort aufhören!", schrie Jack den Mann an.

Doch der betrunkene Mann dachte gar nicht daran aufzuhören und schubste Jack weg von sich und versuchte wieder auf mich zuzugehen. Und in diesem Moment stand auf einmal John vor mir und schlug dem betrunkenen Mann ins Gesicht, sodass er zu Boden ging.

„John, bist du verrückt. Du kannst ihn doch nicht so ins Gesicht schlagen!", schrie ich vor Schreck.

„Doch das musste ich", sagte John und nahm das Messer, welches der Mann in der Hand hatte, zu sich.

„Er hatte ein Messer!", sagte John.

„Das habe ich nicht gesehen", antwortete ich ihm.

„Das tut mir leid, John. Ich habe das Messer nicht gesehen. Ich wollte dich nicht blöd von der Seite anmachen", sagte ich wieder und dann musste ich anfangen zu weinen.

„Ich hole die Polizei", sagte Jack.

John kam zu mir und nahm mich in den Arm und versuchte, mich zu beruhigen.

„Mia, du musst nicht weinen. Es ist alles in Ordnung!", sagte John in seiner ruhigen Stimme zu mir.

„Ich weiß gar nicht, warum ich weine", antwortete ich ihm.

Melisa kam zu unserem Stand und sah mich weinen und wie Jack auf dem betrunkenen Mann saß, der wieder wach war. Zum Glück haben es viele gesehen und helfen Jack, den Mann festzuhalten.

„Was ist den passiert Mia? Warum weinst du denn? Bist du verletzt?", löcherte mich Melisa.

„Nein, es ist alles in Ordnung. Ich stehe nur unter Schock", antwortete ich ihr.

Sie nahm mich in den Arm und drückte mich ganz fest. John erzählte ihr, was passiert ist.

„Die Polizei ist gleich da", sagte der Gast, welcher die letzten Meeresfrüchte bekam.

„Oh nein, die Meeresfrüchte", schrie ich auf und ging zur Fritteuse.

„Sie sind total verbrannt. Das tut mir so leid!", sagte ich zu dem Herrn.

„Das ist kein Problem. Mir ist der Appetit sowieso vergangen", lachte der Gast.

Jetzt musste ich auch etwas lachen und machte die Fritteuse aus. Meine Tränen ließen nach und ich fragte mich, wieso ich überhaupt angefangen habe zu weinen. Ich schätze, dass einfach alles zu viel war. Erst der Überfall und jetzt noch das.

Als die Polizei kam, erzählten wir ihnen, was passiert war, und sie nahmen den betrunkenen Mann mit.

„Jack, ich rufe dich in der Hütte morgen an, falls wir noch Fragen haben", sagte ein Polizist zu Jack. Die zwei kannten sich gut, denn der Polizist kam oft zu uns in die Hütte zum Mittagessen.

„Ja, natürlich", antwortete Jack ihm.

Die Polizisten nahmen den Mann hoch und liefen mit ihm zum Polizeiauto, wo sie ihn dann auf die Rückbank setzten. Sie haben ihm sogar Handschellen angelegt, was aber auch nötig war, denn er versuchte sich noch immer zu wehren.

Wir entschieden uns, den Mann nicht anzuzeigen, denn Jack erkannte ihn und erzählte uns, dass dem Mann eine Elektrofirma gehörte, die er aber vor ein paar Wochen aus finanziellen Gründen schließen musste. Und dann hat sich auch noch seine Frau von ihm getrennt und ist mit den Kindern in eine eigene Wohnung gezogen. Der Mann tat mir einfach so leid und er hatte ja jetzt schon genügend Ärger am Hals. John fand es im ersten Moment nicht gut, dass ich keine Anzeige erstatten wollte, aber er konnte es dann doch nachvollziehen, warum der Mann mir so leidtat. Ich wollte nicht, dass er jetzt noch mehr Probleme bekommt und dann vielleicht seine Kinder nicht mehr sehen darf. Der Polizist versicherte mir aber, dass der Mann auf jeden Fall ein Antiaggressionstraining machen musste und zu einem Psychologen muss, weil er so betrunken war. Zumindest würde das Gericht in solchen Fällen solche Anordnungen machen.

„Was für ein Abend", sagte ich zu John.

„Das kannst du laut sagen!", antwortete er mir.

„Zum Glück warst du in diesem Moment hier. Ich wüsste nicht, was sonst passiert wäre", sagte ich und bekam schon wieder Tränen in den Augen.

„Es ist ja zum Glück nichts passiert", sagte John.

Wir räumten zusammen den Stand auf und schlossen ihn dann ab, denn Jack wollte, dass wir Feierabend machen. Außerdem gab es kaum noch Essen, welches wir verkaufen konnten.

„Melisa, wirst du abgeholt, oder soll ich dich nach Hause fahren?", fragte Jack.

„Ich wollte eigentlich nach Hause laufen", sagte sie.

„Auf keinen Fall. Ich fahre dich nach Hause!", antwortete Jack ihr.

Ich war froh, dass er sie nach Hause fuhr, den dann wusste ich, dass sie dort gut ankommen würde. Wir verabschiedeten uns und liefen dann auch los Richtung Auto.

Als wir zu Hause waren, machte John mir noch einen Tee.

„Zum Glück wars du da", sagte ich zu ihm und küsste ihn auf seine Lippen.

„Ich werde immer da sein!"

Und als er das sagte, wusste ich, dass er immer für mich da sein wird. Er sagte es nicht nur so, er meinte es auch so.

Er fing an, meine Lippen und meinen Hals zu küssen. Dann hob er mich an den Hüften hoch und trug mich ins Schlafzimmer, wo er mich vorsichtig auf unser Bett legte.

Er liebkoste mich und streichelte mich am ganzen Körper. Langsam zog er mir meine Kleidung aus und küsste mich wieder auf meine Lippen. Dann zog ich ihm sein T-Shirt und seine Hose aus. Er legte sich zu mir und küsste mich ganz zärtlich. Dann streichelteer mit seiner Hand über meine Wange und tastete sich nach unten zu meinem Innenschenkel vor. Als er schließlich ganz langsam seine Finger in mich führte, presste er seine Lippen auf meine, um mein Stöhnen zu unterbinden. Ich führte meine Hand zu ihm nach unten und nahm ihn in die Hand. Ganz vorsichtig bewegte ich meine Hand hoch und runter. Jetzt stöhnte auch John, was mich noch mehr erregte. Nachdem er es schaffte, mich zweimal mit seinen Fingern kommen zu lassen, stieß er so tief in mich rein, dass ich vor Erregung laut aufschrie. Und dann schaffte er es, mich ein drittes Mal in dieser Nacht kommen zu lassen.

Kapitel 28

Am letzten Tag des Straßenfests ging es zum Glück ruhiger zu, denn es war Familientag. Deshalb kaufte Jack ein großes Glas Gummibärchen, woraus alle Kinder sich etwas nehmen durften. Das Straßenfest geht heute nur bis zwanzig Uhr und wird dann mit einem Feuerwerk beendet. Jack hat deshalb beschlossen, dass wir nur bis 17 Uhr Essen anbieten und danach zusammen abbauen, sodass wir alle das Feuerwerk anschauen können. Die Zeit ging rasend schnell vorbei und dann hatten wir auch schon siebzehn Uhr und John, Mary und JJ waren da, um uns beim Abbauen zu helfen. Eigentlich bauten nur JJ und John alles ab, denn wir Mädels waren ihnen keine wirkliche Hilfe. Als alles abgebaut war, räumten wir alles in den Track von Jack und tranken danach zusammen ein Bier.

„Vielen Dank für eure Hilfe!", sagte Jack in die Runde und stieß mit uns an.

„Das machen wir doch gerne, alter Mann!", antwortete JJ ihm.

„Warte nur ab, bis du in mein Alter kommst!", lachte er zurück.

Nachdem wir alle unser Bier leergetrunken hatten, liefen wir zusammen zu dem Cocktailstand, welcher noch nicht abgebaut war. Wir bestellten uns alle etwas zu trinken und setzten uns auf die Bierbänke. Auch Jack und Melisa waren dabei und witzelten mit JJ und John herum.

Ich saß neben Mary und war in ihrem Arm eingehackt, sodass ich meinen Kopf auf ihre Schultern legen konnte.

„Das war vielleicht ein Wochenende", lachte ich.

„Ja, das kannst du laut sagen. Es war sehr schön gewesen, außer die Auseinandersetzung mit dem Typen. Das war echt beängstigend, als du mir das erzählt hast am Telefon."

Ich rief nämlich an dem Abend noch Mary an und erzählte es ihr.

„Ja, für mich war es auch beängstigend. Zum Glück mussten wir nicht nochmal zum Polizeirevier und eine Aussage machen, weil ich ja auch keine Anzeige erstattet habe", erzählte ich ihr.

„Das finde ich sehr nett von dir, dass du keine Anzeige erstattet hast."

„Ich wollte ihm nicht noch mehr Probleme bereiten. Denn er hatte schon genügend Schwierigkeiten und seine Kinder sollen auch nicht leiden. Es wird schon peinlich genug für sie sein, dass ihr Vater sich so benommen hat, vor allem aber, wenn er jetzt noch angezeigt wird, und dann auch noch verurteilt wird, wäre es noch schlimmer für die Kinder und das wollte ich nicht. Außerdem leben die Kinder ja bei der Mutter, sonst wäre das wieder etwas anderes. Wobei ich mir nicht vorstellen kann, dass er seinen Kindern etwas antun würde. Jack kennt ihn von früher und sagte, dass er eigentlich ein sehr netter Mann ist. Nur nachdem, was alles passiert ist, sei er wohl einfach durchgedreht und hat zum Alkohol gegriffen."

Mary nickt und nahm meine Hand und drückt sie leicht.

„Aber ein anderes Thema, Mia. Hast du nochmal mit deiner Mutter gesprochen?", fragte mich Mary.

„Nein, habe ich nicht. Ich habe ihr aber eine Nachricht geschrieben. Vielleicht rufe ich sie ja mal morgen an."

„Ja, das solltest du tun, Mia!", sagte sie und drückte mich leicht.

Nachdem das Feuerwerk vorbei war und JJ und John ziemlich angetrunken waren, gingen wir nach Hause. Ich fuhr noch JJ und Mary nach Hause und fuhr danach zu uns. John ist auf dem Sitz eingeschlafen und ich weckte ihn langsam mit einem Kuss auf seine Stirn.

„Aufwachen, John. Wir sind zu Hause", flüsterte ich ihm ins Ohr.

Er machte langsam seine Augen auf und lächelte mich an. Dann stand er vorsichtig auf und stieg aus dem Auto. Als wir im Haus ankamen, legte er sich sofort ins Bett und ich tat es ihm gleich, denn ich war genauso müde wie er.

Kapitel 29

Ich setzte mich am nächsten Morgen mit meinem Kaffee auf die Veranda und schaute auf meinen Laptop. Bei meiner Mutter war es jetzt 10 Uhr abends, also versuchte ich sie anzurufen, in der Hoffnung, dass sie noch wach ist. Ich ließ es kurz klingeln und dann sah ich sie am Bildschirm. Sie hatte bereits ihren Schlafanzug an und hatte ihr Haar zu einem hohen Zopf zusammengebunden. Es stand ihr gut, weil sie sonst eigentlich immer ihre Haare nur offen hat.

„Hallo Mia, mein Liebling."

„Hallo, Mama", sagte ich und lächelte.

„Wie geht es dir, mein Liebling?"

„So weit geht es mir eigentlich sehr gut. Ich bin nur ganz schön müde. Wir hatten hier ein Straßenfest und die Hütte hatte dort einen Stand, an dem ich jetzt drei Tage lang gearbeitet habe. Gesten war es ganz schön spät, als ich heimkam", erzählte ich ihr.

„Das hört sich aber toll an mit eurem Straßenfest. War viel los?"

„Ja, es war sehr viel los. Wir haben dieses Straßenfest immer einmal im Jahr von Freitag bis Sonntag. Und wie geht es dir? Ich hoffe, ich habe dich nicht geweckt?"

„Nein, du hast mich nicht geweckt, Mia. Ich war noch wach und war gerade sowieso am Computer. Mir geht es auch gut. Ich vermisse dich nur sehr!", sagte sie und ich sah, wie ihr eine Träne über die Wange lief.

„Mama, jetzt wein doch nicht. Du fehlst mir doch auch!", sagte ich, obwohl ich gar nicht wusste, ob sie mir wirklich fehlte, aber ich wollte nicht, dass sie traurig ist.

„Tut mir leid, aber du kennst mich ja. Ich werde immer sehr schnell emotional", lachte sie.

„Ja, ich weiß. Wie geht es Papa und Paul?", fragte ich sie, um sie abzulenken.

„Denen geht es auch gut. Paul war heute Mittag zum Kaffee da und er hat mir versprochen, dass er sich bald bei dir melden will und auch mit dir facetimen möchte."

„Na, das will ich aber auch hoffen. Er hat bis jetzt noch nie mit mir gefacetimt."

„Ja, er hat viel um die Ohren wegen der Arbeit, weißt du", antwortete meine Mutter und ich merkte sofort, dass sie lügt.

„Kann es sein, dass Paul auf mich sauer ist?", fragte ich sie ganz offen.

„Was? Sauer? Wieso sollte er sauer sein?", fragte sie ganz nervös und ich merkte wieder, dass sie lügt.

Sie würde mir nichts erzählen, also muss ich warten, bis er sich bei mir meldet.

„Du kannst ihm ja sagen, dass er sich morgen bei mir melden kann. Also morgen in eurer Zeit", lachte ich.

„Das werde ich ihm ausrichten. Und wie geht es John?"

„John geht es auch gut. Er ist jetzt gerade arbeiten."

„Schön, das freut mich. Sag ihm bitte liebe Grüße von mir."

Ich nickte und lächelte sie über die Kamera aus an. Nun tat es doch gut, sie zu sehen und mit ihr zu sprechen.

„Und wie geht es dir sonst, Mia?"

Ich wusste genau, worauf sie anspielen wollte.

„Mir geht es aktuell wirklich gut. Eigentlich sollte es mir schlecht gehen, oder?", sagte ich und bekam ein schlechtes Gewissen.

„Nein, es sollte dir nicht schlecht gehen. Ich bin froh, dass du es gut verkraftet hast und nach vorne schaust. Zumindest machst du mir solch einen Eindruck", sagte sie.

„Ja, ich schaue nach vorne. Etwas anderes bleibt mir ja nicht übrig, oder?"

„Da hast du recht. Das einzig Gute an dieser furchtbaren Zeit mit Mike ist wohl, dass du gelernt hast, mit schwierigen Situationen gut umzugehen", sagte sie ganz ehrlich zu mir.

„Darauf hätte ich auch verzichten können!", lachte ich.

Ich musste darüber lachen, denn wenn ich auf dieses Thema jetzt eingehen würde, würden wir uns nur streiten, also versuchte ich, dieses Thema direkt abzuwimmeln.

„Und sonst, was steht so die nächsten Tage noch bei euch an?", fragte ich.

„Mike und seine Freundin haben dieses Wochenende ihre Babyparty, wofür ich dann noch Kuchen backen muss. Ich freue mich schon sehr. Sie verraten uns dann auch endlich das Geschlecht des Kindes", sagte sie und freute sich total.

„Schön, das freut mich", log ich.

„Na ja, ich möchte dich nicht weiter stören und du willst sicherlich schlafen gehen. Wir können ja in den nächsten Tagen nochmal telefonieren", fuhr ich fort.

„Ja, das fände ich sehr schön. Ich habe dich sehr lieb, Mia!", antwortete sie.

„Ich habe dich auch lieb. Also bis bald und sag Paul, er soll sich bei mir melden."

Sie nickte und winkte in die Kamera und dann wurde der Bildschirm schwarz, als sie aufgelegt hatte.

Ich überlegte, ob ich Paul vielleicht auf Facebook schreiben sollte. Aber ich wusste nicht mal, ob er überhaupt noch Facebook hatte, also suchte ich ihn. Doch leider fand ich ihn nicht, wobei er natürlich auch einen anderen Namen auf Facebook haben könnte. Also fing ich an, seine Freunde von früher auf Facebook zu suchen. Ich fand mehrere seiner Freunde, doch er war auf keinem Foto oder irgendwo maskiert. Ich gab die Suche auf und hoffte einfach, dass er sich bald bei mir melden würde. Doch dann ergriff ich die Initiative und schrieb meiner Mutter auf Skype, dass sie mir Pauls Handynummer geben soll. Dann könnte ich ihm eine WhatsApp-Nachricht schicken, denn Anrufen würde viel zu viel kosten. Als ich die Nachricht an meine Mutter abgeschickt hatte, stellte ich den Laptop auf die Seite und legte mich noch ein wenig in die Sonne.

Als ich wenig später auf meinen Laptop schaute, sah ich, dass meine Mutter meine Nachricht noch gelesen hatte und mir die Handynummer von Paul geschickt hatte. Ich war überglücklich und nahm direkt mein Handy in die Hand und tippte eine Nachricht los:

Hallo Paul,
hier ist Mia, deine Schwester,
falls du dich noch erinnern kannst.
Ich würde mich total freuen, wenn wir mal telefonieren
könnten. Ich habe ja Skype, über das ich auch immer mit
Mama telefoniere. Melde dich bitte bei mir. Ich habe dich
lieb und vermisse dich!
Deine Mia

Ich schaute mir sein Profilbild an, es war ein Foto von ihm im Sommer an einem See. Er saß auf einer Luftmatratze, welche im Wasser schwamm. Und er grinste von links nach rechts mit seinem tollen Lächeln. Als ich dieses Bild anschaute, liefen mir Tränen die Wange hinunter. Erst jetzt merkte ich, wie sehr er mir fehlt, und was für starke Schuldgefühle ich hatte, weil ich ihn zurückgelassen hatte. Ich wollte ihn ja mitnehmen, nur er wollte nicht. Vielleicht hätte ich ihn damals einfach zwingen sollen mitzukommen, aber wie hätte ich das nur anstellen sollen.

Meine Nachricht hatte zwei Haken, aber die Haken waren noch nicht blau. Ich sah auch, dass er das letzte Mal vor knapp zwei Stunden online war.

Ich legte mein Handy auf die Seite und machte mich für die Arbeit fertig. Eigentlich hätte ich heute frei, aber wir waren total unterbesetzt, weil drei meiner Kolleginnen krank waren. Jack hatte mich nicht gefragt, aber ich habe angeboten, dass ich über den Mittagsservice aushelfen könnte.

Ich machte mir noch einen Kaffee und nahm diesen in meinem Thermobecher mit mir. Mein Fahrrad ließ ich aber stehen, denn ich hatte noch genügend Zeit, weshalb ich heute zur Hütte laufen wollte. Ich nahm meine Kopfhörer mit und hörte eines meiner Lieblingslieder von den Beatles an: „Here comes the sun".

Ich liebte dieses Lied so sehr, denn davon bekam ich immer sehr gute Laune.

Bevor ich in die Hütte reinlief, nahm ich nochmal mein Handy in die Hand und sah, dass die Häkchen von meiner Nachricht an Paul noch immer nicht blau waren. Aber vermutlich schlief er auch, denn bei ihm in Deutschland war jetzt Nacht.

Nach meiner Schicht ging ich nach Hause und legte mich auf das Sofa. Ich war ziemlich müde, weshalb ich vor mich hindöste, doch auf einmal wurde ich von einem Skype-Anruf wach. Mein Laptop stand auf dem Wohnzimmertisch und ich sah, dass meine Mutter anrief. Erst überlegte ich, nicht dranzugehen, doch dann entschied ich mich doch dafür. Das Bild öffnete sich und Paul saß vor der Kamera.

„Wie könnte ich dich jemals vergessen, Schwesterchen!", lachte Paul in die Kamera.

Ich hob beide Hände vor meinen Mund und mir liefen die Tränen. Es dauerte nicht lange, bis ich schluchzte und richtig weinen musste.

„Mia, bitte wein doch nicht", sagte Paul und kam mit seinem Kopf näher.

So, als könnte er mir dadurch näher sein oder mich berühren.

„Ich kann es nicht glauben, Paul. Du hast mir so gefehlt!", schluchzte ich und wischte dabei meine Tränen weg.

Ich versuchte, mich zu beruhigen, damit ich klare Worte rausbekam.

„Wie geht es dir, Paul?"

„Mir geht es gut, meine liebe Mia. Und wie geht es dir?"

„Jetzt, wo ich dich endlich sehe, geht es mir auch wieder gut", sagte ich und lächelte in die Kamera.

„Na ja, du hättest schon lange mit mir reden können oder mich sehen, aber du wolltest ja anscheinend nicht", sagte Paul in einem ernsten Ton, fast schon, wie wenn er sauer wäre.

„Nein, Paul, das stimmt nicht. Ich wollte dich immer sehen. Seit dem Tag, an dem ich gegangen bin, aber es war einfach schwer für mich, mit allem klarzukommen."

„Mit Mama und Papa konntest du aber komischerweise reden und sie waren sogar bei dir!", knallte er mir hin.

„Paul, sie sind von selbst zu mir gekommen. Und was hätte ich denn machen sollen? Sie wieder wegschicken?"

„Nein, aber du hättest dich einfach früher bei mir melden müssen."

„Ich weiß, Paul, und das tut mir leid. Es tut mir wirklich leid!"

Ich weiß nicht mal, warum ich mich nicht früher bei ihm gemeldet habe. Er fehlte mir immer so und trotzdem habe ich es nicht geschafft, mich bei ihm zu melden.

„Okay. Lass uns nicht streiten, immerhin haben wir uns ewig nicht gesehen. Mama hat mir viel von dir erzählt und vor allem auch von deinem süßen John", lachte er los.

Und da war er wieder. Mein Paul, der immer rumalberte und Witze machte.

„So, wie ich Mama kenne, hat sie dir schon alles bis ins kleinste Detail erzählt, sodass ich dir vermutlich gar nichts mehr groß sagen muss."

„Ja, da hast du recht", lachte er laut los.

„Ich bin schon genau im Bilde. Aber jetzt sag mal ehrlich: Geht es dir gut?"

„Ja, Paul. Mir geht es wirklich sehr gut hier. Ich bin endlich glücklich und ich hoffe, dass du es auch bist!?"

„Ja, ich bin auch endlich glücklich. Und weil ich ja wusste, dass es nur eine Frage der Zeit ist, bis du dich dann endlich bei mir meldest, habe ich mir ein Flugticket gekauft, um dich zu besuchen", grinste er.

„Was hast du?", wieder liefen mir die Tränen herunter.

„Na ja, du meinst doch nicht, dass du jahrelang den Kontakt zu mir abbrechen kannst, und ich dich dann nicht direkt besuchen komme. Um genau zu sein komme ich in sechs Tagen zu dir", lachte er los.

Ich konnte es nicht glauben, er kam wirklich zu mir. Bald konnte ich ihn wieder in den Armen halten und bei ihm sein.

„Paul, ich freue mich so. Du kannst dir gar nicht vorstellen, wie sehr ich mich freue."

„Das freut mich zu hören. Ich war nämlich erst verunsichert, ob diese Idee so gut wäre und ob du mich überhaupt sehen möchtest."

„Paul!", schrie ich schon fast.

„Natürlich möchte ich dich sehen. Ich wünschte, du wärst jetzt schon bei mir."

„Noch sechs Tage, meine liebe Mia, und dann sind wir endlich wieder vereint."

Und damit beendeten wir auch unser Gespräch, denn wir wollten beide warten, bis wir uns in den Armen halten konnten und dann persönlich miteinander reden können.

Ein paar Minuten, nachdem ich aufgelegt hatte, kam John nach Hause. Er schloss die Tür auf und ich rannte auf ihn zu. Er konnte mich gerade noch auffangen.

„John, du wirst es nicht glauben. Paul kommt uns in sechs Tagen besuchen. Du wirst endlich meinen Bruder kennenlernen!", schrie ich und musste schon wieder anfangen zu weinen.

„Was?"

„Ja, wir haben gerade auf Skype telefoniert und dann hat er es mir gesagt."

„Wow, das ist ja unglaublich. Ich freue mich so für dich, Mia. Und ich bin so gespannt, endlich mal deinen Bruder kennenzulernen!"

„Ich freue mich auch so sehr, John!"

Kapitel 30

Als ich heute aufwachte, wusste ich, dass heute vermutlich einer der schönsten Tage überhaupt wird, denn heute kam endlich Paul zu mir. Sein Flugzeug landete um halb eins und ich wollte ihn am Flughafen abholen. Ich war schon seit fünf Uhr wach, denn ich konnte einfach nicht mehr schlafen. Also machte ich ein wenig den Haushalt und schaute nochmal, ob in unserem Gästezimmer alles gerichtet war für Paul. Danach dekorierte ich noch den Kuchen, welchen ich am Abend zuvor für Paul gebacken habe. Es war sein Lieblingskuchen: Apfelkuchen mit Walnusskruste. Zumindest war dieser Kuchen früher sein absoluter Lieblingskuchen. An jedem Geburtstag wollte er, dass wir ihm diesen Kuchen backen. Ich schrieb mit einer blauen Lebensmittelfarbe „Willkommen in Hawaii, Paul!" auf den Kuchen. Ich ging noch duschen und machte mich fertig. Dann entschied ich, schon zum Flughafen zu fahren und dort noch zu warten, was aber in Ordnung war, denn dort gab es ein tolles Café, wo ich mir noch etwas zu trinken und zu essen holen würde. Denn vor lauter Aufregung habe ich heute noch nichts gegessen.

Als ich am Flughafen ankam, parkte ich mein Auto bei den Besucherparkplätzen und ging zu dem Café. Ich holte mir einen großen Cappuccino und ein Schokocroissant und setzte mich damit draußen an einen Tisch. Als ich auf meine Uhr schaute, hatten wir bereits zwölf Uhr. Ich holte mein Handy raus und schrieb Mary, dass ich sehr aufgeregt bin. Sie antwortete mir direkt und schrieb, dass das normal ist und das ich mich verdammt nochmal freuen solle. Und das tat ich auch, ich freute mich so sehr, ihn zu sehen, dass ich schon fast Angst bekam. Es ist mehrere Jahre her, dass ich ihn das letzte Mal gesehen habe.

Nachdem ich meinen Cappuccino ausgetrunken hatte und mein Croissant in meinem Magen war, lief ich los zu dem Gate, wo sein Flugzeug landen sollte.

Ich schaute auf die Anzeige und sah, dass sein Flugzeug bereits gelandet war. Sicherlich ist er noch bei der Gepäckausgabe. Ich stand dort und jedes Mal, wenn jemand durch den Ausgang kam, hoffte ich, dass es Paul ist. Ich schaute wieder auf die Uhr und nun war es bereits 13 Uhr und so langsam machte ich mir Sorgen. Vielleicht hat er einen Rückzieher gemacht und ist doch noch böse auf mich, weil ich mich so lange nicht gemeldet habe. Doch dann kam wieder jemand aus dem Ausgang und ich erkannte ihn sofort. Es war Paul. Mein Paul. Mit seinen braunen lockigen Haaren und seinem lässigen Gang würde ich ihn überall erkennen. Automatisch liefen mir die Tränen die Wangen hinunter und ich lief los. Aus dem Laufen wurde ein Rennen und ich sprang in seine Arme. Nun heulte ich wie ein Schlosshund und Paul drückte mich fest an sich. Nach einer gefühlten Ewigkeit lösten wir uns aus der Umarmung und ich schaute in sein Gesicht. Er lächelte mich an und auch ihm sind ein paar Tränen die Wange hinuntergelaufen.

„Paul, ich kann es nicht glauben. DU bist endlich hier bei mir."

„Oh, glaub mir, ich kann es auch nicht glauben. Du bist ja total braun geworden."

„Na ja, dass passiert eben, wenn man hier wohnt. Warte mal ab. Wenn du wieder nach Hause fliegst, wirst du auch braun gebrannt sein", lachte ich.

„Wie geht es dir? Wie war dein Flug?"

„Mir geht es sehr gut, Mia. Und mein Flug war super, weil ich fast die ganze Zeit geschlafen habe", lachte er.

Dieses Lachen habe ich schon so lange nicht mehr gesehen oder gehört. Es war Balsam für meine Seele, denn nun wusste ich, dass es ihm wirklich gut geht.

„Und wie geht es dir, Mia?"

„Mir geht es auch gut. Ich bin schon seit fünf Uhr wach, weil ich so aufgeregt war und so voller Vorfreude", beichtete ich ihm.

„Du musst doch nicht aufgeregt sein."

„Also lass uns zum Auto gehen. Hast du Hunger?", fragte ich ihn.

„Ja, ich habe einen Bärenhunger. Gibt es hier ein gutes Restaurant?"

„Natürlich. Ich arbeite in dem besten Restaurant, das du hier finden kannst."

„Na, worauf warten wir dann?", lachte er und nahm meine Hand und lief los.

Es fühlte sich wie früher an, diese enge Verbundenheit, welche wir hatten und anscheinend noch immer haben. Als wäre nie etwas gewesen, als wäre ich nie von ihm getrennt gewesen.

Wir liefen zum Auto und räumten seinen Koffer in meinen Kofferraum.

„Viel Gepäck hast du aber nicht dabei, wie es aussieht", lachte ich, denn er wollte eigentlich zwanzig Tage hierbleiben. Und direkt bekam ich wieder Angst, dass er vielleicht schon früher gehen will.

„Worüber denkst du gerade nach?", fragte er mich.

„Ich denke über nichts nach", log ich ihn an.

„Ach, komm schon, Mia. Ich kenne dich. Diesen Blick von gerade eben hast du nur, wenn du über etwas nachdenkst. Also spuck es schon aus!"

„Na ja, ich dachte nur, dass du sehr wenig Gepäck dabeihast, und das bedeutete, dass du vielleicht nicht zwanzig Tage bei uns bleiben willst wie geplant."

Jetzt lachte Paul los und nahm meine Hand.

„Mia, ich bleibe die ganzen zwanzig Tage, aber ich habe weder Handtücher, Duschgel, Sonnencreme oder sonst was dabei. Da sind nur Unterhosen, T-Shirts und Badehosen drinnen. Und den Rest werde ich mir hier kaufen oder von dir schnorren", lachte er laut los.

„Du bist so bescheuert. Und du hast dich überhaupt nicht verändert. Also im positiven Sinne natürlich."

„Danke, Mia. Und du bist auch noch die Alte. Aber bei euch ist es aber ganz schön warm. Hast du nicht gesagt, dass es hier kühler ist, weil der Herbst kommt?"

„Na ja, im Sommer ist es noch wärmer, also ist diese Temperatur bereits kühler."

Er schüttelte leicht den Kopf und lachte.

„Oh Mia, ich habe dich wirklich vermisst!"

Während der Fahrt erzählte er mir, wie sein Leben in den letzten Jahren so aussah. Er erzählte mir von seiner Exfreundin, mit der er aber nur ein paar Monate zusammen gewesen war. Mittlerweile hat er sogar eine eigene Wohnung, welche er mir auch ganz genau beschreibt. Ich freute mich so sehr für ihn, dass mir sogar ein paar Tränen die Wange runterliefen vor Glück. Paul merkte es aber nicht, denn er war viel zu sehr damit beschäftigt, die tolle Natur anzuhimmeln, von der wir umgeben waren.

Nach kurzer Zeit waren wir dann endlich an der Hütte angekommen.

„So, und hier arbeitest du also?", fragte mich Paul, als wir aus dem Auto stiegen.

„Ja, genau hier arbeite ich. Und ich liebe es hier", antwortete ich ihm.

Wir liefen zum Eingang und als wir in die Hütte reinliefen, kam uns auch schon Jack entgegen.

„Hallo Mia und hallo Paul. Es freut mich sehr, dich kennenzulernen. Ich bin Jack, der Besitzer", sagte Jack und streckte Paul die Hand entgegen.

„Hallo, es freut mich auch sehr", antwortete Paul und grinste ihn mit einem großen Lächeln an.

„Ich habe für euch auf der Terrasse den besten Platz reserviert", sagte Jack und brachte uns hin.

Er reichte uns die Speisekarte und legte uns Besteck an den Tisch.

„Mia, du gibst mir einfach ein Zeichen, wenn ihr bestellen wollt."

„Ja, das mache ich. Vielen Dank, Jack."

Paul stöberte durch die Speisekarte und schaute immer wieder auf und lächelte mich an.

„Ich kann es noch immer nicht glauben, dass ich jetzt wirklich hier mit dir sitze", sagte Paul.

„Ja, ich kann es auch kaum glauben. Wir haben uns so lange nicht gesehen und jetzt sitzen wir hier in Hawaii und essen etwas zusammen", lachte ich.

„Also hätte mir das jemand vor fünf Jahren erzählt, hätte ich darüber gelacht und es nicht geglaubt", sagte Paul und legte seine Hand auf meine.

„Es tut wirklich gut zu sehen, dass du endlich so glücklich bist, Mia!"

Ich lächelte Paul an und würde am liebsten in Tränen ausbrechen.

„Jetzt fang aber nicht an zu heulen", witzelte Paul.

„Nein, das werde ich nicht."

Wir entschieden uns beide für das Club-Sandwich, welches ich immer mit Mary bestellte, und natürlich tranken wir eine Mangoschorle mit Minze.

Jack lachte, als wir das bestellten, und erzählte Paul, dass es mein Lieblingsgericht ist.

„So, jetzt erzähl aber mal, Mia. Wann werde ich den berühmten John kennenlernen?", fragte Paul.

„Heute Abend wirst du ihn und meine zwei besten Freunde Mary und JJ kennenlernen. Mary macht für uns alle Abendessen bei ihr. Ich hoffe, es ist für dich in Ordnung, dass ich das einfach geplant habe, ohne dich zu fragen. Wenn du natürlich keine Lust hast, wäre das auch in Ordnung."

„Doch, das ist in Ordnung für mich", unterbrach mich Paul.

„Ich freue mich schon sehr, John und deine Freunde endlich kennenzulernen."

Als unser Essen kam, verputze Paul sein Sandwich in Windeseile. Das tat er früher auch immer, weshalb wir ihn immer auslachten. Danach tranken wir noch einen Kaffee und verabschiedeten uns von Jack.

„So, jetzt fahren wir zu mir und dann kannst du dich noch ein bisschen ausruhen, weil du bist sicherlich müde."

„Ja, ein kleines Nickerchen wäre jetzt nicht schlecht."

Kapitel 31

Nachdem Paul ewig geschlafen hat, sind wir dann zu Mary gefahren. John ist direkt nach der Arbeit zu ihr gefahren, weil er JJ noch im Garten helfen musste, eine Hollywoodschaukel aufzubauen. Mary hat sich diese schon sehr lange gewünscht und als sie gestern geliefert wurde, musste diese natürlich so schnell wie möglich aufgebaut werden. Ich fand es sogar gut, dass John nicht zu Hause war und Paul sich somit noch ausruhen konnte, denn er wäre bestimmt nicht schlafen gegangen, wenn John zu Hause gewesen wäre.

„Also, dann erzähl mal. Was muss ich über deine neuen Freunde wissen, und über John? Sehr viel hast du mir ja noch nicht erzählt und Mama schwärmt die ganze Zeit von ihm", lachte Paul.

„Na ja, was soll ich sagen. John ist toll und er behandelt mich sehr gut. Er ist superwitzig und sehr hilfsbereit, aber das ist irgendwie jeder hier", lachte ich.

„Und gut aussehen tut er auch laut Mama", witzelte Paul.

„Ja, das stimmt. Hässlich ist er nicht", grinste ich.

„Und wie hast du Mary und JJ kennengelernt?"

„Sie sind die besten Freunde von John. Die drei kennen sich schon von klein auf und sind hier zusammen aufgewachsen. Und Mary und JJ sind bereits, seit sie fünfzehn Jahre alt sind, ein Paar. Na ja, und Mary ist mittlerweile auch meine beste Freundin", lächelte ich.

„Wissen sie das von Mike?", fragte mich Paul ganz direkt.

„John weiß alles darüber und Mary auch. Wobei ich Mary nicht alles im Detail erzählt habe. Und das habe ich nicht gemacht, weil ich ihr nicht vertraue, sondern weil es meine Vergangenheit ist und es keine Rolle mehr in meinem Leben spielt."

„Na ja, laut Mama spielt es noch immer eine Rolle. Sie hat mir von deinem Ausraster bei Mary erzählt, als sie und Papa zu Besuch bei euch waren."

„Ich bin da nur ausgerastet, weil Mama das Thema die ganze Zeit totgeschwiegen hat, und als wir dann bei Mary essen waren, hat sie Mike in den größten Tönen gelobt und da bin ich dann eben an die Luft gegangen."

„Ja, da wäre ich auch ausgeflippt. Ich habe es mir schon fast so gedacht. Mama hat es natürlich anders dargestellt und hat so getan, als wärst du total sensibel. Aber ich weiß genauso gut wie du, was wir erlebt haben, und ich werde immer auf deine Seite stehen", sagte Paul und hob meine Hand.

„Danke, Paul!", sagte ich und gab ihm einen Kuss auf seinen Handrücken.

„Aber lass uns heute Abend nicht darüber reden in Ordnung?", fragte ich Paul.

„Ja, das ist in Ordnung."

Ich fuhr in Marys Einfahrt hinein und dann kam John auch schon aus der Haustür.

Paul stieg aus und lief zu John hin und gab ihm die Hand.

„Hallo, Paul. Es freut mich wirklich sehr, dich endlich mal kennenzulernen."

„Es freut auch mich sehr, John."

Dann kam John zu mir und gab mir einen Kuss. Er nahm mir den selbstgebackenen Kuchen ab, welchen ich mitgenommen hatte.

„Hallo, mein Liebling. Geht es dir gut?"

„Ja, es geht mir gut, John", antwortete ich ihm und lächelte ihn an.

Er nahm meine Hand und führte uns ins Haus, wo auch schon Mary und JJ bereitstanden, um Paul willkommen zu heißen.

Mary hatte sogar einen Blumenkranz gemacht, welchen sie Paul um den Hals legte.

„Hallo Paul, wir freuen uns so sehr, endlich den kleinen Bruder von Mia kennenzulernen", sagte Mary.

JJ gab ihm die Hand und lächelte ihn an.

„Es freut mich auch, euch alle endlich kennenzulernen und zu sehen, mit wem Mia so abhängt. Früher hatte sie nur Loser-Freunde, also habt ihr es leicht. Ihr seht für mich nämlich nicht wie Loser aus", witzelte Paul und alle lachten.

JJ legte seinen Arm um Paul und ging mit ihm in den Garten und wir alle folgten ihm.

„Paul, ich merke jetzt schon, dass wir zwei uns sehr gut verstehen werden", lachte JJ.

Wir setzten uns alle an den Tisch und Mary gab jedem ein Glas Champagner.

„Wow, hier wird aber aufgetischt. Ich sollte euch lieber nicht zu mir einladen, weil da gibt es nur Wasser aus der Leitung", lachte Paul und natürlich lachte JJ auch direkt los.

Ich mochte JJ schon immer, weil er mich so sehr an Paul erinnerte, und das wurde mir jetzt wieder bewusst. So, wie sie nebeneinandersitzen und miteinander reden, könnte man meinen, es sind Zwillinge.

„Wir müssen das feiern, dass der kleine Bruder von Mia da ist", sagte Mary und auf einmal bekam sie Tränen in den Augen.

„Mary, was ist denn los?", fragte ich sie und hob ihre Hand.

„Ich will die Stimmung jetzt nicht versauen."

„Das tust du doch nicht. Was ist los, Mary?", fragte JJ und ging zu ihr und hob auch ihre Hand.

„Es ist nur so emotional für mich zu sehen, wie Paul jetzt hier ist, weil Mia ihn so vermisst hat. Und ich will euch jetzt auch nicht zu nahetreten, aber wenn ich darüber nachdenke, was ihr Schlimmes erlebt habt, und dass du, Paul, Mia immer wieder beschützt hast, muss ich einfach weinen."

„Du trittst mir damit nicht zu nahe. Ganz im Gegenteil, ich bin froh, dass ihr so darüber sprechen könnt. Vielleicht hätten Mia und ich damals auch mit jemandem sprechen sollen, aber wir waren immer auf uns allein gestellt und haben uns auch nicht getraut, etwas zu sagen. Aber das gehört jetzt alles der Vergangenheit an und ich sehe das Positive darin. Nur durch unsere Vergangenheit kann ich jetzt jedes Jahr kostenlos Urlaub auf Hawaii machen."

Jetzt mussten wir alle loslachen und auch Mary lachte wieder. Sie wischte sich die Tränen weg und hob ihr Glas Champagner in die Mitte zum Anstoßen.

„Auf Mia und Paul und darauf, dass ihr Leben nur mit Glück und Sonnenschein gesegnet ist", sagte Mary.

Die Jungs grillten und Mary und ich saßen in der Hollywood-Schaukel und Mary trank ihr zweites Glas Champagner.

„Und wie findest du Paul?", fragte ich Mary.

„Er ist sehr nett und er ist wirklich sehr sympathisch. Er ähnelt dir sehr."

„Findest du? Ich dachte immer, wir sind total verschieden."

„Natürlich seid ihr verschieden, aber manchmal, wenn er einen anschaut, kommt es mir vor, als würdest du mich anschauen."

„Willst du mir jetzt sagen, dass ich wie mein Bruder aussehe?", lachte ich.

„Nein, aber ihr habt dieselben Augen und einen sehr ähnlichen Gesichtsausdruck."

Die Jungs konnten uns nicht hören, weil wir weiter weg saßen, aber vermutlich hätten sie uns nicht mal gehört, wenn wir direkt neben ihnen sitzen würden, denn sie waren nur am Lachen und am Herumalbern.

„Ach, Mary, ich bin wirklich so glücklich jetzt gerade. All die Menschen, die mir am meisten etwas bedeuten, sind jetzt hier zusammen an einem Platz", lächelte ich.

„Und ich bin glücklich, wenn du es bist, Mia."

Sie nahm meine Hand und drückte sie fest.

„Ich wüsste gar nicht, was ich ohne dich machen würde. Es fühlt sich so an, als ob du schon immer bei mir gewesen wärst. Ich bin zwar nur mit JJ und John aufgewachsen, aber es fühlt sich so an, als ob du auch mit uns aufgewachsen wärst", sagte Mary.

„Stell dir das mal vor, wir vier zusammen in der Schule. Das hätte sicherlich Ärger gegeben", lachte ich.

„Oh, es gab schon ohne dich genügend Ärger. JJ und John haben immer zusammengehalten und haben auch immer mich verteidigt. Bei uns auf der Schule war es ganz klar, wenn du ein

Problem mit einem von uns hattest, hattest du mit uns allen ein Problem."

Wir lachten und stießen noch einmal mit unseren Gläsern an.

„Auf die Freundschaft!", sagte ich und hob ihr mein Wasserglas hin.

„Ja! Auf die Freundschaft!", antwortete Mary.

„Worauf stoßt ihr den schon wieder an?", sagte JJ und setzte sich neben Mary auf die Hollywood-Schaukel.

„Wir stoßen auf die Freundschaft an", sagte ich.

JJ lächelte uns an und gab dann Mary einen Kuss auf ihre Lippen.

„Ihhh, sucht euch ein Zimmer", scherzte ich.

„So, das Essen ist angerichtet!", verkündete John.

Wir saßen uns alle an den Tisch und verteilten das Grillfleisch und die Salate, welche Mary selbst gemacht hat.

„Ich möchte noch kurz den Moment nutzen und mich ganz herzlich bei Mary und JJ bedanken für das tolle Essen und für euch große Gastfreundschaft. Ich fühle mich wirklich sehr wohl und bin sehr froh, dass Mia so tolle Freunde und einen so tollen Freund hat", sagte Paul.

„Mias Bruder ist auch unser Bruder, oder Leute?", antwortete JJ.

Wir nickten alle und fingen an zu essen.

„Also, Paul, erzähl mal. Wie ist das Leben so in Deutschland?", fragte John.

„Es ist definitiv kälter als bei euch. Aber ansonsten kann ich mich nicht beschweren. Ich habe einen tollen Job in einem Kindergarten. Dort habe ich auch meine Ausbildung zum Erzieher gemacht. Und es macht mir wirklich sehr viel Spaß, mit den Kindern dort zu arbeiten und ihnen etwas beizubringen. Obwohl es ja gar nicht meine Kinder sind, freue ich mich immer total, wenn sie ein neues Wort sagen oder etwas Neues gelernt haben. Und am Wochenende helfe ich oft bei einer Organisation, welche Jugendlichen hilft. Wir haben eine Art Gemeinderaum, wo die Jugendlichen jeden Tag und sogar am Wochenende hinkommen können. Sie können dort Tischkicker spielen, etwas essen und trinken und natürlich mit uns reden, falls ihnen etwas auf dem Herzen liegt. Und sonst bin ich viel mit Freunden unterwegs und spiele ab und an Fußball", erzählte Paul.

„Ich wusste gar nicht, dass du bei dieser Organisation für Jugendliche hilfst", sagte ich.

„Na ja, ich bin da nur jedes zweite Wochenende, aber erst vor ein paar Wochen habe ich dort ein Mädchen kennengelernt, das eine ähnliche Vergangenheit hatte wie wir. Nur dass bei ihr der Vater sehr gewalttätig war. Wir haben ihr dann geholfen, dort rauszukommen und haben ihr einen Platz im betreuten Wohnen organisiert."

„Wow, das hört sich wirklich toll an Paul!", sagte Mary.

„Ja, es ist auch was Tolles. Es gibt mir ein gutes Gefühl, wenn ich sehe, dass ich helfen konnte. Mittlerweile hilft dieses Mädchen auch bei uns aus und erzählt ihre Erfahrungen und nimmt so vielen Jugendlichen die Angst davor, sich Hilfe zu suchen", erzählte Paul weiter.

„Ich finde es wirklich bemerkenswert, dass du in deinem Leben so viele gute Dinge tust. Wenn ich daran denke, was JJ und ich in dem Alter gemacht haben, ist es mir schon fast peinlich", lachte John.

„Ich denke, helfen kann man immer, egal wie alt man ist. Bei mir waren es wohl eher die Umstände, warum ich so früh schon damit anfange", lachte Paul.

„Hast du auch eine Freundin, Paul?", fragte Mary.

„Damit hat dich doch Mia beauftragt, weil sie sich nicht traut mich zu fragen!", lachte Paul.

„Nein, habe ich gar nicht. Aber wenn wir schon dabei sind. Willst du nicht auf die Frage antworten?", lachte ich.

„Nein, ich habe keine Freundin. Ich genieße und liebe mein Singleleben."

„Du hast es gut!", sagte JJ und Mary schlug ihm eine Sekunde später gegen seinen Arm.

„Ich glaube, du spinnst!", sagte Mary zu JJ und lachte dabei.

„Das war doch nur ein Spaß", gab ihr JJ als Antwort.

„Ja, das würde ich jetzt auch sagen!", sagte ich und lachte dabei JJ an.

Nachdem wir alle satt und die Jungs ziemlich betrunken waren, entschied ich, dass es Zeit war, nach Hause zu gehen, denn Mary war auch schon ziemlich müde. Die Jungs verabschiedeten sich voneinander, als würden sie einander nie wiedersehen, dabei haben wir uns keine zwei Minuten zuvor für den nächsten Tag verabredet, um an den Strand zu gehen. Mary und ich schüttelten nur unsere Köpfe und lachten.

Dann gingen wir zum Auto und ich fuhr Paul und John sicher nach Hause. Zum Glück konnten sie noch einigermaßen gut gehen, sodass ich keinem ins Haus helfen musste. John legte sich direkt ins Bett und sagte Paul davor aber noch kurz gute Nacht. Ich ging mit Paul in das Gästezimmer und öffnete das Fenster.

„Du schläfst noch immer am liebsten mit offenem Fenster, oder?", fragte ich ihn.

„Das weißt du noch?"

„Ja, das weiß ich noch."

Er lächelte mich an und ich setzte mich noch kurz zu ihm auf die Bettkante.

„Ich bin echt froh, dass du hier bist und dass du dich mit meinen Freunden und mit John so gut verstehst."

„Darüber bin ich auch sehr glücklich. Du hast mir wirklich sehr gefehlt, Mia!"

Er öffnete seine Arme und signalisierte mir somit, dass er eine Umarmung möchte, welche er dann auch von mir bekam. Er drückte mich ganz fest an sich, sodass es schon fast weh tat.

„Hey! Nicht so fest!", sagte ich und musste lachen.

Er ließ mich los und lächelte mich wieder an und dann schlief er innerhalb von wenigen Sekunden vor meinen Augen ein. Nachdem ich noch etwas Wasser getrunken hatte, bin ich dann auch ins Bett gegangen, denn es war schon zwei Uhr nachts.

Kapitel 32

„John, wo bist du?"

„Liebling, ich bin in der Küche."

Ich lief von der Veranda aus Richtung unserer Haustür, doch auf einmal sah ich Mike.

„Was machst du den hier?", sagte ich ängstlich zu Mike.

„Na, ich wollte doch mal meine perfekte Schwester sehen, mit dem Baby im Bauch, welches sie nicht verdient!"

Als ich an mir herunterschaue, sehe ich meinen großen schwangeren Bauch. Ich legte eine Hand darauf und fing an zu schreien. Mike packte mich und legte eine Hand auf meinen Mund, sodass meine Schreie verstummten. Er packte einen meiner Arme nach hinten und stellte sich hinter mich.

Dann kam er ganz nah und flüstere mir ins Ohr:

„Du hast es nicht verdient, schwanger zu sein!"

Und auf einmal spürte ich nur noch fürchterliche Schmerzen in meinem Bauch und sah, wie mir Blut an meinem Bein hinunterlief.

Mike ließ mich los und grinste mich an.

„Ich werde immer da sein und dafür sorgen, dass du niemals glücklich sein wirst!"

Ich wachte auf von der Sonne, welche mir in die Augen schien, und ich drehte mich zu John, um zu schauen, ob er schon wach ist doch es sah so aus, als würde er schlafen. Ich stand vorsichtig auf, in der Hoffnung ihn nicht zu wecken.

„Mia, was ist los?", sagte er noch ganz verschlafen.

Es ist, als würde John immer merken, wenn es mir nicht gut geht.

„Nichts. Ich habe nur schlecht geträumt", flüsterte ich und versuchte, meine Tränen zurückzuhalten.

„Mia, komm mal zu mir", sagte John und setzte sich auf.

Ich ging um das Bett herum und setzte mich zu ihm. Er sah die Tränen in meinen Augen.

„Wovon hast du geträumt?"

„Ach, nichts Schlimmes."

„Mia, ich kenne dich. Bitte rede mit mir!"

Nun kamen immer mehr Tränen und John nahm mich in den Arm.

„Ich habe von Mike geträumt und von unserem Baby. Mike wird immer mein Glück zerstören", schluchzte ich in seine Arme.

„Mike ist nicht hier und er ist auch nicht in deinem Leben. Er kann dir nicht mehr weh tun. Und es trägt auch niemand die Schuld dafür, dass wir das Baby verloren haben."

Ich lag noch eine Weile in Johns Armen, bis ich mich wieder beruhigt hatte.

„Sag davon nichts Paul. Ich möchte nicht, dass er sich Sorgen macht."

John nickte und gab mir einen Kuss auf die Stirn.

Ich lief ins Badezimmer und nahm erstmal eine kalte Dusche. Das brauchte ich einfach, denn wir hatten erst acht Uhr, also hatte ich nur sechs Stunden geschlafen. Trotzdem war ich körperlich eigentlich sehr fit. Von meiner mentalen Gemütslage sprechen wir lieber nicht. Nachdem ich meine Haare gekämmt hatte, entschied ich, sie nicht zu föhnen, weil ich Paul nicht wecken wollte. Ich cremte noch meinen ganzen Körper mit Sonnencreme ein und ging dann in die Küche, um das Frühstück vorzubereiten. Aber als Erstes trank ich einen großen Kaffee auf der Veranda. Ich schaute über unseren Garten und über unser ganzes Grundstück und war auf einmal wieder glücklich.

Ich erwischte mich selbst dabei, wie ich lächelte, und musste deshalb noch mehr lächeln.

John hatte recht. Mike kann mir nichts mehr anhaben.

Nachdem ich meinen Kaffee leer getrunken hatte, ging ich in die Küche und schob ein paar Aufbackbrötchen in den Ofen. Dann richtete ich eine schöne Käse- und Wurstplatte an und stellte noch Obst dazu. Das alles stellte ich dann auf den Verandatisch, sodass wir draußen frühstücken konnten, denn wir hatten traumhaftes Wetter. Ich kochte noch mehr Kaffee auf und dann hörte ich, wie die Tür von Pauls Zimmer aufging.

„Guten Morgen, Mia", begrüßte er mich und gab mir einen Kuss auf meine Wange.

„Guten Morgen. Na, wie hast du geschlafen?"

„Oh, ich habe sehr gut geschlafen, aber ich habe etwas Kopfschmerzen."

„Wundert dich das etwa?", lachte ich.

„Komm, wir frühstücken draußen auf der Veranda und ich hole dir noch eine Schmerztablette."

„Das wäre himmlisch, Mia."

Nachdem ich die Schmerztabletten im Badezimmer geholt hatte, ging auch die Tür von unserem Schlafzimmer auf und John kam heraus. Er hatte nur seine Sporthose an und hatte total verwuschelte Haare. Sie wurden ziemlich lange in letzter Zeit und er ging einfach nie zum Friseur. Er hatte leichte Locken, wodurch seine Haare noch voluminöser aussahen. Man konnte seine Beckenknochen sehen und seine Bauchmuskeln.

„Hör auf zu sabbern!", sagte Paul zu mir und dann musste er laut loslachen.

„Ich sabbere überhaupt nicht, aber ich werde ja wohl meinen Freund noch anschauen dürfen", antwortete ich ihm und lachte dann auch.

Ich lief zu John und umarmte ihn und er gab mir einen Kuss auf die Stirn. Dann sah er die Tabletten in meiner Hand und zog sie mir weg.

„Die brauche ich auch, und zwar dringend."

Wir gingen alle zusammen raus auf die Veranda und fingen an zu frühstücken.

„Oh Mann, Leute. Ihr habt hier echt ein Megaleben. Wenn ich nur daran denke, dass ihr jeden Morgen hier draußen frühstücken könnt, werde ich schon ganz schön neidisch", sagte Paul.

„Du könntest das auch haben, indem du hierher ziehst", lachte John.

„Das wäre echt schön, wenn ich hier leben könnte", sagte Paul.

„Na ja, du könntest hier leben, wenn du das wollen würdest ...", antwortete ich ihm.

„Ich weiß, aber ich kann doch die Kids im Kindergarten und die von der Jugendhilfe nicht im Stich lassen", sagte er.

„Na ja, wir haben hier auch einen Kindergarten", lachte John.

„Ja und dann würdet ihr vermutlich noch eure Kinder in meinen Kindergarten schicken und dann müsste ich auf der Arbeit und im Privatleben auf eure Kinder aufpassen. Das könnt ihr schön selber machen!", lachte Paul.

Mein Handy klingelte in meiner Hosentasche und ich nahm es raus und sah, dass es Mary war.

„Guten Morgen, Mary. Na, wie geht es JJ?", fragte ich sie am Telefon und hörte, wie JJ im Hintergrund „schlecht" sagte.

Ich sprach kurz mit Mary am Telefon und beschloss mit ihr, dass wir uns in zwei Stunden am Strand treffen würden.

„Okay, dann bis später, Mary!", sagte ich und legte auf.

„Also in zwei Stunden werden wir uns mit Mary und JJ am Strand treffen."

„Alles klar, Chef!", sagte Paul und lächelte mich an.

Nachdem wir gefrühstückt hatten, räumten wir den Tisch zusammen ab und richteten uns für den Strand. Ich packte uns genügend Wasser ein und paar Snacks. John holte aus dem Keller noch einen Sonnenschirm, welchen wir mit zum Strand nehmen konnten.

„Paul, du musst dich gut eincremen. Die Sonneneinstrahlung ist hier viel stärker als in Deutschland!", sagte ich.

„Ja, ich weiß, deshalb habe ich auch einen Sonnenhut mitgenommen, damit ich keinen Sonnenstich bekomme."

Wir stiegen ins Auto ein und fuhren zum Strand. Als wir dort ankamen, standen schon viele Autos auf dem Parkplatz, welcher in der Nähe vom Strand war. Glücklicherweise fanden wir direkt noch einen Parkplatz neben dem Auto von Mary. Nachdem wir geparkt hatten, liefen wir zum Strand und hielten Aussicht nach Mary und JJ. Wir fanden sie sehr schnell, weil sie immer am selben Platz liegen.

„Hallo, ihr Lieben", begrüßte uns Mary und umarmte mich.

„Na, Paul, wie war deine erste Nacht hier in Hawaii? Hast du gut geschlafen?", fragte Mary.

„Ja, ich habe sehr gut geschlafen, aber ich habe noch einen leichten Jetlag."

„Der legt sich bestimmt bald", sagte JJ und gab ihm die Hand.

„Kannst du surfen, Paul?", fragte JJ.

„Nein, ich kann nicht surfen, also zumindest habe ich es noch nie probiert."

„Na, dann ist heute der Tag, wo John und ich es dir beibringen werden. Also natürlich nur, wenn du das möchtest."

„Ja, das können wir gerne machen, aber ich muss mich erstmal noch eincremen."

„Okay, dann creme du dich ein und ich bereite das Board vor."

Ich holte die Sonnencreme aus meiner Tasche heraus und warf sie Paul hin. Er fing an, sich einzucremen und bat mich danach, ihm den Rücken einzucremen. Nachdem er komplett eingecremt war, holte ich noch einen Sunblocker Stick heraus, für das Gesicht.

„Hier, Paul, das solltest du dir noch ins Gesicht schmieren, bevor du surfst. Ansonsten wird dein Gesicht so rot sein wie eine Tomate!", lachte ich.

Nachdem Paul sein Gesicht mit dem Stick eingecremt hatte, nahm auch John den Stick und schmierte ihn sich ins Gesicht. Es sah sehr lustig aus, denn nun hatten sie ein glänzendes, weißes Gesicht.

„Okay, Leute, wir können anfangen", verkündete JJ und lief zum Wasser.

John und Paul liefen ihm hinterher.

„Mal schauen, ob er eine bessere Figur auf dem Board abgibt als du", zog mich Mary auf.

„So schlecht bin ich nun auch nicht!", gab ich ihr als Antwort.

„Würdest du meinen Rücken auch eincremen?", fragte mich Mary.

Ich nickte und nahm die Sonnencreme und fing an, ihren Rücken einzucremen.

„Sollen wir später in der Hütte noch etwas zusammen essen?", fragte mich Mary.

„Ja, das ist eine gute Idee!"

Nachdem ich Mary eingecremt hatte, legten wir uns nebeneinander unter den Sonnenschirm, sodass wir nicht komplett in der Sonne lagen. Wir schauten den Jungs zu, wie sie versuchten, Paul das Surfen beizubringen, und mussten immer wieder dabei lachen, denn Paul konnte sich einfach nicht auf dem Board halten. JJ demonstrierte es ihm immer, aber er konnte es nicht nachmachen, was natürlich auch klar ist, den immerhin surfte JJ schon sein ganzes Leben. Paul fiel Hunderte Male vom Board und hatte dann keine Lust mehr und kam wieder zurück zu uns.

„Das war doch gar nicht schlecht, Paul", sagte ich.

„Na ja, ich glaube, surfen ist nicht so meins. Aber jetzt brauche ich erstmal was zu trinken."

Ich reichte ihm eine Flasche Wasser und Paul trank sie fast auf einmal leer.

JJ und John kamen auch vom Wasser wieder zu uns und JJ legte sich klatschnass auf Mary, denn diese lag auf dem Bauch und hatte die Augen zu, sodass sie nicht sah, dass JJ wieder da war.

„Ahhhhhhh, JJ geh runter!", schrie Mary und wir mussten alle lachen.

„So, ich springe jetzt auch kurz ins Wasser und kühle mich ab. Kommst du mit, John?"

John nickte und nahm meine Hand, um dann mit mir ins Wasser zu laufen. Es war sehr kühl, was aber eher daran lag, weil mir so extrem warm war. Ich lief ins Meer und tauchte einmal unter, sodass meine Haare nass wurden.

„Oh, das tut gut!", sagte ich zu John.

„Geht es dir gut Liebling?", fragte mich John.

„Ja, natürlich geht es mir gut. Wieso fragst du?"

„Darf ich etwa meine Freundin nicht fragen, wie es ihr geht?"

„Doch natürlich darfst du das."

„Ich frage nur, weil ich dachte, dass es dich vielleicht ein wenig aufwühlt, weil Paul jetzt da ist, und es dich an deine Vergangenheit erinnert."

„Nein, ich bin einfach nur froh, dass er endlich wieder bei mir ist, und natürlich erinnert es mich an meine Vergangenheit, aber mittlerweile tut es nicht mehr so weh und ich kann gut damit umgehen. Aber danke, dass du gefragt hast."

Ich schwamm zu ihm und gab ihm einen Kuss auf seine Lippen. Er drückte mich zu sich, umarmte mich und gab mir dabei noch einen Kuss auf meinen Hals.

„Ich liebe dich, Mia!"

„Und ich liebe dich, John!"

Wir gingen alle zusammen noch in die Hütte, um etwas zu Abend zu essen. Ich rief davor bei Jack an und fragte ihn, ob wir noch einen Tisch frei hätten, denn es kam oft vor, dass wir abends ausgebucht waren. Glücklicherweise war noch ein Tisch frei, weshalb wir uns direkt auf den Weg machten. Als wir in der Hütte ankamen, zeigte uns Melisa unseren Tisch und nahm unsere Getränke auf.

„Dich muss ich ja nicht fragen, welches Getränk du möchtest", sagte Melisa zu mir und ich nickte ihr lächelnd zu.

„Wisst ihr schon, was ihr zu essen bestellen möchtet?", fragte sie in die Runde.

„Also ich nehme die Spaghetti mit Meeresfrüchten", antwortete ich.

Paul und Mary nahmen auch die Spaghetti und JJ und John nahmen jeweils ein Kräutersteak mit Pommes und Salat.

„Möchtest du dann meinen Salat essen?", fragte mich John.

„Ja gerne."

Melisa kam bereits mit unseren Getränken und verteilte sie.

„Auch wenn wir grade keinen Alkohol trinken, möchte ich trotzdem auf den tollen Tag anstoßen", sagte Mary.

„Ihr findet wohl immer einen Grund, um anzustoßen!", lachte Paul.

Es dauerte nicht lange, bis unsere Essen kam, und es sah wie immer sehr gut aus und schmeckte auch so. Ich aß gerne die Spaghetti mit Meeresfrüchten, weil diese Jack immer selber macht und er eine geheime Zutat für die Soße hat, welche er uns aber nicht sagt. Immer wenn ich versuche, es herauszufinden, schickt er mich aus der Küche. Wir machen immer Witze über ihn und sagen, dass er das Rezept mit ins Grab nimmt, aber er hatte mir einmal versprochen, dass, wenn es so weit wäre, er mir die Geheimzutat verraten würde.

Nachdem wir alle aufgegessen hatten, entschieden wir noch, zu einer Eisdiele zu laufen, welche ganz in der Nähe der Hütte war.

„Und, Paul, was sind so deine Pläne für die nächsten Tage?", fragte JJ.

„Morgen werde ich erstmal lange ausschlafen und dann ein wenig entspannen, weil Mia und John müssen beide arbeiten."

„Aber wenn wir zu Hause sind, können wir ein bisschen einkaufen gehen?", sagte ich.

„Ja, das ist eine gute Idee. Dann kann ich auch ein paar Souvenirs aussuchen."

„Das können wir gerne machen und danach gehen wir zu einem tollen Essensstand. Die machen die aller besten Bowls, welche du jemals gegessen hast", sagte John.

„Meinst du den in der Nähe vom Kino?", fragte JJ.

„Ja, genau den meine ich. Wir könnten in den nächsten Tagen auch mal ins Kino gehen."

„Oh ja, momentan kommt eine Komödie mit einem älteren Ehepärchen. Soll ganz witzig sein", sagte Mary.

„Wir können ja dann alle zusammen hingehen", sagte ich und henkte mich in Marys Arm ein.

„Sollen wir nächstes Wochenende einen Cocktailabend bei uns machen?", fragte ich Mary.

„Oh ja, das ist eine gute Idee!", lächelte sie.

„Wir könnten ja noch ein paar Leute einladen und eine kleine Party machen."

„Das hört sich gut an. Dann müsst ihr aber die Kellnerin von gerade eben auch einladen", sagte Paul.

„Was? Melisa? Hat sie dir etwa gefallen?", lachte ich.

„Sie ist ziemlich hübsch und war auch supernett. Also laden wir sie dann auch ein?"

„Ja, wir können sie auch einladen", antwortete ich ihm.

Als wir an der Eisdiele ankamen, bestellten wir uns alle ein Eis und setzten uns dann auf die Holzbank, welche vor der Eisdiele stand.

„Das Eis ist einfach himmlisch!", schwärmte Mary.

„Das kannst du laut sagen", antwortete ich ihr.

Nachdem wir unser Eis verputzt hatten, liefen wir zusammen zurück zu den Autos, welche noch auf dem Parkplatz der Hütte standen. Mary umarmte uns alle zur Verabschiedung und gab mir noch einen Kuss auf die Wange.

„Sollen wir am Mittwoch mal telefonieren wegen des Cocktailabends? Dann können wir besprechen, wer was mitbringt", fragte Mary.

„Ja, das ist eine gute Idee. Dann rufe ich dich Mittwochabend an, weil an dem Tag habe ich um sechzehn Uhr Feierabend und dann kann ich dich danach anrufen."

„So machen wir es, meine Liebe. Kommt gut nach Hause und schlaft schön", sagte sie und winkte uns dann noch zu.

Zu Hause angekommen legte ich mich direkt ins Bett, denn ich war hundemüde und außerdem hatte ich morgen Frühdienst. Paul und John schauten zusammen noch ein wenig fern, weil Paul noch immer einen Jetlag hatte. Allerdings war John nicht lange wach, denn ich bekam es noch mit, als er sich zu mir in Bett legte und mir noch einen Kuss auf meine Stirn gab.

Kapitel 33

Als ich in der Hütte ankam, war Melisa bereits da und deckte ein paar Tische ein.

„Guten Morgen, Melisa."

„Guten Morgen, Mia, na, wie geht es dir?"

„Mir geht es gut und wie geht es dir?"

„Alles super."

„Sehr schön! Hast du am Samstag schon was vor?"

„Diesen Samstag?"

„Ja, genau, diesen Samstag."

„Nein, da habe ich noch nichts vor. Wieso? Möchtest du den Dienst tauschen? Ich habe da Frühdienst, aber falls du ..."

Ich drückte ihren Arm und unterbrach sie dadurch.

„Ich möchte den Dienst nicht tauschen, weil ich an dem Tag frei habe. Wir machen an dem Abend eine Cocktailparty und ich wollte dich fragen, ob du auch gerne kommen möchtest?", fragte ich sie und lächelte sie dabei an.

„Du willst mich einladen? Wow. Ja supergerne würde ich kommen. Ich kann auch etwas mitbringen", antwortete sie mir mit einem großen Lächeln.

„Ja, es wäre super, wenn du ein paar Snacks mitbringen könntest. Einfach Nachos oder so etwas."

„Okay, das werde ich machen. Um wie viel Uhr geht es denn los?"

„Ab neunzehn Uhr geht es los."

Melisa freute sich total, dass ich sie gefragt hatte, ob sie auf die Party kommen möchte, und hatte den ganzen Tag gute Laune gehabt. Ich fragte mich, ob das vielleicht an Paul lag. Sie hat ihn gestern immer angelächelt, wobei sie aber eigentlich alle Gäste anlächelte.

Unsere Schicht war schnell vorbei, weil wir sehr viel zu tun hatten, aber Melisa und ich waren schon so gut eingespielt, dass alles reibungslos funktionierte. Deshalb schaute Jack immer, dass Melisa und ich zusammen Dienst hatten, weil er wusste, dass dann alle Gäste zufrieden sein würden.

„Hey Jack, was machst du am Samstag?", fragte ich ihn direkt, als er kurz vor meinem Feierabend in die Hütte gelaufen kam.

„Vermutlich hier sein oder zu Hause auf der Couch", lachte er.

„Jetzt nicht mehr. Ich werde eine kleine Cocktailparty bei mir veranstalten und ich würde mich riesig freuen, wenn du auch kommst."

„Ich alter Mann soll auf eure Party kommen?", lachte er.

„Du sagst doch immer: Man ist nur so alt, wie man sich fühlt."

„Ja, da hast du recht. Ich überlege es mir. In Ordnung?"

Ich nickte ihm als Antwort und verabschiedete mich dann bei ihm und fuhr dann direkt nach Hause.

Zu Hause angekommen saßen Paul und John auf der Veranda.

„Da ist sie ja!", lachte Paul.

„Ja, da bin ich. Na, alles gut bei euch?", fragte ich sie und gab John einen Kuss auf seine Lippen.

„Ja, uns geht es gut", antwortete John und Paul nickte.

„Seid ihr bereit zum Einkaufen?"

„Ich werde hier bleiben", sagte John.

„Wieso denn das?", fragte ich ihn.

„Ihr zwei wollt doch auch mal für euch sein. Seit Paul da ist, seid ihr nicht zu zweit gewesen und ihr wollt sicherlich auch vieles ohne mich besprechen."

„John, ich habe keine Geheimnisse vor dir", lachte ich.

„Also du kannst sehr gerne mitkommen, John", sagte Paul.

„Nein, ist schon in Ordnung. Ich lege mich ein bisschen in die Sonne und entspanne."

„Na gut, John. Aber creme dich ein, bevor du wieder Sonnenbrand bekommst. Letztes Jahr ist er mit einem Buch auf dem Bauch eingeschlafen und hatte dann einen Abdruck auf dem Bauch", erzählte ich Paul.

„Ich dachte, ihr Einheimischen werdet nicht rot, sondern kommt schon mit einer Naturbräune auf die Welt", lachte Paul.

„Schön wär's", antwortete John.

„Ich geh schnell rein und zieh mich um und dann können wir los, Paul."

Ich zog mir ein leichtes Blumenkleid an, welches Mary und ich letztes Jahr im Schlussverkauf gefunden hatten. Es betonte meine Kurven, aber saß nicht zu eng, sodass man nicht sehen würde, wenn ich schwitzte. Ich liebte dieses Kleid, denn ich fühlte mich so wohl darin und John mochte es auch. Dann nahm ich mir noch meinen Sonnenhut und cremte mir noch mein Gesicht mit Sonnencreme ein. Ich nahm mir noch eine kalte Flasche Wasser aus dem Kühlschrank und steckte sie in meinen kleinen Lederrucksack.

„Okay, Paul, wir können losgehen."

Ich gab John noch einen Abschiedskuss und stieg dann ins Auto. Die Fahrt dauerte nicht lange und Paul schaute die ganze Zeit aus dem Fenster und bewunderte die Gegend.

„Es ist hier einfach so schön und sieht aus wie im Film", schwärmte Paul.

„Ja, hier ist es wirklich schön. Die Einwohner pflegen aber auch alles sehr gut, sonst würde es so nicht aussehen."

„Ja, nicht so wie in Deutschland, wo viel Müll auf den Straßen liegt", sagte Paul.

„Hier liegt auch Müll auf den Straßen oder auch am Strand, aber fast jedes Wochenende gehen Freiwillige an die Strände und räumen den Müll auf. Vieles wird auch durch das Meer an den Strand gespült", erzählte ich Paul.

„Bei uns würde niemand freiwillig Müll aufsammeln. In Deutschland sind alle so egoistisch und vor allem spießig!", lachte Paul.

„Hier gibt es auch den ein oder anderen, der spießig ist, aber im Großen und Ganzen sind eigentlich alle super hier. Streit wird hier auch nicht gerne gesehen, weil alles sehr harmonisch ist."

Als wir am Parkplatz ankamen, kurbelte ich die Fenster am Auto ein wenig runter, damit es nicht ganz so heiß war, wenn wir zurück zum Auto kamen.

„Also, wo willst du zuerst hin?", fragte ich Paul.

„Zum Souvenirshop."

„Alles klar. Dann folge mir."

Wir bummelten über die Promenade und liefen an verschiedenen Geschäften vorbei, in welche wir beim Rückweg noch gehen würde.

„Ich will mir auch noch offene Schuhe kaufen, Flip-Flops oder so etwas", sagte Paul.

„In der Nähe des Souvenirshops gibt es einen Schuhladen, dort können wir schauen."

Wir fanden ein paar Souvenirs, welche Paul den Kindern aus seinem Kindergarten mitbringen wollte, und ebenso fanden wir tolle Flip-Flops in Giftgrün für ihn.

Wir holten uns bei einem Smoothie-Stand etwas zu trinken und setzten uns dann dort auf eine Sitzbank.

„Es ist so schön, dass du hier bis Paul!", lächelte ich.

„Ich bin auch darüber froh. Aber ich muss dich mal noch was fragen, Mia", sagte Paul mit ernster Stimme.

„Okay, dann frag."

„Meinst du, dass du jemals Mike verzeihen kannst?"

Ich schaute Paul verwirrt an, denn ich konnte nicht glauben, was er gerade gesagt hat.

„Wieso sollte ich ihm verzeihen? Das, was er gemacht hat, ist nicht zu verzeihen!", antwortete ich ihm schroff.

„Ich weiß selber, dass es furchtbar ist, was er getan hat, aber denkst du nicht, dass es dir besser gehen würde, wenn du ihm verzeihst. Du musst irgendwann deinen Frieden damit finden."

„Den habe ich gefunden, und zwar, indem ich keinen Kontakt mehr mit ihm habe."

„Mia, sei nicht sauer, aber schau mal, er bekommt doch auch bald ein Kind und du willst doch auch Kontakt zu deiner Nichte oder deinem Neffen haben."

„Nein, möchte ich nicht, Paul. Und das wäre dann auch nicht meine Nichte oder mein Neffe, weil für mich Mike auch nicht mehr mein Bruder ist."

„Mia, du bist voller Hassgefühlen gegen Mike. Das ist nicht gut für dich."

„Das, was Mike mir angetan hat, das, was er uns angetan hat, war nicht gut für mich und jetzt ist das Thema beendet. Ich möchte nicht mehr darüber sprechen!", sagte ich ihm und stand auf.

„Wir gehen zurück zum Auto."

„Mia, wir müssen doch jetzt nicht direkt zurückgehen. Das war doch kein Angriff gegen dich und du weißt genau, dass ich auf deiner Seite bin. Aber seitdem ich damit abgeschlossen habe, geht es mir viel besser und das möchte ich auch für dich", sagte Paul und nahm meine Hand.

„Ich weiß, dass du es nicht böse meinst, aber dieses Thema ist für mich einfach vorbei und wir sind nicht gleich. Nur weil es dir dadurch besser geht, heißt es nicht, dass es mir auch besser gehen würde. Mir geht es am besten, wenn ich nicht über ihn sprechen muss, und wenn ich ihn nicht sehen muss, und deshalb bin ich hierhergekommen. Um das alles hinter mir zu lassen. Verstehst du?", sagte ich in einem ruhigen Ton zu Paul.

„Natürlich verstehe ich das. Ich dachte nur, dass es dir vielleicht helfen würde. Und nachdem, was mit dir und deinem Baby passiert ist, dachte ich, dass du vielleicht Mike jetzt noch weniger magst als sowieso schon."

„Was hat denn jetzt Mike mit meiner Fehlgeburt zu tun?"

„Mia, ich kenne dich sehr gut. Und ich weiß, dass du dir die ganze Zeit sicherlich denkst, warum Mike ein Kind bekommt und du deins verloren hast, obwohl er der schlechtere Mensch von euch ist. Du redest überhaupt nicht darüber, dass du dein Baby verloren hast, wie wenn es nie passiert wäre."

Jetzt hatte ich Tränen in den Augen, denn es schockierte mich, dass Paul mich so gut kannte. Es wäre, als würde er meine tiefsten Gedanken lesen.

„Nur weil ich nicht darüber rede, heißt es nicht, dass es nicht passiert ist. Ich wäre so froh, wenn das nie passiert wäre und ich jetzt noch immer schwanger wäre. Aber du kennst mich Paul, mir geht es besser, wenn ich nicht darüber rede. Ich muss mich damit selbst auseinandersetzen."

Paul schaut mich mit einem traurigen Gesichtsausdruck an.

„Mia, es tut mir so leid, dass ihr euer Baby verloren habt, weil ich mir so sehr gewünscht habe, dass du jetzt deine eigene kleine Familie gründen kannst. Aber ich bin mir sicher, dass du wieder schwanger wirst. Sei nicht böse auf mich, ich mach mir doch nur Sorgen um dich!"

„Ich weiß, Paul, und das ist auch schön, dass du dich so um mich sorgst. Aber es geht mir gut. Ich muss das einfach alles verarbeiten. Und dass Mike jetzt ein Baby bekommt und ich nicht, lässt meine Wut nur noch höher steigen. Aber das habe ich natürlich niemandem gesagt, weil es unfair von mir ist. Egal, wie sehr Mike mir weh getan hat, sein Baby oder auch mein Baby hat damit nichts zu tun", sagte ich zu Paul und umarmte ihn.

„Und jetzt lass uns nicht über solche traurigen Sachen reden, sondern lass uns was Schönes machen. Bald bist du wieder weg und deshalb müssen wir jeden Tag genießen okay?"

„Ja okay!", sagte Paul und gab mir einen Kuss auf meine Wange.

„Jetzt gehen wir zu dem tollen Essensstand, wo es die beste Bowle der Welt gibt."

Kapitel 34

Am nächsten Morgen wachte ich von Pauls Stimme auf. Er sprach aber nicht mit mir und war auch nicht bei mir im Schlafzimmer. Unsere Schlafzimmertür stand ein wenig offen, weshalb ich ihn hörte. Als ich rüber zu John schaute, sah ich, dass er noch immer schlief. Ich stand auf und zog mir einen Pullover von John über und lief ins Wohnzimmer. Da saß Paul auf dem Sofa und hatte seinen Laptop vor sich und auf dem Bildschirm sah ich meine Mutter.

„Mia, mein Liebling da bist du ja!", schrie meine Mutter, als sie mich sah.

Paul drehte sich im und grinste mich an und klopfte mit der Hand neben sich auf den Platz.

„Guten Morgen, Mama! Und guten Morgen, Brüderchen!", sagte ich und kniff Paul in den Bauch.

„Mia, wie geht es dir?", fragte meine Mutter.

„Mir geht es gut, Mama."

Ich schaute zu Paul und er lächelte ganz herzlich.

„Ach, meine zwei Lieblinge, ich kann euch gar nicht sagen, wie schön es für mich ist, euch zusammen zu sehen. Ich bin so froh, dass Paul bei dir ist, Mia."

„Ja, ich bin auch froh, dass Paul bei mir ist", sagte ich und gab Paul einen Kuss auf die Wange.

„Oh, so viel Gefühlsduselei am frühen Morgen ist mir echt zu viel", witzelte Paul und lachte.

Plötzlich fing meine Mutter an zu schluchzen. Sie nahm ein Taschentuch in die Hand und schnäuzte ganz laut hinein.

„Mama, wieso weinst du denn?", fragte Paul.

„Das sind Freudentränen."

„Na ja, wohl eher ein Freudenwasserfall", entgegnete ihr Paul.

„Du kannst auch nie ernst sein, oder?", sagte ich zu ihm und dann lachten wir alle drei.

Wir erzählten meiner Mutter, was wir die letzten Tage alles unternommen hatten und was unsere weiteren Pläne waren. Ich sah meiner Mutter an, dass es sie sehr glücklich machte, Paul und mich wieder vereint zu sehen. Wir haben immer schon eine tiefe Verbindung gehabt und ich bin überglücklich, dass Paul bei mir ist.

Ein paar Tage später war dann auch schon unsere Cocktailparty. Mary kam früher zu mir, um mir mit allem zu helfen. Wir wollten erst eine kleine Party machen, aber es wurden immer mehr und mehr Leute, die wir eingeladen hatten, sodass jetzt die halbe Nachbarschaft kam. Ich freute mich darauf, allen meinen Bruder vorstellen zu können. Viele Gäste brachten etwas mit, Salat, Chips, Fruchtspieße und vieles mehr. Wir bauten einen riesigen Tisch auf, wo alle ihre mitgebrachten Speisen hinstellen konnten. Daneben war der Cocktailstand und ein weiterer Tisch mit anderen alkoholischen Getränken und Softdrinks, wo sich jeder selbst bedienen konnte. Am Cocktailstand war Mary und mixte die Getränke mit JJ zusammen. Die ersten Gäste kamen gegen 19 Uhr und auch Melisa war eine der ersten. Paul ging direkt zu ihr hin und sprach mit ihr. Er zeigte ihr alles und mixte ihr selbst einen Drink. Ich glaube, es war Wodka mit Limettensaft.

„Schau mal, Paul und Melisa. Ich sag dir, da wird was laufen", flüsterte John mir ins Ohr.

„Ich glaube auch, dass da was laufen wird. Er steht auf sie und sie offensichtlich auch auf ihn. Aber sie ist sehr schüchtern, was solche Dinge angeht."

„Woher willst du wissen, dass sie in solchen Dingen schüchtern ist?"

„In der Hütte wurde sie schon oft von Jungs angemacht und sie hat immer sehr schüchtern reagiert."

„Wir können gespannt sein. Vielleicht wird sie ja bald deine Schwägerin sein und Paul zieht hier auf die Insel", witzelte John.

Doch ich dachte darüber nach und fand den Gedanken gar nicht schlecht, wenn Paul bei mir wäre.

John legte seine Hand auf meine Hüfte und näherte sich meinem Ohr.

„Komm, wir gehen kurz ins Badezimmer."

„Wieso sollen wir ins Badezimmer gehen?", fragte ich ihn verwirrt.

John grinste mich nur an und zog die Augenbrauen nach oben.

„John, das können wir doch nicht machen!"

„Warum nicht? Hast du keine Lust?"

Ich schaute ihn an und überlegte kurz und nickte dann. John legte seinen Arm um mich und ging mit mir ins Badezimmer. Er schaute kurz links und rechts und schob mich dann durch die Badezimmertür. Von innen schloss er die Tür ab. Er kam langsam auf mich zu und legte seine Hände auf meine Hüfte. Ich legte meinen Arm und seinen Nacken und er drückte mich leicht gegen die Badezimmertür.

„Du siehst heute verdammt schön aus!", raunte mir John ins Ohr.

Ich lächelte und zog ihn näher an mich ran, damit ich ihn küssen konnte. Erst küssten wir uns langsam, aber dann wurde ich fordernder und schneller. John legte seine Hände auf meinen Po und kniff in meine Pobacken. Ich schob meine Finger in seine Haare und küsste ihn weiter.

„Zieh deinen Rock hoch!", befahl mir John.

Ich kam seinem Befehl nach und wollte dann seinen Gürtel öffnen.

„Nein, meine Hose bleibt an. Jetzt wirst nur du verwöhnt", sagte John leise.

„Okay", mehr brachte ich nicht raus.

Langsam strich er mit seinen Fingern an meinem Schenkel entlang und bearbeitet meinen Kitzler. Dabei küsste er meinen Nacken entlang und wurde dann immer schneller. Ein Stöhnen entwich meinem Mund.

„Du musst leise sein, Mia!", sagte John leise in mein Ohr.

„Ich versuche es ja, aber es fühlt sich so gut an!"

„Oh, dann wird sich das gleich noch viel besser anfühlen“, antwortete John und schob zwei seiner Finger in mich.

Ich hielt mir selbst den Mund zu damit meine Geräusche abgedämpft wurden.

John macht so lange weiter, bis ich zu meinem Höhepunkt kam, und ihm dann in die Arme fiel.

„Wow, das hat sich so gut angefühlt“, brabbelte ich noch völlig benommen.

„Es freut mich, wenn es dir gefallen hat“, sagte John und nahm mein Gesicht in seine Hände.

„Ich liebe dich, Mia!“

„Ich liebe dich auch, John!“

Wir hielten uns noch ein paar Minuten im Arm und dann ging John ans Waschbecken und wusch seine Hände.

„Okay, Liebling, ich geh zuerst raus und danach kommst du mir hinterher. Aber erst, wenn ich dir das Zeichen gebe, dass die Luft rein ist.“

Ich nickte und strich nochmal meinen Rock glatt.

Wir gingen wieder raus in den Garten und suchten Mary, JJ und Paul. Natürlich fanden wir sie direkt an der Bar und stellten uns zu ihnen. Als so langsam alle Gäste da waren, hielt John noch eine kurze Rede und erklärte jedem, wo das Essen und Trinken war, und wo unsere Toiletten sind. Alle klatschten, nachdem er fertig gesprochen hatte, und dann drehte unser DJ auch schon die Musik hoch. Eigentlich war es kein DJ, es war ein Freund von JJ, der das hobbymäßig machte und zum Glück eine brauchbare Anlage in seiner Garage stehen hatte.

Mary kam zu mir und forderte mich zum Tanzen auf. Wir liefen Richtung Tanzfläche, welche wir neben der Veranda erbaut haben. Aber eigentlich haben wir nur genügend Platz gelassen, damit dort eine große Fläche ist, und die Anlage war auch direkt daneben aufgebaut. Viele waren bereits am Tanzen und es lief unser Lieblingslied „Brutal“ von Olivia Rodrigo, weshalb wird nur wild herumsprangen und den Text mitschrien. JJ und John schauten uns zu und lachten uns aus, doch das war Mary und mir egal, denn wir hatten einfach Spaß. Mary nahm meine

Hand und wirbelte mich herum, sodass ich gar nicht mehr aufhören konnte zu lachen. Dass wir bereits drei Sex on the Beach getrunken hatten, könnte natürlich auch mitverantwortlich sein, dass wir so durchdrehten. Ich spürte den Alkohol schon leicht im Kopf, normalerweise wäre ich schon komplett betrunken, aber Mary hat mir extra nicht so viel Alkohol in die Cocktails gemacht, damit ich mehr trinken konnte. Sie kannte mich einfach so gut, dass sie das gemacht hatte, ohne dass ich etwas zu ihr gesagt hätte. Nachdem das Lied zu Ende war, setzten wir uns auf die Stufen der Veranda.

„Ach, Mia ich freue mich so, dass du heute so viel Spaß hast!", sagte Mary.

„Natürlich habe ich Spaß, wieso sollte ich auch nicht?", lachte ich.

Doch dann wurde Mary ernster und schaute mich traurig an.

„Ich dachte, dass dich das vielleicht alles aufwühlen würde, dass Paul hier ist und du dadurch an alle negativen Erlebnisse deiner Vergangenheit denken musst. Und dann ist ja auch noch die Sache mit deinem Baby, worüber du kein Wort verlierst."

„Mary, du bist so süß, aber mir geht es gut. Du weißt ja, dass ich vieles in mich reinfresse. Und glaube mir, wenn ich es verarbeitet habe, werde ich auch darüber sprechen, aber aktuell macht mich die Fehlgeburt noch so traurig, weshalb ich einfach nicht daran denken möchte. Und natürlich erinnert mich Paul an meine Vergangenheit, aber er erinnert mich vor allem daran, dass ich einen tollen Bruder habe, der mich immer beschützt hat. Vor zwei Jahren hätte mich ein Besuch von Paul sicherlich durcheinandergebracht und mich vielleicht sogar traurig gemacht, aber jetzt nicht mehr. Ich bin endlich glücklich und habe John gefunden und dich, JJ und meine kleine Familie von der Hütte. Etwas Schöneres gibt es für mich nicht als hier zu leben und mit euch das Leben zu genießen. Und vor allem mit dir hier wie eine Verrückte zu tanzen."

Mary grinste und legte ihren Arm um meine Schultern.

„Wir sind eben beste Freundinnen, Mia!", lachte sie.

„Girls Forever, oder?", sagte ich zu ihr.

Sie nickte und gab mir einen Kuss auf die Wange. Das war ein Insider von uns zwei. Er ist wie eine Liebeserklärung für uns.

Ein langsamer Song lief und ich flüsterte Mary ins Ohr, dass wir die Jungs zum Tanzen holen müssen. Das taten wir dann auch, John kam freiwillig mit, doch JJ mussten wir ein wenig zu deinem Glück zwingen.

John legte auf der Tanzfläche seine Hände auf meine Hüfte und ich legte meine Arme um seinen Nacken. Wirkliches Tanzen war es nicht, aber wir schwangen hin und her. John legte seinen Kopf auf meine Schulter und gab mir einen Kuss auf den Hals. Ich liebte es, wenn er das tat. Ich schaute zu Mary und sah, wie verliebt sie JJ anschaute. Die zwei liebten sich so sehr, dass es jeder sehen konnte. Ich war froh, dass es zwischen den beiden so gut läuft und sie beide glücklich sind.

Als mein Blick weiter zu Paul ging, sah ich, wie er am Tisch, wo die Getränke standen, einen Typen schuckte und der zu Boden ging. Ich blieb abrupt stehen und John schaute mich verwirrt an. Er sah, in welche Richtung ich schaute, und verstand sofort den Ernst der Lage. Er rannte zu Paul, welcher sich schon am Boden mit dem anderen Typen wälzte. Der Typ verpasste Paul einen Schlag ins Gesicht und ich sah, wie seine Lippe anfing zu bluten. Ich hielt beide Hände vor meinen Mund und mir kamen direkt die Tränen. Mary schrie zu JJ, er solle John helfen, und das tat JJ auch. Zusammen konnten sie Paul und den anderen Typen auseinander bringen.

„Paul, hör auf!", sagte John in einem lauten Ton.

„Das Arschloch hat doch angefangen!", antwortete Paul.

JJ packte den anderen Typen und lief mit ihm Richtung Parkplatz und sagte ihm, dass für ihn die Party vorbei war. Melisa stand bei Paul und hob ihm eine Serviette gegen seinen Mund.

Ich war noch immer in Schockstarre und Paul bemerkte es, er kam zu mir gelaufen und legte seine Hand auf meinen Arm, doch ich erschrak.

„Mia, alles in Ordnung?", fragte er mich.

Ich schaute ihn nur an und lief dann in unser Haus. Mary sagte zu Paul, er solle hierbleiben und sie kam mir nach. Ich lief auf direktem Wege zum Badezimmer, machte die Klobrille der Toilette hoch und musste mich direkt übergeben. Mary hob mir meine Haare zusammen und streichelte mir mit kreisförmigen Bewegungen über den Rücken. Nachdem alles draußen war, wischte ich mir den Mund ab und spülte ihn mir erstmal mit Wasser aus.

„Geht es wieder Mia?", fragte Mary.

Ich schüttelte langsam den Kopf und fing wieder an zu weinen.

„Mia, du musst nicht weinen. Paul geht es gut, es sah schlimmer aus als es war."

„Ich hab ihn gesehen."

„Wenn hast du gesehen?", fragte Mary ganz verwirrt.

„Ich habe Mike gesehen. Der Typ war Mike und er hat Paul geschlagen, so, wie er es früher immer getan hat, und ich konnte ihm nicht helfen", weinte ich los.

„Nein, Mia. Das war nicht Mike, das hast du dir nur eingebildet."

Ich wusste natürlich, dass es nicht Mike war, aber es fühlte sich so an, als ob er es gewesen wäre. Und wieder war ich so machtlos wie früher. Ich konnte Paul nicht helfen und wieder hat er Schläge einstecken müssen.

Nachdem ich mich beruhigt hatte, versicherte Paul mir, dass es ihm gut geht und er mit dem Typ Streit hatte, weil er Melisa blöd angemacht hat, weil sie den Drink von ihm nicht annehmen wollte. Wieder wollte Paul nur ein Mädchen beschützen und das machte mich fast etwas stolz. Ich versuchte den Rest der Party zu genießen, doch wirklich gelang es mir nicht. Aber ich konnte zumindest die anderen davon überzeugen, dass es mir gut ging, sodass sie wenigstens noch Spaß hatten.

Kapitel 35

Es gab Zeiten, da waren wir noch eine glückliche Familie. Doch als Mike das erste Mal Paul blutig geschlagen hatte, war diese Zeit vorbei. Mike wurde immer aggressiver und an einem Abend kam er nach Hause und es eskalierte komplett. Wir schauten eine Talenteshow im Fernsehen an. Mike ging immer wieder aus dem Wohnzimmer raus und kam aber nach kürzester Zeit wieder rein. Damals haben wir es natürlich noch nicht verstanden, aber er ist immer rausgegangen, um aus der Wodkaflasche zu trinken, welche er in der Küche versteckte. Wir haben immer gewettet, wer bei den Talenteshows gewinnt. Der wo richtig geschätzt hat, hat dann immer Schokolade von meinen Eltern geschenkt bekommen. An diesem Abend habe ich richtig geschätzt, weshalb ich einen Freudentanz gemacht habe. Ich habe immer wieder gesungen, dass die anderen verloren haben und ich gewonnen habe. Wir haben alle gelacht, nur Mike nicht. Er hat mich nur finster angeschaut. Ich dachte, er macht Spaß und schaut deshalb so finster. Doch auf einmal stand er auf und stellte sich vor mich.

„Ha, ha, Mike, ich habe gewonnen", trällerte ich.

Mike formte seine Hände zu Fäusten und wurde rot im Gesicht. Da begriff ich, dass irgendwas nicht stimmte.

„Mike, ich mach doch nur Spaß. Das weißt du doch!", sagte ich und schlug ihm spielerisch auf seine Schulter.

Doch aus Spaß wurde auf einmal Ernst. Mike packte meine Arme und schmiss mich auf das Sofa neben ihm, auf welchem auch meine Mutter saß.

„Hey, sei nicht so grob zu ihr!", schrie Paul ihn an.

„Ach sei du doch still!", schrie Mike ihm entgegen.

Mike kam zu mir und packte mich wieder an beiden Armen und zog mich so nach oben.

„Mike, das tut weh. Hör auf!", schrie ich.

„Das tut weh? Soll ich dir mal weh tun?", antwortete mir Mike und schlug mir mit seiner flachen Hand ins Gesicht.

Ich ging zu Boden und war überhaupt nicht mehr richtig bei mir. Ich hörte nur das Schreien und bekam mit, dass Paul mich aufhob und mit mir aus dem Wohnzimmer rausrannte und mich in sein Zimmer brachte.

„Mia, hörst du mich?", sagte Paul.

„Was war das?", fragte ich Paul und fing an zu weinen.

Wir hörten von draußen Geschrei und wie eine Tür zuknallte. Danach müssen Scherben zu Bruch gegangen sein. Zumindest hörte es sich so an.

„Du bleibst hier, Mia. Ich schaue nach Mama und Papa."

Paul war nur kurz draußen und kam dann wieder zu mir in sein Zimmer.

„Mike hat die Glastür in der Küche kaputt gemacht. Er hat sie anscheinend so zugeschlagen, dass das Glas aus dem Holzrahmen gesprungen ist. Und jetzt ist er abgehauen", sagte mir Paul.

In diesem Moment kamen meine Eltern zu uns ins Zimmer. Meine Mutter saß sich neben mich und nahm mein Gesicht ganz vorsichtig in ihre Hände.

„Mia, mein Liebling. Geht es dir gut? Deine Wange ist ja ganz rot!"

„Es geht schon, Mama."

„Was war denn los mit Mike. So etwas hat er ja noch nie gemacht", sagte ich noch völlig unter Schock.

„Er war betrunken. Ich glaube, er hat den Wodka aus der Küche getrunken. Ich habe die Flasche gestern schon gesehen, aber ich dachte, dass du damit etwas kochen oder backen wolltest", sagte Paul und zeigte auf unsere Mutter.

„Ich weiß nicht, was mit Mike los war. Aber er war nicht betrunken. Jetzt beruhigen wir uns alle und gehen am besten schlafen. Mike wird sicherlich bald zurück sein und sich entschuldigen", sagte mein Vater.

„Ja, wir sollten schlafen gehen", bekräftigte meine Mutter meinen Vater.

„Mia, wenn irgendwas ist, dann komm rüber zu uns!", sagte meine Mutter noch zu mir und gab mir einen Kuss auf die Wange.

Als meine Eltern aus dem Zimmer waren, schaute mich Paul besorgt an.

„Mia, geht es dir wirklich gut?"

„Ja, es geht schon."

„Ich habe mir das immer gedacht, dass so etwas passieren wird", *gestand mir Paul.*

„Wie kommst du denn darauf?"

„Na ja, Mike hat sich in letzter Zeit oft geprügelt und er ist immer so aggressiv. Ist dir das noch nicht aufgefallen?"

Wenn ich so darüber nachdachte, stimmte, was Paul sagte. Mike hatte sich verändert, aber ich hätte nie gedacht, dass er mich schlagen würde.

„Willst du heute hier bei mir schlafen?", fragte mich Paul.

Ich nickte und Paul ging in mein Zimmer, um mein Kissen und meine Decke zu holen. Wir schliefen zusammen in seinem Zimmer und schauten noch etwas auf Pauls Laptop, als ich hörte, wie Pauls Schlafzimmertür aufging.

„Mia, schläfst du schon?", fragte Mike leise.

„Nein, ich bin wach", antwortete ich ihm.

„Mia, es tut mir so leid. Ich weiß nicht, was in mich gefahren war. Ich kenne mich so nicht."

„Hast du getrunken?", fragte ich Mike.

„Nein, ich trinke nicht. Ich bin nur momentan so furchtbar gestresst. Ich glaube, dass war das Problem. Ich war nicht ich selbst. Mia, du weißt, ich könnte dir niemals absichtlich weh tun."

„Ist schon in Ordnung. Aber feg die Glasscherben in der Küche weg, damit sich niemand weh tut."

„Ja, das mach ich, Mia. Schlaf gut!", und dann ging Mike wieder aus dem Zimmer.

Die ersten Male entschuldigte Mike sich noch bei uns, doch er wurde immer mehr zu einem anderen Menschen.

Die ganze Nacht habe ich wieder von Mike geträumt, dass er auf Paul einschlägt. Ich habe meine Mutter gesehen, wie sie weint, und meinen Vater, der nur danebenstand. Mehrere Male bin ich aufgewacht und wenn ich wieder einschlief, ging der Traum von vorne los. Also stand ich ganz früh auf und setzte mich auf die Veranda mit einer Tasse Kaffee, als Paul mit Melisa aus dem Haus herauskam. Ich konnte es nicht glauben, Melisa hatte hier übernachtet. Sie sind extra so früh aufgestanden, damit wir es nicht mitbekämen. Aber ich freute mich, weil ich wusste, dass Melisa ein liebes Mädchen war, aber andererseits wusste ich auch, dass Paul nicht für immer hier war und Melisa sicherlich Liebeskummer haben würde. Sie lächelten mich beide an und kamen zu mir.

„Guten Morgen", sagten beide im Chor.

„Guten Morgen, ihr zwei. Na, gut geschlafen?"

„Kann ich dein Fahrrad haben, damit ich Melisa nach Hause begleiten kann?", fragte mich Paul.

„Ja, natürlich. Du weißt ja, wo es steht."

Sie liefen los und Melisa winkte mir zum Abschied.

Es dauerte nicht lange, bis John rauskam und auch bereits eine Tasse Kaffee in der Hand hatte.

„Guten Morgen, mein Liebling", sagte er und gab mir einen Kuss auf die Stirn.

„Guten Morgen. Hast du gut geschlafen?"

„Ja, aber zu kurz", lachte er.

Er setzte sich direkt neben mich und trank einen Schluck von seinem Kaffee.

„Geht es dir gut, Liebling? Ich weiß, du hast gestern Abend gesagt, dass alles in Ordnung ist, aber ich kenne dich, und ich weiß, dass du gelogen hast. Ich habe nur nichts gesagt, weil ich nicht wollte, dass du dich noch unwohler fühlst", sagte John mit seiner ruhigen Stimme.

„Es ist alles in Ordnung. Ich fühlte mich auch nicht unwohl, es war nur mal wieder ein Rückblick in meine Vergangenheit und du weißt ja, dass ich damit nicht so gut umgehen kann."

Wieder log ich, denn es ging mir überhaupt nicht gut, aber was brachte es mir, wenn John sich jetzt auch noch Sorgen um mich macht. Außerdem muss ich dann mit ihm darüber reden und das wollte ich jetzt überhaupt nicht.

„Wo ist Paul?", fragte John.

„Er bringt gerade Melisa nach Hause. Hast du mitbekommen, dass sie hier geschlafen hat?"

„Was? Sie hat hier geschlafen?", sagte John erstaunt.

„Ja", antwortete ich ihm und grinste.

„Dein Bruder ist ja ein richtiger Frauenheld!", lachte John.

„Ich hoffe nur, er bricht Melisa nicht das Herz. Wobei es nur darauf hinauslaufen kann, weil immerhin geht er ja auch bald wieder zurück nach Deutschland."

„Wer weiß, vielleicht verliebt er sich ja unsterblich in sie und wird hierherziehen."

„Das fände ich gut. Ich denke schon mehrere Tage darüber nach und ich wäre froh, wenn jemand aus meiner Familie in meiner Nähe wohnen würde."

„Aber du hast doch mich und Mary und JJ!", versuchte John mich zu trösten.

„Ich weiß, aber das ist nicht dasselbe."

John nahm meine Hand und hob mich dann vorsichtig zu sich auf den Schoß. Dann küsste er mich auf die Lippen und schaute mir tief in die Augen.

„Irgendwann wirst du eine richtige Familie hier haben, zusammen mit unseren Kindern", lächelte er mich an.

„Das hoffe ich sehr, John!"

Ich küsste ihn und legte meine Arme um seinen Nacken. Er legte seine Hände auf meine Hüfte und flüsterte mir ins Ohr:

„Wir haben noch ungefähr dreißig Minuten, bis Paul zurück ist. Das müsste doch reichen."

Ich grinste ihn an und nickte mit meinem Kopf. Er hob mich hoch und trug mich ins Schlafzimmer, wo er mich liebte und das so sehr, dass ich drei Orgasmen hintereinander hatte.

Nachdem wir das ganze Chaos aufgeräumt hatten, bestellten wir uns Pizza und Mary und JJ kamen auch vorbei. Wir saßen alle zusammen draußen auf der Veranda und verputzten ein Pizzastück nach dem anderen.

„Also Paul, erzähl mal, wir wussten gar nicht, dass du so ein Frauenheld bist!", lachte JJ.

„Tja, von mir kannst du noch so einiges lernen!", antwortetet Paul ihm frech.

„Mary, wie hat sich das eigentlich mit euch entwickelt, also was ist eure Geschichte? ", fragte Paul.

„Unsere Geschichte?", lachte Mary.

Ich wusste, dass Mary und JJ zusammen mit John aufgewachsen waren, und sich als Teenager ineinander verliebt hatten, aber die genau Geschichte hatte mir Mary nie erzählt.

„Eine richtige Geschichte gibt es nicht. Wir sind alle zusammen aufgewachsen und je älter wir wurden, desto mehr merkte ich, dass ich JJ mehr mag als alle anderen. Ich habe mich natürlich nie getraut etwas zu sagen, aber ihr kennt ja JJ. Er hatte keine Angst mir zu sagen, was er empfindet. Wir waren damals auf einer Hausparty und als ich mit einem anderen Jungen getanzt habe, wurde JJ richtig eifersüchtig", lachte Mary.

„Ich wurde überhaupt nicht eifersüchtig!", zischte JJ dazwischen.

„Und ob du eifersüchtig warst!", sagte John.

„Ich war ja an dem Abend dabei und JJ hat die ganze Zeit gesagt: Schau dir mal den Trottel an, mit dem Mary tanzt", lachte John.

„Na ja, um das abzukürzen, ich habe dann Mary geholt, und bin mit ihr in die Küche gegangen und hab ihr meine Liebe gestanden. Und so kam das dann alles", erzählte JJ weiter und gab Mary einen Kuss.

„Anfangs hatten wir Angst, dass John deswegen sauer wäre, weil wir nicht wollten, dass er sich wie das fünfte Rad am Wagen fühlt", sagte Mary und legte seine Hand auf die von John.

„Ihr habt mir nie das Gefühl gegeben, dass ich das fünfte Rad wäre", lächelte John sie an.

„Wow, was für eine romantische Geschichte, da wird einem ja fast schon schlecht", sagte Paul und verzog sein Gesicht.

„Du Penner, sei nicht so frech!", lachte JJ und schlug ihm mit der Hand auf die Schulter.

„Du wirst auch noch die richtige finden, Paul", sagte Mary.

„Vielleicht ist es ja die kleine Melisa, du Romantiker", lachte JJ.

„Ihr könnt auch nie ernst bleiben, oder?", lachte ich.

„Das Leben ist viel zu kurz, um ernst zu sein", antwortete mir JJ.

„Da hast du recht und darauf sollten wir anstoßen!", sagte John und hob sein Glas mit Cola in die Mitte. Wir stießen alle mit unserer Cola an und aßen weiter unsere Pizza.

Am nächsten Morgen rief mich Jack an und bat mich, für ein paar Stunden in der Hütte zu helfen, weil eine der Aushilfen krank geworden war. Er entschuldigte sich mehrere Male bei mir, weil er ja wusste, dass Paul zu Besuch ist, aber er wusste einfach nicht, wen er sonst hätte fragen sollen. Als Paul angereist war, sagte mir Jack, dass er versuchen würde, mir in den zwei Wochen so oft wie möglich freizugeben. Ich habe ihm versichert, dass es mir nichts ausmachte, weil Paul und John sowieso surfen gehen wollten und ich somit dann alleine zu Hause gewesen wäre. Jack freute sich sehr, dass ich kam und bedankte sich tausend Mal dafür. Als ich dann Feierabend hatte, beschloss ich noch in den Supermarkt zu fahren um Lebensmittel zu kaufen, damit ich uns etwas Leckeres zum Abendessen kochen konnte. Der Supermarkt war ganz in der Nähe, sodass ich keinen weiten Weg hatte. Ich packte alle Lebensmittel in meinen Fahrradkorb. Ich hatte noch zwei Tüten, welche ich mir an den Fahrradlenker hängen musste, weil ich zu viel eingekauft hatte. Ich schaffte es, ohne hinzufallen nach Hause. Als ich zu Hause vom Fahrrad stieg, fiel mir ein Auto in unserer Auffahrt auf. Es war ein Mietwagen, denn das stand dick und fett auf dem Audi. Ich lief Richtung Veranda, als John schon aus der Haustür kam.

„Hallo Liebes, du hast Besuch", sagte er mit einem kritischen Blick.

„Besuch? Jetzt sag nicht, dass meine Eltern wieder unangemeldet gekommen sind."

In dem Moment, als ich diesen Satz aussprach, kam ein Mann aus unserem Haus heraus. Ich erstarrte zu Eis, denn ich konnte nicht glauben, wen ich da sah. Mir fielen die Einkaufstüten aus der Hand.

„Hallo Mia, ich freue mich so sehr, dich endlich zu sehen."

„Mike?", sagte ich mit zitternder Stimme.

ENDE

Die Autorin

Lisa-Marie Bruder wurde 1997 in Bühl geboren.
Nach ihrer Ausbildung zur Hotelfachfrau hat die
Autorin sich zur Ausbildnerin für Azubis schulen
lassen und arbeitet nunmehr an einer Rezeption.
Privat liebt Bruder das Reisen, Bücher, viel Kaffee, die Abwechslung und alles Neue was das
Leben bringt. Der Roman ist ihre Erstveröffent-
lichung. Lisa-Marie Bruder ist verheiratet und hat
keine Kinder.

novum VERLAG FÜR NEUAUTOREN

Der Verlag

> *Wer aufhört*
> *besser zu werden,*
> *hat aufgehört*
> *gut zu sein!*

Basierend auf diesem Motto ist es dem novum Verlag ein Anliegen, neue Manuskripte aufzuspüren, zu veröffentlichen und deren Autoren langfristig zu fördern. Mittlerweile gilt der 1997 gegründete und mehrfach prämierte Verlag als Spezialist für Neuautoren in Deutschland, Österreich und der Schweiz.

Für jedes neue Manuskript wird innerhalb weniger Wochen eine kostenfreie, unverbindliche Lektorats-Prüfung erstellt.

Weitere Informationen zum Verlag und seinen Büchern finden Sie im Internet unter:

www.novumverlag.com